孤独的月光

GUDU DE
YUEGUANG

郭保林 著

广西师范大学出版社
GUANGXI NORMAL UNIVERSITY PRESS

·桂林·

图书在版编目（CIP）数据

孤独的月光 / 郭保林著. —桂林：广西师范大学出版社，
2022.4

ISBN 978-7-5598-4741-6

Ⅰ．①孤… Ⅱ.①郭… Ⅲ．①散文集－中国－当代
Ⅳ．①I267

中国版本图书馆CIP数据核字（2022）第023481号

广西师范大学出版社出版发行

（广西桂林市五里店路9号　邮政编码：541004
网址：http://www.bbtpress.com ）

出版人：黄轩庄

全国新华书店经销

广西广大印务有限责任公司印刷

（桂林市临桂区秧塘工业园西城大道北侧广西师范大学出版社
集团有限公司创意产业园内　邮政编码：541199 ）

开本：787 mm × 1 092 mm　1/16

印张：13.25　字数：220千字

2022年4月第1版　　2022年4月第1次印刷

定价：58.00元

如发现印装质量问题，影响阅读，请与出版社发行部门联系调换。

前言

　　这是一部以古代文人墨客为题材的文化专题散文集。

　　只要你轻轻地掀开历史的一角，打开这些文人墨客的私密档案，就能触摸他们的情感世界。人生的遭际、仕途的蹇涩、命运的跌宕，使他们多忧国之慨、忧君之思、忧己之情，心中骚动着多种矛盾的风暴，流露出精神的迷惘。他们的天才和成就照亮了文学史、文化史，使古老的民族精神不再荒芜、情感不再贫乏。历史因他们而鲜活璀璨。

　　中国传统文人都是儒道兼修的，进则用世，退则遁隐。他们傲岸狂浪。其情感的皱褶、灵魂的骚动、性情的浪漫，既张扬了桀骜不驯、放荡不羁的个性，也暴露了他们人格上的不完美。他们的诗词歌赋，记录了个人特定的历史背景和苦难的人生经历，也展示了他们的风骚、风雅、风流和生命的另一页风景。

　　在这部作品中，我力求还原人物的真实面貌，披露鲜为人知或"正史"回避的情节。我在历史中徘徊，在时光幽深的隧洞里追寻，采撷他们生命光斑的同时，也不涂抹他们人格的污渍，在介绍他们文学成就的同时，也鞭挞他们灵魂深处的鄙陋。

　　"人生得意须尽欢，莫使金樽空对月。"这是诗仙李白在《将进酒·君不见》中所说的及时行乐的人生感悟，实际上是情极悲愤的狂放之语。贵族后裔、公子哥儿的杜牧在《遣怀》中所说的"十年一觉扬州梦，赢得青楼薄幸名"，展示了其诗酒风流、放浪形骸。至于李商隐在《无题》中所说的"春心莫共花争发，一寸相思一寸灰"，是倾诉积愫，有相思成灰的悲伤。才华横溢的柳永，身处下层，不也在《蝶恋花》中发出"衣带渐宽终不悔，为伊消得人憔悴"的叹息吗？苏东坡创作视野宏阔，想象力奇特，词章"倾荡磊落，如诗，如文，如天地奇观"（南宋刘辰翁，《辛稼轩词序》），有"大江东去"的豪迈气概，也有"十年生死两茫茫"的悲辛酸楚。这些文人墨客也是饮食男女，也有七情六欲。他们的感情更浓烈、更细腻、更丰富，他们更浪漫、更富诗性。他们的灵感和才情更易迸发和燃烧。他们深邃的人生感悟、深刻的生命体验、抑郁或狂放的情感，在人际交往中，在狂饮浪醉中淋漓尽致地表现出来。文人墨客的生命之花也绽放于此。

这些文化精英在高蹈与进取之间，在迍邅和畅达之际，在痛苦和欢欣摇荡之中，或放歌，或浅唱，都有切入肌肤的情感，都表现出人生的温馨和生命的苦涩，当然也有诗人的酒食征逐、寻欢作乐。

写在纸上的历史首先是历史书籍撰写者的历史，带着他们的体温和情感，或经剪裁，或经缝合，或经过滤，完全取决于作者的爱好和价值观。文史祖宗司马迁也不是冰冷地书写历史人物和历史事件。他的《史记》大多是人物传记，也就难免掺杂了个人感情。在本人写的这部散文集中，我对文人墨客的生命历程、诗词文赋和时代背景，进行了一番梳理，还原了他们真实的人生，还原了他们鲜活而丰富的人物个性。

这些文人墨客人生遭际不同，个性不同，都有极其光彩的一面。但是，山愈高，阴影愈长。对于才高八斗的曹植，天子呼来不上船的狂人李白，铁马秋风、情怀壮烈的陆游，醉里挑灯看剑的词人辛弃疾，我虽然没有过多地写他们的风情、风怀、风骚，却努力地反映他们复杂丰富的感情世界，描写他们爱情燃烧的痛苦，以及情相融、意相通的温馨。他们并非都是"大人物"，却有大命运。

　　在创作中，我并不从传记的角度刻意求全。人物的生平，有的可以说阙如甚多。我尽力抓住人物的大关节，探索文人墨客的精神世界——高尚的、庸俗的、猥琐的。我以诗意的笔触复活历史的细节，注重艺术的感觉，使他们在历史的舞台上鲜活起来。这也是对中国文学史的另一种解读。

目录

屈原：洞庭歌吟

楚国国君由太子横继位，这就是顷襄王。顷襄王本应该吸取教训，重用屈原等忠臣，重兵强国，有一番作为。然而这位昏君依然重用公子兰、靳尚之流。衰弱的楚国已处于暮色苍茫的凄风苦雨之中，靳尚、公子兰欲置屈原于死地，继续在顷襄王面前诽谤屈原。顷襄王不分青红皂白，竟然罢免了屈原的三闾大夫之职，将其放逐汉北（汉水以北）。

屈原原本不想当诗人。他出身贵族，又博闻强记，明于治乱，娴于辞令。如果遇到一代明君，他一定是一个很有作为的政治家。他也想兴利革弊，在政治上有一番作为。但他起草的一部法令触动了旧贵族的利益，造成了他后半生的坎坷。正中了"文章憎命达"那句话，屈原遭放逐促使他成为风流千古的诗人，成就了文学史上的一种文体——楚辞。

"信而见疑，忠而被谤。"他一心为国，却遭流放，能不悲戚感伤？他从庙堂之高跌落到江湖之远，举步山野，满目荒凉，一腔委屈，向谁倾诉？他孤身只影，凄风苦雨，江涛湖浪，历尽人间寒凉！在流放中，目睹百姓的苦难，想起秦军的暴行、楚君的昏庸、奸臣的卑鄙、国家的灾难，他忧心如焚，愁云满面。望茫茫荆天楚地，问冥冥苍天，他将一腔悲愤、满怀忧怨，化为震撼千古的诗篇——《天问》《离骚》《九章》《九歌》……

屈原两次被放逐到洞庭湖畔、汨罗江岸，共达 10 年时间。

一个消瘦的身影徘徊在江湖之滨，破旧的衣衫挡不住萧萧北风，呜咽的江涛湖浪伴随他杜鹃带血的悲叹：

长太息以掩涕兮，哀民生之多艰。

余虽好修姱以鞿羁兮，謇朝谇而夕替。

······

路漫漫其修远兮，吾将上下而求索！

———《离骚》

形容枯槁、一腔忧愤、满面憔悴的三闾大夫，苦吟洞庭湖畔。冷风吹乱他的头蓄发，撕扯他的寒衣。问苍天，苍天不语；问大地，大地缄默。

初冬，洞庭湖畔，一片寒意，草木枯衰，黄叶飘零，一湖寒波，呜咽嗟叹。我徘徊洞庭湖畔，多想掀开波涛的扉页，寻觅屈原泪吟荇藻的嗟伤，呼唤屈子的亡灵！其实在屈原那个时代，他完全可以去他国谋求富贵。那时朝秦暮楚、晋材楚用，并不为耻，犹如今天的大学毕业生跳槽、明星走穴，是司空见惯的事。但屈原的伟大在于爱国。他爱这片生于斯、长于斯的荆天楚地，爱这方土地上苦难的百姓。他愿葬身故土，不背叛自己的祖国。他用嘶哑的喉咙，行吟泽畔，激励民众，唤醒国魂。他一再慨叹"壅君之不昭"，饮恨终身：

宁溘死以流亡兮，不忍此心之常愁。

······

孰能思而不隐兮，照彭咸之所闻。

———《九章》

屈原是浪漫主义大师。史诗般的作品，寄托了他的理想、他的情怀、他的信念、他的追求。他的笔触上天入地，遨游青天碧落，"乘龙御风，云旗透迤，鸾铃和鸣，周游于上下，浮游于六合"（清代袁枚语）。他"朝发轫于天津兮，夕余至乎西极"（《离骚》），途经边地流沙，循行赤水之滨，取道不周山，直至归宿地——西海。值此飘然神游之际，又有"九歌""韶舞"以娱耳，他心旷神怡，一时解脱自身痛苦。

屈原是一个失败的政治家。失败的原因在于他耿介正直，不媚上，敢说真话，忧国忧民。

暮冬的天空充满云的苍莽，暮冬的江水奏响凄凉的呜咽。问桃花港的烟波，问凤凰山的岩石，问三闾桥的流水，寻觅屈原的身影，它们或低首蹙眉，或哀叹低吟，或缄默不语，或用迷惘的眼睛注视着我，泪眼盈盈，神情戚戚。

追寻阜山苍茫的雨雾，拨开湘江沅水一页页波涛，挥手杨梅江的桂舫，浅水的钓舟，"朝发枉渚兮，夕宿辰阳"（《九章》）。我读遍辰阳斑斓的晨昏，依然听不到三闾大夫的苦吟嗟叹。屈原，你在哪里？

眼前是浩浩渺渺的洞庭湖。长江竖起来是一棵参天巨树，千条支流是它的枝干，那么洞庭湖就是树上结出的巨大果实。茫茫八百里洞庭，衔远山，吞长江，浩浩荡荡，横无际涯。

屈原被放逐于洞庭湖畔。湖畔荒草萋萋，野鸟翔集。泥泞塞涩的小径上，留下三闾大夫多少踉踉跄跄的履痕！那层层叠叠的万顷波涛可曾录下三闾大夫的哀叹？当秦国大将王翦的60万大军攻破楚国京城郢都时，屈原抱石沉入汨罗江，以死殉国……

我在洞庭湖畔徘徊寻觅2300年前那个个"疯了的"爱国诗人，发现他泪满眶，愁满面，怒满腔……

晨霞，落晖，断鸣孤雁，莽云荒鹫，乱荆披离，野草蔓延。屈原步履蹒跚，掬饮彩霞，采撷星斗，裁一方素云为纸笺，蘸洞庭万里碧波走笔飞虹，向天空和大地倾泄一腔忧愤。他恨奸佞当道，怨君王昏庸。看到故国江山破碎，百姓生灵涂炭，一颗忧国民之心怎能不如焚如煮？

　　他掬山泉而饮，撷野芹为食，挽雾而行，枕石而眠。他以风为伴，与雨相随。风风雨雨里，山容你的爱怜，水伴你的歌吟。他晨间呼云，夜里揽月，寄愁天文，埋忧地脉……

　　北风萧萧，寒意裹身，衣袂破旧，孤身只影，残阳斜晖。屈原用悲怜的目光凝视楚国凄凉的黄昏，用沉重的步履叩击楚国大地。他问天问地，问山问水，问树问草，问飞翔的鸥鸟，问盘桓的鹰雕，问瑟瑟的蒹葭，问叠叠的洞庭寒波。这位能升天入地、跨越古今的神人，深感人间痛苦的遭遇。他上下求索，一次次飞天遨游，最终还是跌落在肮脏龌龊的现实土壤上。他为客死他乡的楚怀王招魂，为大厦将倾、国之将亡的楚国招魂。其辞激荡淋漓，其情殷切，到头来只是"目极千里兮，伤春心；魂兮归来，哀江南"（《招魂》）。屈原瘦弱的躯体战栗在寒风中……楚怀王已魂断异乡，而楚襄王既不反思，又不接受先王的教训，依然重用小人佞臣，不思报国复仇，反而整日依红偎翠，荒淫无度，靡费奢华，能不亡国？

　　屈原所处的时代是众人皆醉、举世混浊的时代，是朋比为奸、宵小入堂的时代，是"蝉翼为重，千钧为轻；黄钟毁弃，瓦釜雷鸣；谗人高张，贤士无名"（《卜居》）的时代。屈原的抗争，屈原的忠君爱国，就注定了他人生的悲剧。这老夫子很自信，自以为自幼禀赋优异、志节高洁、清雅丰仪，自以为有匡时济世之才，做楚怀王的引路人，非他莫属。然而，事与愿违。在黑白颠倒、是非混淆的大背景下，他清白、端直、嵚崎磊落、苏世独立，必然遭到贬逐。

　　凭着他的才干智慧、声望地位，他完全可以离国去乡，到其他诸侯国谋一高位。在那个礼崩乐坏的时代，良禽择木而栖，是一种时尚。何况春秋末、战国初，各诸侯国四处网络人才，有称霸野心的诸侯国君，招贤纳士已蔚然成风。俗话说："人挪活，树挪死。"干吗非要在一棵树上吊死？到了别的国家说不定弄个宰相当当，退一万步说，当个教书匠也能混碗饭吃呀！你老爷子太耿直、太倔强了！举国混浊，你却独身清白。天下皆醉，你却独自清醒。贪官污吏遍布朝野，你却一身清廉。三闾大夫眷恋故土，苦爱祖国（他把君主当作国家的象征，将忠君爱国奉为高洁人格的圭臬），被楚怀王两次放逐，漂泊在荆天楚地。这老夫子披发行吟，踉跄湖畔，渴了喝口泉水，饿了采把野芹。他像啼血的杜鹃，吟咏着苦涩的诗章，倾吐着一腔爱国忠君的热血。洞庭湖上的云，汨罗江上的风，伴着一个苦命的诗人度过血染泪裹的岁月！

八百里的洞庭，日月出没其中。楚汀芦白，荆渚蓼红，瑟瑟秋风，潇潇暮雨，一个衣衫褴褛的老爷子步履蹒跚，头发花白，面容消瘦，在这荒天野地里呼号悲叹。花天酒地里的楚襄王能听见吗？那些大腹便便的满朝朱紫能听见吗？问苍冥，苍冥缄默；问流水，流水不语。他"长太息以掩涕兮，哀民生之多艰"（《离骚》），孤苦无告，屡谏不听，反遭贬逐。看故都烽火狼烟，被虎贲之师践踏成废墟，怎能不"愁叹苦神，灵遥思兮"（《九章》）？然而，"忧心不遂，斯言谁告兮"（《九章》）。这种凄婉悲绝的痛苦，只能向天倾诉，向风雨倾诉，向烟水苍茫的大地倾诉……

中华民族没有忘掉屈原，一年365天，竟然拿出一天来纪念一个诗人，而且是全民族的节日。这是浩浩荡荡二十五史中的奇例。千古风流人物都随着长江之水而逝，浪花淘尽英雄，唯有这个"疯了的"诗人成了民族魂的象征！

彩笔吐星霞，丹心昭日月。你如长江雄涛般的文思，化育了沧桑世界。洞庭湖畔，芳草铺开绿茵，野花展开锦被，供你栖息，流云飘来为你做帐，青山耸立为你撑屏，茫茫万顷波涛化为你的瀚墨，星光霞辉点燃你万古诗情……

屈原啊，你的《楚辞》半部，启百代文心，给历史荒漠萌出文学的花卉，让古典的东方散发特异的芬芳，给阴霾密布的长空一道思想的闪电，给茫茫九州几滴精神的甘露……在这里我寻到了中华民族精神史的源头！夸父逐日，女娲补天，精卫填海，愚公移山，固然展示了一个民族的精神和意志。不过，那是反映人类与自然的抗争。而人类高尚的情操，圣洁的精神，晶莹的思想，则给一个民族灵魂注入一道光照千秋的闪电！

屈原漂泊在这巫歌神语的大地上。古老神秘的艺术滋养了他。

他不愿离开楚国，是于心不忍。他对祖国、对民族命运有着强烈的责任感。但面对残酷现实，他最终只能选择正直庄严的自殉。他为直道而生，为直道而死。

其实屈原死时很寂寞。那个时代很少有人知道他。那个时代是荒凉而阒寂的。在他的忌日，那时没有人会往汨罗江扔粽子，以求鱼虾不食屈原的尸首，老百姓也没有以划龙舟的形式来纪念一个"疯了的"诗人。老百姓根本不知道诗人的伟大。屈原的死，也很快被人忘掉了……事情过去140多年，汉文帝时代有个叫贾谊的年轻博士被贬到长沙。他在赴任时，路过湘江，误以为屈原投身的汨罗江是湘江支流。他触景生情，借他人酒杯，抒发自己心中块垒，作《吊屈原赋》。"已矣哉！国无人兮，莫我知也。"惺惺相惜，两颗痛苦的灵魂相遇相撞在一起。又过了近百年，司马迁作《史记》时想起了贾谊，进而想到屈原。那时司马迁因为李陵辩护而遭到汉武帝的痛斥，被打进死牢，最后改判宫刑。这时的司马迁人生坐标达到了最低点。屈原被放逐，贾谊被贬，司马迁受辱，三个"高级知识分子"心灵巨大的悲痛穿越200多年的时空聚在一起，发生了山呼海啸般的撞击。司马迁悲愤填膺，痛苦至极，写下了《屈原贾生列传》，从此屈原声名鹊起。

屈原就是屈原。他对楚国充满了失望，却难以割舍对故国炽烈的赤子之情。屈原下定决心以身殉国，从而结束了他人生追求的最后一个乐章。

屈原的死与不死，都不能挽救楚国落日西沉的悲剧，但屈原的死却拯救了他自己。他成了千古不朽的民族之魂，一直影响了中国2000多年的历史，而且还将继续影响下去。

屈原痛恨党人宵小，卑睨声色货利，痛恨假恶丑。他一生追求真善美，在颠沛苦难中挣扎，在崎岖的人生之路上求索，一次次跌倒，一次次爬起来，擦干血迹，包扎伤口，踉跄行进。这是生命对光明的追求……

《离骚》上天入地，跨越时空，想象力极其丰富，与天神共语，与神仙对话。《离骚》是神曲，中华民族的神曲。

长江像淬铁为钢的水，培育了一代代傲骨如松、铁骨铮铮的文人。排头兵就是生长在长江岸边、饮着长江水长大的屈原，最后又溺水而死。长江流水平静得出奇，但若遇到顽石巉岩，却不惜粉身碎骨，以生命开辟前进的道路！

这是长江的精神！这是长江文化的内涵！

烟波云影的洞庭，稳重而肃穆，把旋律般的涛韵播放在湖畔草地上，像屈老夫子的缓步微吟、轻轻叹息。

风用咒语解释着这一切。

而冬天的风对这宏大的题材删繁就简，三下五除二来了个艺术处理。天地间只剩下白茫茫的一湖寒波。我迎着初冬的冷风，寻觅民族的魂魄。我想斟一杯苍凉，邀请屈原共饮。皇皇华夏因你而皇皇，泱泱中华因你而泱泱，古老璀璨的民族精神史因你而古老璀璨……

这时，只见一只水鸥拍水而起，直冲暮空，洁白的羽翼在苍茫的暮色里划下一道旋律般的曲线……

曹植：一曲梵歌千古愁

一

阴郁的天空，浮动着浓浓淡淡的云，泠泠的雨丝时断时续地飘落着，路边的庄稼叶子凝结着泪一样的水珠，空气里弥漫着伤感。秋意浓了。这样的季节，这样的天气，来叩访一个华严而苦难的诗魂，是很符合我的心情的。

陈思王曹植的墓在前面山上。

山叫鱼山，不高，不足百米。但毕竟是山，累累岩石筑就山的风骨、山的尊严。因为山的孤独，山上的草木也流露出孤独。黄河从山脚下滔滔流过，涛声浪语抚慰着一颗孤独的灵魂。鱼山在沉思，眉额紧蹙，目光忧郁，俯视着黄河。它在思虑什么呢？已经两千年了，难道愁肠还未化解，心中积郁还未消融？

曹植生命定格在41岁，属于中年早逝。如果人生四季是春夏秋冬，那么曹子建并未领略秋之繁华，冬之静穆。他的生命在枝繁叶茂的盛夏戛然而止。那个时代人对生命充满恐惧和绝望，朝不保夕、朝生暮死是司空见惯的现象。所以诗人常常发出感叹："人生天地间，忽如远行客"（汉代佚名，《青青陵上柏》），"人生寄一世，奄忽若飙尘"（汉代佚名，《今日良宴会》）。悲凉和慷慨是建安时代文人普遍的情感，连一代枭雄曹操都发出"对酒当歌，人生几何！譬如朝露，去日苦多"（《短歌行》）的绝望和无奈。在诗人眼里，空间无穷，时间无限，人生只像一粒随风飘忽的微尘。

面对着这种生之艰难、死之可畏的残酷现实，文人们反而变得十分通达、洒脱、任性、放荡不羁，甚至把生命看作一种赌注，与黑暗较量，使生命在绝望中放出璀璨的光芒。

曹植是那个时代的骄子。他和他的父亲曹操、哥哥曹丕团结了一批文人，以诗会友，诗侣酒酬。"酒笔以成酣歌，和墨以谈笑"（南朝刘勰，《文心雕龙》），成了这些精英们的生活写照。面对死亡和长剑，面对白骨蔽野和腥风血雨，他们长歌当啸，生命的感触趋于敏锐，情感趋于丰富，人生的体验趋于深刻。他们是白茫茫大地上的几朵鲜花。他们傲视风雪，鲜艳而纯贞，大度而潇洒，在苦难和绝望中尽显风流，在寂寞和孤独中张扬生命的个性，为那个时代留下希冀的微笑，在世俗阴霾中透出几缕霞光，一直辐射到今天的苍穹。

曹植以公子之豪，常与王粲、陈琳、徐干、刘桢、阮瑀、应玚、杨修、邯郸淳等人宴饮游乐，谈诗论赋，通达无拘，其乐融融，品位高雅风流，为此后竹林七贤、兰亭诗会开了先河。

那时曹丕未做皇上，曹丕、曹植兄弟虽有龃龉，但矛盾并未激化，太子之争只是一股暗流。在邺下之会上，曹丕、曹植自然是中心人物，东道主、公子敬客，丕、植均无居高临下之感。他们趣味相投，平等相待，超越功利。传统的尊卑观念，全被看破打破了。他们顺情任性，无视礼法，豁达狂放，没有汉儒的清规戒律。每个人鲜活的个性，淋漓尽致地表现出来，洋溢着生命的自然与丰满。

曹植文学上的成就，在三曹中最为杰出。他和父亲及哥哥曹丕开创了一个辉煌的建安时代。建安时期凡是有点名气、才气的诗人都聚集在曹氏集团周围。建安七子，像北斗星一样璀璨绚丽，却又烘托着曹氏这个月亮。

曹植出生于汉献帝初平三年（公元192年）。那是汉末最混乱的年代。

以董卓为头目的西凉军阀，已经裹胁着献帝和公卿大臣从洛阳迁都长安，而讨伐董卓的军阀集团风起云涌。一时间，天下大乱。作为关东群雄之一的曹操，参与了讨伐董卓的这场大战。曹操这支武装力量并没有根据地，也并不强大，他只能让妻子儿女随军转战东西。

曹植的童年就是在马背上度过的。他在簇矢如蝗、腥风血雨的大环境中成长。建安九年（公元204年），曹操击败敌手袁绍，占据邺城为根据地，才将妻子儿女安顿下来。这时曹子建已经13岁。但这并没有影响他文才的发展。他十余岁便能诵读诗文数十万言。定居邺城后，他声名鹊起。

曹植在少年时期极富有纨绔子弟、公子哥儿的浪漫气息。曹操喜欢这个小儿子的超人才华、非凡的灵气和奇妙的想象力。他隆鼻大眼，修眉阔额，英姿潇洒，风度翩翩，十足的白马王子气派。虽然远方战火不息，血雨飞溅，但他在邺城这个暖巢里过着衣食无忧、富贵奢华的生活。他白马金鞍，腰佩宝剑，衣着鲜丽，随从成群，走马京都外的山野，弯弓射猎，倚马写诗："白马饰金羁，连翩西北驰。借问谁家子，幽并游侠儿。"（《白马篇》）这个时期的曹植除了宴饮游乐，就是吟诗作赋。他的《游观赋》就是他这个时期生活的写真："静闲居而无事，将游目以自娱。登北观而启路，涉云际之飞除。从罴熊之武士，荷长戟而先驱。罢若云归，会如雾聚。车不及回，尘不获举。奋袂成风，挥汗如雨。""公子爱敬客，终宴不知疲"（《公宴》），"清醴盈金觞，肴馔纵横陈"（《侍太子坐》），他过着纸醉金迷的公子哥儿的生活。

他的文学才华很快传播开来，人们给他起了个外号——"纹虎"。虎是山中之王，"纹虎"岂不是文坛之王？

对于曹植的文才，曹操起初怀疑是一些帮闲文人的捉刀代笔，他要当面考一考。那是在邺城铜雀台新落成之际，他率领诸子登台观景，要他们各作一赋。果然，曹植第一个交卷，文辞华美，气势磅礴，骨奇高绝。曹操拍案称赞："这孩子真是才气非凡！"曹操在用人上向来是唯才是举，心里不禁暗想："要立曹植为太子。"

二

作为贵族少年，曹植走马斗鸡，宴饮游乐，吟诗作赋，才华横溢。他出口成论，挥笔成章。诗文骨高清奇，如出水芙蓉、山涧幽兰，气质高华，卓荦超群。许多大臣都在曹操面前称赞他的才气。加之有他老朋友的两个儿子丁仪、丁廙兄弟在曹操面前极力吹捧，曹操的念头似乎更坚定了些。但曹操并未宣诏，按而不发。这固然与曹操性格多疑有关，也是因为选太子必须谨慎。曹植任性放达，轻狂风流，或纵马郊外、射猎追杀，或狂饮浪醉、耽溺声色，"游目极妙伎，清听厌宫商"（《斗鸡篇》）。他连美妙的舞伎也看厌了，动人的歌曲也听腻了，和一些纨绔少年走马斗鸡，追兔捕雀，挥洒黄金般的时光。这时期他的诗也缺乏强烈的现实社会内容，但也写了些歌颂友谊、对生活不幸者抒发同情的诗篇。这些诗，似乎比较严肃，也有一定的思想艺术价值。

曹操本有长子曹昂，但曹昂在建安二年（公元197年）征战张绣时战死了。曹操不得不再择继承人。他先看好曹冲，但曹冲不久病死。曹操又将目光转向曹植，欲立曹植为太子。这一下触疼了曹丕的神经。曹丕、曹植一娘同胞，都是卞夫人所生。亲骨肉之间，暗流湍急。曹植一开始占有相当大的优势。他非常自信，因为自己才华过人，深受父亲赏识。

我想曹植准是一个美男子，峨冠博带，衣饰华贵，走起路来步履稳健而富有节奏感，像每一步都踩在一个音符上。他站在云杉林中，是一棵高耸云天的杉树；他站在竹林里，是一棵亭亭玉立、劲拔挺直的青竹。

优点也可能同时是缺点。造物主偏偏又给了曹植轻狂、傲慢、任性的缺点。他才气过人，又难以自控，常常做些出格的事。

才气是把双刃剑：它既能成就一个人，也能毁灭一个人。

有一件事使曹操非常恼火。建安二十二年（公元 217 年），曹操远征在外，曹植留守邺城。曹植喝醉了酒，私自坐着车子，打开正门——司马门，在"御道"上奔驰起来。这是犯了大忌的——司马门只有帝王本人在举行大典时才可开启。曹操以法家思想治国，对这种严重违法行为，极为恼怒。他立即下令杀了掌管王室车马的公车令，并说："异目视此儿矣。"（《三国志·魏志》）他在诏令中告诉大臣他的这个儿子不能成为心腹，表达了他对曹植的极端失望。

其实曹操还想重用曹植。他给曹植悔过的机会，并任命他为南中郎将、行征虏将军去救被关羽围攻的曹仁。这是曹操给爱子曹植的一个赎罪机会，并准备召见曹植，予以诫敕。这可以缓和父子间的矛盾。可是这个机会被曹丕破坏了——曹植被曹丕灌醉而不能前去听敕受命。曹操再次发怒，"悔而罢之"（《三国志·陈思王曹植传》）。

曹植拙诚，曹丕巧诈。他们天性不同。曹丕恰恰会利用曹植的缺点来表现自我。他"御之以术，矫情自饰"（《三国志·魏志》），工于心计，善于权术。他表面上装得老实，一方面引导曹植犯错误，另一方面笼络人心，利用自己的地位，让一些大臣为自己说好话、造舆论。

曹操虽然挟天子以令诸侯，但他并没有僭越为臣之畛域。他始终不称帝，尽管大汉王朝气数将尽，名存实亡，他完全可以取而代之。建安二十五年（公元 220 年）正月曹操卒于洛阳，曹丕继魏王位。长达 10 年的王位之争，以曹丕的胜利、曹植的失败而告终。曹植意气风发的少年人生华章已被历史轻轻翻了过去。

从此曹植的命运乐章便被涂上了悲剧的色彩，一直演绎到生命的终结。曹丕自幼习经史百家之书，又喜骑射，志趣在统治之学，且受诸家阴谋、权诈、捭阖之术的影响。称王之后他更任性放纵，躐乱礼制，对臣下也多有刻薄寡恩之道。严格地说，曹丕并不遵守儒家标榜的"仁孝"之道。

曹丕一上台就开始迫害曹植。第一步，就是先除掉他的羽翼，断其手足。丁仪、丁廙是曹植情同手足的幕僚，这两个人曾向曹操极力推荐曹植当太子。曹丕早已怀恨在心，想找个借口，除掉了"二丁"全家男口。丁仪苦苦哀告求饶，但曹丕不予理睬。曹植看在眼里，痛在心中，但无力相救。曹丕做了皇帝就开始直接迫害曹植，把他贬为临淄王，将其赶出京城。曹丕对每一位诸侯都安插一个监察使者。对诸侯的一言一行，使者可直接奏报皇上。监督曹植的使者叫灌均，是个心毒手狠的家伙。他上疏言曹植"醉酒悖慢，劫胁使者"。曹丕看了奏疏，大怒，立即降旨，召曹植回洛阳，交百官议罪。当然那满朝朱紫大都是看皇上的眼色行事。他们有的主张将其贬为庶人，有的主张将其大辟。但由于曹植生母卞太后从中干预，曹丕不得手，只好下诏，改封为乡侯，也就是降级使用，封地为安乡。曹丕的其他弟兄大都是郡侯，唯有曹植是个乡侯。曹操在世时，曹植食邑万户，是当时唯一的万户侯，而今曹植被降为千户。曹丕虽没有对曹植下毒手，但对这个才高八斗的胞弟百般刁难。

这就有了七步成诗的故事。曹丕拿来一幅画，画上有两头牛相斗，一头牛掉进枯井。曹丕令曹植诗配画，但诗中不得有"二牛斗墙下，一牛坠井死"之类的字样。曹植沉思片刻，脱口而出："两肉齐道行，头上戴横骨。行至凶土头，崶起相唐突。二敌不俱刚，一肉卧土窟。非是力不如，盛意不得泄。"（《百步诗》）

群臣皆惊。

其实这首诗诗意并不超迈，并没表现出曹植的才华，说得刻薄一点是平庸之作，竟也惊动了朝野。第二年秋冬之际，曹丕又导演了一场"百官典议"，抓住曹植一个小毛病，上纲上线，批倒批臭，并令其迁居邺城旧居，闭门思过。曹植又免不了天天写检讨、请罪。由于卞太后的干预，再加上曹植认罪态度好，曹丕没挑出什么毛病，即任命曹植为鄄城王，食邑也增加两千五百户，比诸兄弟低一等，在物质待遇上也比诸王"事事复减半"。

曹植早就有七步成章的盛名，曹丕又命他以"兄弟"为题再做一首。曹植不假思索，随吟一首："煮豆持作羹，漉菽以为汁。其在釜下燃，豆在釜中泣。本自同根生，相煎何太急？"这就是有名的《七步诗》。

曹丕闻之，潜然泪下。

一场刀光剑影、骨肉相残的悲剧就此画上句号，而一首千古绝唱传遍天下，妇孺皆知。曹植的天才之光像一道绚丽的彩虹，横亘在中国文学史的天宇。

从此以后，曹植的文学创作在黄初年间一改建安初期那种公子纨绔之气，斗鸡走马、宴饮游乐的题材也一扫而空。曹植性情变了，文风也变了。他忧郁，他悲愤，他怨怒，他的诗反映了受迫害者生活的抒忧发愤的情绪。所以，后人这样评价曹植后期诗作："忧伤慷慨，有不可胜言之悲。"（南宋刘克庄，《后村诗话》）

三

曹植和建安七子一样，虽然他们的行为践踏儒家伦理、毁灭儒家纲常，但他们灵魂深处仍然有一座儒家殿堂巍然屹立，那就是建功立业、入世修身的理念，齐家治国平天下的宏伟理想，为国家做一番贡献的壮志豪情。

社会地位和生活的改变，也改变了曹植的文学创作。他的笔一扫斗鸡走马、宴饮游乐的纨绔气，出现了被迫害、被压抑的悲愤悒郁之气。这时的作品正如南北朝谢灵运所言，"颇有忧生之嗟"（《拟魏太子邺中集诗》）。诗思更加深沉，格调更加遒健，情绪亦更加悒郁。《赠白马王彪》真实地记述了兄弟相残、骨肉相杀的悲剧。那是黄初四年（公元223年）五月，洛阳的牡丹已经繁花似海，洛河岸的杨柳泻绿滴翠。这真是诗的岁月，花的季节！

一切都那么美丽动人，生机蓬勃！兄弟朝会，张灯结彩，喜气洋洋。但是，朝廷里忽然阴霾密布，阴风凄凄，剑拔弩张的气氛十分浓郁。曹植的同母兄长曹彰被曹丕毒杀。兄弟诸王从各地来京朝会，曹丕假惺惺极尽皇兄之谊，邀曹彰下棋，而旁边放些毒枣，曹彰误食而暴死。这给这次朝会蒙上一层恐怖的阴影。到了七月，诸王还国，曹植与白马王曹彪同路东归。谁知刚出洛阳不远，监国使者便追了上来，要他们二人不得同行、同宿，要他们单独行动。于是二人分手，临别时，曹植做了这首《赠白马王彪》。此诗写得沉痛之极，有不可胜言之悲。该诗作对曹丕的阴毒、残暴给予强烈的谴责，把那些监国使者痛斥为"鸱枭""豺狼""苍蝇"，倾泄一腔愤慨。

曹植不仅是建安时代天才的诗人，而且是一位杰出的散文家。他的名篇《洛神赋》早于《赠白马王彪》。黄初三年（公元222年），曹植离开京师，路经洛川，想起民间传说中洛神的故事。洛水女神宓妃是一位美丽多情的女神。作者想到洛阳，又联想到宋玉对楚王说巫山神女之事，灵感忽至，写下了《洛神赋》。

曹植带着随从来到洛水之滨，凝神张望，只见一川流水，滔滔而去，阳光照耀，河水浪花溅溅，满河飞金点银，如梦如幻。他仿佛看到洛神仙裳飘举，环佩窸窣，身姿婀娜，凌波而来。其后，是他们互赠礼物，洛神和她的同伴在空中和水上自由游玩。这时风神敛翅，河神命波浪平静，水神击鼓，创世神女娲也在歌唱。曹植与洛神乘着驾"六龙"的云车出游，一叙衷曲。最后曹植与洛神在洛水的舟中表达思慕之情，离岸乘车远去时，还回头张望，无限依恋！

一个五彩缤纷的梦，一个美丽的神话。曹植的《洛神赋》是一曲梦幻之歌。这里写的洛神实际上是甄氏。这篇《洛神赋》中的女主人公以甄氏为原型，并非曹植子虚乌有的浪漫想象。甄氏何许人也？这位美人原是袁绍的爱妻。当年，曹丕跟着曹操攻破了冀州城。不顾曹操的禁令，曹丕闯进了袁家，见了这位美人，便请求父亲允许娶她。其实曹操对她也一见钟情，又不能与儿子争风吃醋，只好答应。曹丕还作诗《善哉行》："有美一人，婉如清扬。妍姿巧笑，和媚心肠。知音识曲，善为乐方。哀弦微妙，清气含芳……离鸟夕宿，在彼中洲。延颈鼓翼，悲鸣相求。眷然顾之，使我心愁。嗟尔昔人，何以忘忧。"美女在任何时代都是稀少资源。曹植对甄氏也有相思之愁，曾写诗《美女篇》赞美甄氏美人："罗衣何飘飘，轻裾随风还。顾盼遗光彩，长啸气若兰。"这种怨慕之情最终化为一曲千古绝文《洛神赋》。那洛神女子，天高地远不可及，泽畔停驻，让你不忍扰碰。这女子头戴金钗，腰佩翠琅，"明珠交玉体，珊瑚间木难"（《美女篇》）。是水中之月、雾中之花，是佳人又是天仙。

那是落叶萧萧的秋日。曹植下榻在驿馆，一豆青灯，铺开绢帛，笔走龙蛇，墨飞色舞，一位姿态绰约、花容月貌的女子跃然纸上："翩若惊鸿，婉若游龙。荣曜秋菊，华茂春松。髣髴兮若轻云之蔽月，飘飖兮若流风之回雪。远而望之，皎若太阳升朝霞；迫而察之，灼若芙蕖出渌波……"（《洛神赋》）极尽铺排藻饰，描绘出一位光艳四照、天姿丽质的美女子形象。

这首小赋，极富抒情味，对后世影响很大，在魏晋时期对抒情小赋的创作，起了推动发展的重要作用。

四

曹植毕竟是贵族出身，温室里长大的苗儿。他没有李白"天子呼来不上船"（唐代杜甫，《饮中八仙歌》）的诗胆，也没有苏轼"一蓑烟雨任平生"（《定风波》）的豁达，更没有辛弃疾"醉里挑灯看剑"（《破阵子》）、"栏杆拍遍"（《水龙吟》）的凌云之志。

经过种种磨难，曹植已不是那种轻狂放浪的翩翩公子，也不是那种诗心似火、引吭高歌的诗人。俯视茫茫，寂寥空阔，曹植处在不寒而栗的孤寂境地。苦难和孤寂使一个天真无邪的少年患了抑郁症。有时他也扼腕长叹，沉溺于笙歌美色之中。他四顾，"美女妖且闲，采桑歧路间"（《美人篇》），满眼"顾盼遗光彩，长啸气若兰"（《美人篇》）。

曹丕虽然对曹植不直接迫害了，但也绝对不重用，而且让他在那一亩三分地里闭门思过。

我完全能想象出曹植被幽禁封地的孤独寂寞、苦闷彷徨。秋天落叶飘飞，冬天暮雪曼舞，春天残红凋零，落霞孤鹜，能不让他念及远在京都的老母？望星夜秋雁，嘹唳的雁鸣，凄厉肃然，怎能不使他忧伤、孤愤？他空有八斗才和一腔豪情，却无处挥洒。

不过他的忧郁仍不失贵族气，是法相端严的忧郁。

这种忧郁饱含着悲伤、愤怒、怨恨、对国家前途的绝望。

他把灼人的痛苦深深地埋在心中。

曹植作《幽思赋》宣泄了他心中郁垒。

我如果和曹植是同时代人，见到曹植会拍着肩膀安慰他："子建兄，凡事要想开一点。你写你的小诗、小赋，多自在呀！不在其位，不谋其政。操那闲心干吗！澎湃之后的安静其实也是一种美，灿烂之后归于平淡，不也是人生的一种境界吗？"

无色的斑斓，无声的喧嚣，使曹植的余生只得安安静静地吟诗，安安静静地写些小赋。

慷慨悲壮转为秋水弱柳。

曹植不仅是个天才的诗人，还是位精通声律的作曲家、音乐家，尤其熟稔佛教音乐——梵呗。他在东阿陈思王位上，除了吟诗就是研究梵呗。梵呗是一种佛教的赞歌。曹植在这期间不仅创作了大量的乐府歌赋，又创作了四十多章赞呗，皆以韵入弦管。曹植创作的《鱼山呗》，被人称为"既通般遮之瑞响，又感鱼山之神制"（唐代梁慧皎，《高僧传》）。

我完全能想象到，仲夏黄昏，夕晖在天，飞萤缭绕，曹植在院子里置一机案，手弹筝弦，左右侍女或怀抱琵琶，或手执玉箫。歌女对月长歌，音质凄清悲怨，如丝如缕，如怨如诉，清雅哀婉，如空中传来一曲仙乐。曹植屏气静听，眼泪刷刷地淌下来。远处的寺院已被暮色吞噬了，只有高大的银杏树尖上还闪烁着几滴霞光。风，吹过田野，吹过黄河，涛声梵韵，沉稳悠扬，缥缥缈缈，连接晚霞和初月，缭绕盘旋，最后消失在天之涯、地之角……

此曲只应天上有。这是天籁。

曹丕这位经过禅让而登上大位的魏文帝在位仅 6 年便崩逝，其子曹睿继位，即魏明帝。曹丕之死，无论如何对曹植来说是一幸事。他相信侄儿曹睿不同于他爹，对皇叔曹植态度会有所转变。果然，曹睿先是把父亲在世时用过的 13 套衣被赐赠老叔，接着又把老叔从荒僻、贫穷的雍丘调到黄河岸边土地肥沃的东阿，使他的物质生活有很大的改善。这样老叔该满足了吧？但实际上曹睿并未从根本上改变父亲的政策，在政治上曹植仍然没有地位。曹睿仍然按照父亲的"既定方针"，把他禁锢在封地，使他不能与闻朝政。

曹丕是人，曹植是"仙"；曹丕可做天子，曹植只能是颗流星，让人叹息惋惜。曹操选定曹丕做太子，并没走眼——曹植只能做诗人，专业化的诗人。曹氏父子都是杰出的文学家，他们开一代诗风。曹丕的诗情意清新，为诗为赋皆流光溢彩，让人可遥望盛唐的气象。曹植则不然——他一生如明月，月光流泻于地，清冷凄凉。尽管曹植少年狂放，人到中年却悲观、孤寂。他的诗也是唯美主义，是空中月，是波中影，是枝头风，有"寒塘渡鹤影，冷月葬花魂"（清代曹雪芹，《红楼梦》）的凄绝。

但是，人是个怪物，尤其才华过人的人更是怪物。物质生活的穷困和窘迫似乎并不怎么痛苦，痛苦的是不能实现自己的人生价值，不能为国建功立业……他焦虑，他痛苦。一颗曾经冰冷的心复苏后，更加热烈、躁动。他渴盼生活给他一个舞台，一个生命的支点。他试着向侄儿魏明帝呈上一份奏表——《求自试表》，强烈要求曹睿给他一个机会。表文说："如微才弗试，没世无闻，徒荣其躯而丰其体，生无益于事，死无损于数，虚荷上位而窃重禄，禽息鸟视，终于白首，此徒圈牢之养物，非臣之所志也。"表文激情淋漓，声泪俱下，说自己犹如笼中之鸟、圈牢之物，生活虽富裕，却不能为国效劳，盼皇上恩赐一职，能济国惠民。他在表文中一再向曹睿表白忠心，言之凿凿，辞之耿耿，可剖肝切腹，"诚与国分形同气，忧患共之者也"，希望为国效劳。然而轩辕不见，神龙不出，曹睿无动于衷。曹植只好继续待在他的封地。

直到太和六年（公元 232 年）正月，曹睿把诸侯王——大都是他的叔伯辈——召集到洛阳。这是曹植自上次朝会的八年后，第一次晋京。曹睿比他爹聪明，依然热情地带着老叔游逛洛阳，看京都新面貌，还问长问短，赐酒食，赐水果。曹植很想当着老侄的面，倾诉心中的苦闷，希望在政治上得以重用，但曹睿装聋作哑，充耳不闻，始终没答应给曹植在朝廷安排一个官职。谁知，这次朝会之后，曹植的封地被迁到陈地。他的心情更加郁闷，精神极其痛苦。他怅然绝望，到位不久，便一病呜呼了，时年 41 岁。他临终前对身边亲人和侍从说，要薄葬，墓在东阿。

为何曹植将自己的坟墓选在东阿？是对故封的眷恋？是对黄河岸边的小城情有独钟？还是因为做东阿王时是自己诗文创作丰硕的年代？前边说过，曹植在东阿作过梵音乐曲。或许他希望那凄悲超乎天然的梵音，像仙乐一样，和着黄河的涛声浪韵，在冥冥中，伴随自己孤独凄悲的灵魂。一曲梵音千古愁！

曹植并不屑于翰墨、辞赋，然而命运之神阴差阳错，文学却成为实现他人生价值的最好途径。

他要"戮力上国，流惠下民，建永世之业，流金石之功，岂徒以翰墨为勋绩"。然而，他建功立业的雄心壮志始终没有得到施展，短短一生只能纵横翰墨，徜徉诗丛赋林。他在文学创作上留下了千古不朽的勋绩。他在《薤露行》中写道："……孔氏删诗书，王业粲已分。骋我径寸翰，流藻垂华芳。"

《魏志》载："初，植登鱼山，临东阿，喟然有终焉之心，遂营墓。"

我徘徊在墓前，历史在我脑海里喧嚣着。

空中的云翻卷着，雨似乎变大了，淅淅沥沥，敲打着花草和树木，叶子痉挛般战栗着，发出细微的叹息声。没有游客，山是一片沉寂。脚下的黄河，水面宏阔，浑浊忧郁的波涛，无声地漫过去，漫过去，像一章章远逝的历史。

曹植死后，曹睿送他谥号"思"，世称其为"陈思王"。据《谥法》，"思"是"追悔前过思"，又可解释为"思而能改"。陈思，沉思也。一个天才的诗人，一个苦命的诗文大家，就长眠东阿小城，做永恒的深思了。

曹植像一道流光，带着忧郁的色彩，消失在历史的幽暗中。钟嵘在《诗品》中盛赞曹植："骨气奇高，词采华茂，情兼雅怨，体被文质，粲溢今古，卓尔不群。嗟乎！陈思之于文章也，譬人伦之有周、孔，鳞羽之有龙凤，音乐之有琴笙，女工之有黼黻。"他简直把曹植推向了诗圣的地位。

我走下鱼山，雨停了。夕阳从云隙中艰难地挣扎出来，颜面惨白，恹恹如病。黄昏近了。我无言地回望着山顶上的坟墓，发现它已经被淹没在杂草丛中。

蔡文姬："建安第八子"

一

建安十二年（公元 207 年）初冬，塞北草原，天空晴朗，牛乳般的阳光倾泻下来，还是很暖人的。前些时日下了一场薄薄的初雪，已开始融化，地上露出斑驳的草，几支野花还傲然而立，很鲜艳，很耀眼。晚归的大雁鸣唳着飞过寥廓的长空。

包帐内，蔡文姬脱下一身臃肿粗糙的胡人长袍，换上华丽鲜艳的锦缎汉装，散乱的发辫束成汉式蛇形云髻，连鞋子也换成汉使带来的千层底绣花云鞋。儿子绕膝缠身，哭叫连天。天意缀合，一经分手，永成乖隔。骨肉分离之痛，故土思念之悲，汉家之重恩，使她的灵魂在痛苦中挣扎，情感在炼狱中撕裂。她五内俱焚，泪如雨下。

包帐外，汉使在催促她上车。蔡文姬在后来写的《悲愤诗》中叙述道："儿前抱我颈，问母欲何之"，"我尚未成人，奈何不顾思。见此崩五内，恍惚生狂痴"。文姬在恍惚中登车而去。车辚马萧，一路风尘，一路颠簸，母子之别，恍然如梦。

文姬归汉是建安时代一桩传之千秋的佳话。

建安时代是烽火连天、腥风血雨的时代，也是思想自由、文学自觉的时代。那是倡导天才敢为天下先的时代。"唯才是举"是曹操尊重人才、重用人才的大政方针。这是时代的需要。

曹操从年轻时就尊崇文姬父亲——东汉时期大文学家、书法家、著名学者蔡邕。文姬自幼天资聪慧，才华非凡，乃一代才女。《后汉书》称其"博学有才辩，又妙于音律"。相传，她6岁时，父亲在隔壁弹琴。琴断，她能告知父亲是第几根弦断了。父亲震惊，再考女儿，故意弄断第四根，女儿在隔壁照样能说得出来。曹操是蔡家常客，十分欣赏蔡文姬的聪明才智。而她的花容月貌、倾城绝色，更令人心旌摇曳。时间像水一样流逝。转眼间，文姬到二八年纪，出落得更加娇媚、窈窕，不仅音乐才华大长，文才也初放光芒。她立志协助父亲共修汉书，小小年纪便想青史留名。她心中的偶像是东汉史学家班昭。16岁那年，蔡文姬嫁给河东名门望族卫家。丈夫卫仲道也是个才子，二人夫唱妇随，相敬如宾，常常一起谈诗说文，共研典籍，博览群书。然而红颜薄命。二人结婚不几个月，丈夫便因患肺病而故。卫家对这个媳妇产生怨恨，说她克死丈夫。蔡文姬性倔，咽不下这口气，愤然离开卫家，回到娘家寡居。

蔡文姬身上流淌着蔡邕的基因。她有血性，为人正直，才学显著。汉末三国时的丁廙在《蔡伯喈女赋》中说她"在华年之二八，披邓林之曜鲜，明六列之尚致，服女史之语言"。

蔡文姬从婆家回娘家后，又逢战乱，被匈奴掳去，一去又是12年。悲惨的命运，荒凉的时代，蔡文姬青春时期饱尝迍邅跌宕之苦和漂泊流离之悲。后来，曹操以重金赎回了蔡文姬。

曹操为什么以重金赎回蔡文姬呢？是否因为青年时期曹操曾暗恋文姬的美貌？当年曹操起兵陈留之时，蔡文姬亡夫正寡居陈留。也许蔡文姬少女时的美貌才智已在曹操心中泛起爱的波澜，又因"素与邕善"，常去蔡家，和寡居家中的蔡文姬有接触。为何曹操不向蔡家提出婚事？一是因为蔡邕被封为东乡侯，曹操正起兵讨伐董卓，再娶文姬有悖理之嫌；二是因为曹操起兵得到卫弘相助，卫弘与河东蔡文姬的前夫卫道仲家同宗同祖，如果娶文姬，又悖于义理。曹操左右掂量，消除了非分之想。

文姬归汉时已 35 岁，胡地的风沙早已剥去了她的婀娜，塞北的雨雪早已洗去了她青春的风采。此时的曹操也逾天命之年，53 岁了。大智大慧的曹操以重金赎回文姬，这是"政府行为"，不会纳文姬为妾而留下口实，遭后人唾骂。为了自己的形象，他以"素与邕善"为由，成全了对师长蔡邕的恩义和尊重，给天下人以"尊师崇文"的大义形象。招贤纳士，泽被后世，这才是曹操的高明之处。

蔡文姬在《悲愤诗》中描述了母子骨肉分离的悲戚场景："阿母常仁恻，今何更不慈。我尚未成人，奈何不顾思。见此崩五内，恍惚生狂痴。"诗人返回故乡，亲人已丧亡殆尽，连白骨都难寻觅，近亲也没有子嗣。她丧子丧亲，孤独一人，今后如何生活？又是曹操为蔡文姬选择夫婿董祀，组成家庭。蔡文姬一生三嫁，这本身就是人生的大悲剧。但董祀并不爱蔡文姬。蔡文姬已是明日黄花、半老徐娘，比她小 10 岁的董祀怎能爱已婚两次并生有二子的老娘们呢？

二

文姬归汉，父母双亡，故宅已成废墟，只有一个妹妹远嫁山东。父亲蔡邕的坟草荒萋。她跪在坟前哭得死去活来。原来董卓当权时，有人向董卓推荐蔡邕。董卓为笼络人才，收买人心，下诏征蔡邕入仕。蔡邕不赴，董卓大怒："如不来，当灭汝族！"（《三国演义》）蔡邕畏惧，奉命应诏。董卓一见蔡邕，大喜。董卓看重蔡邕的才学声望，一个月让其迁官三次，后来又擢升其为东乡侯。因蔡邕精通音律，董卓每举办宴会必请蔡邕击鼓弹唱，赞誉盛世，以助酒兴。董卓是巨奸大恶。他颠覆汉室，祸国殃民，民愤极大。董卓虽以高官厚禄予于蔡邕，但蔡邕对董卓所作所为极为反感，总想法逃离董卓。堂弟蔡谷劝他："君状异恒人，每行，观者盈集。以此自匿，不亦难乎？"（《后汉书·蔡邕列传》）蔡邕才作罢。

公元 192 年，董卓被王允巧施连环计杀死。蔡邕毕竟受恩于董卓，为董卓之死叹息一声，被王允斥曰："董卓国之大贼，几倾汉室。君为王臣，所宜同忿，而怀其私遇，以忘大节！今天诛有罪，而反相伤痛，岂不共为逆哉？"（《后汉书·蔡邕列传》）遂把蔡邕打入董卓同党，下大狱。后来被王允所迫，蔡邕缢死狱中。

这是文姬被匈奴掳掠后三个月发生的事。

才华卓异、精通音律且擅长书法的一代才女，回归汉朝后先被曹操安排在邺城。蔡文姬回忆起自己悲惨遭遇和苦难命运，字字血，声声泪，谱写了千古名篇《胡笳十八拍》和《悲愤诗》。

"胡笳"，是汉时北方匈奴的一种乐器，其声呜咽，哀怨动人。"拍"在突厥语中为"首"之意。《胡笳十八拍》即由十八首歌组合成一曲乐章，也叫套曲。全诗 1279 言，是一曲悲戚的骚体抒情诗。郭沫若高度评价它是"自屈原《离骚》以来最值得欣赏的长篇抒情诗"（《谈蔡文姬的〈胡笳十八拍〉》）

蔡文姬，一位大家闺秀被掳，一路遭到兵士的凌辱和鞭笞。风寒之苦，孤独和恐惧，把她掷进不可知的渺茫。后来，她因貌美而被左贤王纳为妃子。生活算是安定了，但匈奴是游牧民族，异乡异俗的生活，使她痛苦不堪。语言不通，习俗不同，举目无亲，远在塞北，出门荒草无边，远望渺无人烟，这一切都和她的习性格格不入。"毡裘为裳兮骨肉震惊，羯膻为味兮枉遏我情。"（《胡笳十八拍》）穿惯绫罗绸缎的玉体穿皮毛衣衫，常使她心惊肉跳；吃惯白面米饭的肠胃，怎受得膻肉酪浆的腥涩？寂寞和孤独伴着泪水熬过一天又一天。年年大雁南飞，寻找故巢的温暖，她何时回归故乡？岁岁大雁北归，能否带来乡音？云里雾里，亲人在何方？梦里念里，"胡风夜夜吹边月""故乡隔兮音尘绝，哭无声兮气将咽"。（《胡笳十八拍》）泪水湿了衣袂湿了枕，悲伤痛苦，泣泪成血。这巨大的乡愁，浓厚的乡情，像磅礴的乌云，压在心头，令人窒息！

白日看帐篷处荒草萋萋，牧野空旷，萧条万里，日暮风悲边声四起。夜里望茫茫苍宇，南国的星辰寥落迷蒙。想起流离失所、寂寞孤苦的命运，听风声在帐篷外呼啸、野狼在远处嗥叫和身边粗蛮剽悍汉子的如雷鼾声，文姬怎不思念故土的青山绿水？怎不思念和父亲谈诗论赋、抚琴弄瑟的日子？她眼泪涌出又擦去，擦去又涌出。世上什么最冷？孤凄女人的眼泪最冷。命运把一个柔弱的女子掷进这无边无际的苦寒之地，孤独，悲伤，困厄，在比胡笳更哀怨低沉的生命旋律里挣扎着生活。12 年，4000 多个日日夜夜啊！边风吹皱眼角细纹，塞北的阳光晒黑了雪肤玉肌，苦涩的生活把纤纤细手磨砺得粗糙。一身笨重的胡服，使一个才华横溢，精通音律又擅长书法、诗文的才女，蜕变成一个牧妇。

地处边荒，粗糙的异族生活，使文姬不堪其苦。她食膻腥，穿毛裘，住穹庐，坚强地活着，盼望有朝一日回到故土。北国冰天雪地，狂风呼啸。她常常独立包帐外，在风雪中长望南方，思亲念亲悲号哀叹。读罢《胡笳十八拍》，我眼前幻化出一幅图画：暮霭沉沉，残阳如血，瑟瑟塞外，朔风凛冽，一张端庄而憔悴的面容，凄楚的目光，忧戚的神色，身着胡服，手持胡笳，悲声呜咽屹立在雪野。一种窒息的痛苦，塞满我心头。

三

蔡文姬有五言《悲愤诗》、七言《悲愤诗》各一首。该诗在中国诗歌史上有重要地位。这是她在流落胡地、饱经战乱之苦之后，满怀家国之恨和离散父母之情，用血泪凝成的鸿篇巨制，是以生命体验之所感、所思、所忆、所情，为历代文人称道。

有了这两道诗，蔡文姬跻身中国古代四大才女，当之无愧。她对后人的影响之大，远高于"建安七子"。

　　蔡文姬的《悲愤诗》是中国文学史上第一首文人创作的自传体叙事诗。她感伤乱离，追怀悲愤，触景兴感，抒情叙事，融情于景，融事于情。蔡文姬的《悲愤诗》的出现标志着中国叙事诗走向成熟——这是里程碑。范晔在《后汉书·列女传》中称赞蔡文姬"博学有才辩，又妙于音律"。曹植、赵景真、陆机、石崇、江淹、陶渊明、谢灵运等人都读过蔡文姬的《悲愤诗》，甚至套用、袭用或受启悟而写出类似的诗句。清代诗论家张玉谷有诗云："文姬才欲压文君，《悲愤》长篇洵大文。老杜固宗曹七步，瓣香可也及袳裙。"那意思是说连千古诗圣杜甫都崇拜女诗人蔡文姬，将一瓣心香献给这位才女。张玉谷的话没有丝毫夸张。杜甫诗《北征》的创作就受蔡文姬《悲愤诗》的直接影响，且有一脉相承之处。

　　"建安七子"诗赋创作成就参差不齐。且不说孔融从未参加过邺城文学活动，诗赋创作成就也不大。将孔融列入"七子"，实有勉强。陈琳的《饮马长城窟行》可作传世之作。阮瑀的诗影响不大。陈琳、阮瑀"章表书记"，为曹操的秘书、文书。徐干、刘桢、应场、王粲辞赋创作成就更是寥寥。徐干的辞赋曾被曹丕认为可与王粲匹敌，但流传下来的只有几篇残缺不全的短文。真正有影响的是刘桢和王粲。刘勰在《文心雕龙》中称赞王粲："捷而能密，文多兼善，辞少瑕累，摘其诗赋，则七子之冠冕乎！"钟嵘在《诗品》中则极力彰显刘桢："仗气爱奇，动多振绝；贞骨凌霜，高风跨俗。"又说："自陈思已下，桢称独步。"这评价是否过誉了？这是研究者的课题，我不再多言。其实，当时聚集在邺下的诗人不止"七子"，还有邯郸淳、繁钦、路粹、丁仪、丁廙、杨修、荀纬、应璩、缪袭、吴质以及大名鼎鼎的女诗人蔡文姬等不下百人，形成一个文气氤氲、辞赋创作的鼎盛时代。曹操招贤纳士，笼络天下之才，的确得到了超值的回报。

　　建安文学是我国文学史上的一个高潮。这是由"三曹"和"七子"的邺下文人掀起的，而曹操则是这个文学集团的领袖。

　　我来到邺城采风，游历了当年的西园。它位于邺都的西郊，有新建的铜雀台，新修的芙蓉池。这里林木参天，芙蓉池波光粼粼，岸边草木葳蕤，煞是一方好风景。我想象，当年血气方刚的曹丕、才华横溢的曹植和六个哥们举杯飞觞，"酒酣耳热，仰而赋诗"（曹丕，《与吴质书》），"乘辇夜行游，逍遥步西园"（曹丕，《芙蓉池作》），那种豪情、浪漫、潇洒，真是淋漓尽致，令人羡慕。

蔡文姬的《悲愤诗》《胡笳十八拍》的艺术成就及对后世的影响，远远超过了"七子"，或者至少超过其中几"子"。然而，文学史和文坛却对此视而不见。是疏忽、嫉妒还是歧视女性？300 年后齐梁王朝大型诗文选集《文选》出于梁昭明太子萧统，女诗人的作品没有入选。这是对中国女诗人、女作家最大的歧视。所以后来文人明知蔡文姬的诗歌成就显著，也不把蔡文姬列入"七子"——"七子"出现空缺，他们宁肯把孔融填上，滥竽其间。这是世俗的不公平现象。

有人说，《胡笳十八拍》不是蔡文姬之作，而是后人的伪作。他们的证据是，范晔在《后汉书·列女传》中写到蔡文姬一节时，只附录了《悲愤诗》两首，未选入《胡笳十八拍》。那么，伪作者是谁？

铜雀台建成后，曹操在铜雀台大宴宾客，文人雅集，群贤毕至，人人吟诗，个个献赋，大才女蔡文姬在台上抚琴吟唱《胡笳十八拍》，表达了无法形容的悲痛。这呼天抢地、充满悲愤的诘问，如狂风激浪的诗句，怎能不震撼听众的心灵？这首感情激荡，如瀑布倾泻而下的诗篇，除有深切生命体验的蔡文姬，还有谁能写出？既然《悲愤诗》出自蔡文姬笔下，表现手法、艺术风格、题材和景物雷同的抒情长诗会出自谁手？没有刻骨铭心的生命体验，没有风雪苦难的人生经历，没有撕肝裂肺、骨肉分离的大痛大悲，怎能写出这血洒泪淋的诗章？怎能产生这震古烁今的人生感悟？

蔡文姬应为建安第几子呢？将这位才华横溢、精于音律又擅长书法的一代才女，列入第八子，总不为过吧？

嵇康：慷慨与苍凉

一

山阳，白鹿山。1700多年前的仲夏之夜。

一片茂林修竹，夜风飒飒，竹叶婆娑。清夜耿耿，幽篁戚戚。一轮明月从东方山顶上露出脸来，清晖洒入竹丛，光影摇曳，斑斑驳驳。林间空地上有石桌石凳。石桌上有酒盏、菜肴，杯盘狼藉。石桌旁或躺或坐着三五条汉子。月光下飞盏流觞，或浅唱低吟，或狂啸怒吼，吐纳风流，才华艳发。为首者名嵇康，字叔夜，一个"岩岩若孤松之独立；其醉也，傀俄若玉山之将崩"（《世说新语·容止》）的人物。

嵇康是谯国人（现安徽宿县）。走近他的故乡，我们不能不想起文学史上光彩熠熠的群星，他们像北斗七星一样闪烁在中华文化史的苍穹上。他们被称为"竹林七贤"。他们的名字镌刻在文学史的丰碑上：阮籍，嵇康，山涛，王戎，向秀，刘伶，阮咸。他们以特立独行的人格，放浪形骸，诗侣酒酬，采薇山阿，散发岩岫。他们绝羁独放的生活方式，震撼了一个时代，也震撼了历史。他们的许多诗文成了千古绝唱。

"竹林七贤"生活的时代是魏晋交替的时代。那个是一个腥风血雨、鸡鸣不已、瓦釜雷鸣、黄钟毁弃的时代。这些高士们遁隐林泉，不涉世务，举世皆浊我独清，众人皆醉我独醒，"冲静得自然，荣华安足为"（嵇康，《述志诗·其一》）。

长林丰草，固然是隐士的乐土。但大隐隐于朝，中隐隐于市。风暴的中心往往是安静的。这是隐士最聪明、最高超的生活方式。"居官无官官之事，处事无事事之心。"（《晋书》）一个官宦能做到这点，在那个悲风凄雨的时代能安然无恙，其处事态度可谓达到炉火纯青、老到练达之境地。

隐逸是躲避现实的最好的方法。孔子云："道不行，乘桴浮于海。"（《论语·公治长篇》）你看，老夫子一向倡导入世哲学，以修身、齐家、治国、平天下作为知识分子人生追求的最高境界，一旦感到不能与统治者同道，便驾一叶竹筏漂泊于大海，与风浪共舞，与海鸟共语，远离尘世的喧嚣，远离官场的污浊。

嵇康和阮籍是"竹林七贤"的代表人物，但他们二的人结局判若云泥。

魏灭晋生。司马氏家族逐渐战胜了曹氏家族，大肆屠杀曹氏家族和余党，血溅簪缨，尸横庙堂，天地昏暗，阴风怒号。在曹氏政权被司马氏夺得的过程中，司马氏动员士人入朝做官，为司马氏政权服务。不服从者，敢抗拒者，皆杀之。政治这东西，你不找它，它来找你。嵇康宁死也不出来做官，结果被司马氏集团杀害。

二

嵇康过着长期的隐士生活。这个卓荦超伦、声名闻达的文人士子，先后隐居山阳、河东十几年，就是不出来和司马氏同流合污。嵇康"婉娈名山，真人是要，齐物养生，与道逍遥"（《四言诗·其十》），追求仙人的生活，遨游人寰之外，徜徉太清之中，结友灵岳之上，弹雅琴而清歌，餐琼枝而漱朝露。这是一种矫拂人性的行动，只有神仙世界的圣水才能洗涤心灵的痛苦，消释人类的灾难。

嵇康和阮籍都追慕神仙。他们要遐逝飞升，以摆脱黑白混淆、贤愚不分的名利场的羁绊，消解心中的殷忧之情，在神仙世界里获得精神的超脱和解放。这对后世的李白影响极大。"一生好入名山游。"（李白，《庐山谣》）这种强烈的追慕仙人的意识和情结实际上是悲剧情结，仙境毕竟是虚幻的、不存在的。追求不存在的东西，而且不得进入，这岂不是让心灵遭受更大的痛苦！

嵇康追求超世脱俗、优游天外的神仙生活，遨游在五岳之上，嬉戏于神仙之间，假游仙以寄慨，托真人以为邻，寄欢愁于幻象，寓情意于烟云。真是浪漫得深沉，浪漫得顽冥！其实，浪漫有时与幼稚、纯真有共同点，在某些时候还近似愚昧。实际上，他们的心灵在痛苦中战栗着，正如鲁迅批评的那样，人不可能拔着自己的头发离开地球。

嵇康生于223年（黄初四年），卒于262年（景元三年），只活了39岁。

嵇康先世本姓奚，为避怨仇，逃亡浙江会稽上虞，后来迁至安徽铚县。铚县有嵇山，家于其侧，以嵇山命姓氏，故改姓嵇。

公元232年（太和六年），曹操的一个儿子曹林被封为沛穆王。后来嵇康娶曹林之女为妻。嵇康与曹魏宗室联姻，种下了人生悲剧的种子。他不但成了司马集团的仇敌，而且在曹魏集团也不受重用，甚至遭打击排挤。曹丕、曹睿对同姓诸王从来忌刻，监视他们的活动，遏制他们的势力。嵇康虽然做了曹家的女婿，也只被封了一个中散大夫的虚衔，一些大的政治活动都没资格参加。嵇康成了风箱中的老鼠，两头受气。

嵇康只好隐居在山阳（今河南焦作市附近）。嵇康服"五石散"，为的是强健筋骨，延年益寿。其实"五石散"毒性很大，吃下去浑身发热，神思恍惚，若狂若痴。在那个时代，魏晋风度，在许多人看来，是一种真正的名士风范。"竹林七贤"莫不表现出一派烟云水气而又风流自赏的气度，超拔脱俗，道风仙姿，曾被后人景仰。

鲁迅曾说，服食"五石散"从何晏开始流行，以至隋唐，名士们趋之若鹜，历经五六百年。又说："晋朝人多是脾气很坏，高傲，发狂性暴如火的，大约便是服药的缘故。比方有苍蝇扰他，竟至拔剑追赶；就是说话，也要胡胡涂涂的才好，有时简直是近于发疯。但在晋朝更有以痴为好的，这大概也是服药的缘故。"（《魏晋风度及文章与药及酒的关系》）

"五石散"究竟是什么东西？由哪些药物成分构成？"五石散"也叫"寒石散"，是东汉张仲景发明的，是医治感冒伤风之类的药。

"五石散"是石钟乳、紫石英、白石英、石硫黄、赤石脂五味药合成的一种中药散剂。"五石散"的药性非常猛烈而复杂，不仅要靠"寒食"（冷食）来散发，而且需穿薄而宽大的衣服，辅以冷浴、散步、饮酒等活动散发药物的热量，所以魏晋文人雅士大都是风流倜傥、宽袍大袖的飘逸风姿。有的不堪忍受药性，于是赤身裸体——竹林七贤的刘伶就经常脱光衣裳在屋里走来走去。他自称"天生刘伶，以酒为名"，其言行狂诞狂放尤甚。人见之，伶曰："我以天地为栋宇，屋室为裈衣，诸君何为入我裈中？"（《世说新语》）这种任性、放诞，实际上是对孔子儒家学说的挑战，是对封建礼教的对抗。这种放荡的叛逆，蔑视一切律令、礼法、时俗、成规，超越虚伪的伦理，虽然美其名曰张扬了生命的个性，强调了人的真情实感，是对当时黑暗社会现实和门阀制度的反抗和犯忌，但严格地说，是另一种消极、颓废、绝望，也是反文明的。这种刻骨铭心的人生失意感、无望感、漂泊感、孤寂感、短促感、焦虑感，是精神的自我摧残、肉体的自我戕害，是一种绝望和无奈，是弱者的表现。

"建安七子"和"竹林七贤"所处的时代是汉魏交替的时代，是不正常的时代，是不能任人驰骋的时代。动荡和残酷的现实让人朝不保夕，使名教崩毁、伦理失序，令人迷茫和绝望。"人居一世间，忽若风吹尘"（曹植，《薤露》），"日月不恒处，人生忽若寓"（曹植，《浮萍篇》），连皇胄贵戚都感到孤独、绝望、悲观、凄凉、忧愁、恐惧，何况平民百姓？

三

　　司马氏集团得势后，曹魏政权将被取代。司马氏对曹氏家族、皇胄贵戚，不分青红皂白，采取了斩尽杀绝的政策。当然司马氏集团也有一套"知识分子政策"，动员他们出来为其服务。阮籍就是一个。他当了司马氏集团的高官。而嵇康硬是抗旨。他隐居山阳，放浪形骸，吟啸林泉，寄兴烟霞，过着逍遥而不自在的日子。

　　嵇康那时已名气很大，风度很好。传说他身高七尺，端庄英俊，如玉树临风，倜傥潇洒，不假修饰就有一种龙凤般的风采。人们见到他，仿佛见到仙人、神人。

　　嵇康除了诗歌著世，还提倡玄学。他将《周易》《老子》《庄子》合称"三玄"，视若圭臬。士大夫们继承汉末的清谈之风，坐在胡床上，以精心揣摩的语言，谈论那些哲学命题。

　　嵇康还有一篇著名的文章——《养生论》。他知道神仙是无法学成的，但人可以练气功。在导养上，他强调精神的作用，说精神对于形骸，就像君主统治国家；精神躁动不安，形体就会毁灭，就像昏君治国，国家一定乱七八糟。所以，喜怒哀乐都给身体带来损害。故而，他主张淡泊，不受外界干扰。

　　嵇康是曹家的女婿，本身就是司马氏集团猜忌的对象。他又写文章，笔辞犀利、冷峻地揭露司马氏集团的虚伪，嬉笑怒骂，含沙射影。司马昭对他当然恨之入骨，便派了亲信钟会察看动静。钟会是贵公子出身，善书法、玄理，曾撰写《四本论》，讨论才与性的同、异、合、离问题。写好后他想请嵇康评定，但又不敢面呈，便从户外遥掷嵇康院里，之后急忙跑开。这个钟会又是一位野心家，后来统兵灭蜀，在姜维的鼓动下企图据蜀称帝，结果失败被杀——这是后话。

钟会受了派遣，带了一批宾客来见嵇康。嵇康正与向秀在一棵大树下打铁，赤膀裸背，汗流水爬。对钟会一行的到来，他不理睬，自顾抡着大锤。钟会非常恼火，只好快快而去。

景元二年（公元 261 年）山涛被司马氏集团任命为吏部郎，便举荐嵇康代替自己原来的官职。但嵇康十分恼怒，挥笔写下《与山巨源绝交书》。他们本是好朋友，都属"竹林七贤"，结果成了仇人。

嵇康嬉笑怒骂，针砭现实，直刺官场黑暗的心脏，骂得痛快淋漓。一副傲岸不俗、独立苍茫的大丈夫气概和蔑视庸俗、睥睨官场的高洁之士形象跃然纸上！

嵇康，一个时代的叛逆者，一个不与世同流、不与统治者共谋、特立独行的人，既受到当时有正义感、有良知的士大夫的尊崇，又引得司马氏集团切齿痛恨！

嵇康的自然本性真是纯真得可爱："头面常一月、十五日不洗，不大闷痒，不能沐也。每常小便而忍不起，令胞中略转乃起耳。"（《与山巨源绝交书》）他不洗脸、不洗澡，拉屎撒尿之事都写到"儒雅"的文章里，真令那些饱学之士气得嘴眼挪位、七窍生烟！

他还把劝他做官的山涛骂得狗血喷头！

这封名为"与山巨源绝交书"实际上是同司马氏集团绝交的书信，是一篇同司马氏集团决裂的檄文！

嵇康呀，嵇康，这下子你闯了大祸了！

四

嵇康的《与山巨源绝交书》引起了司马昭的震怒。这哪里是推辞、发牢骚？这是对当朝政治的嘲弄、挖苦、讽刺，是对司马氏集团的"大不敬"！

嵇康完了！司马昭借吕安之祸下诏逮捕嵇康，将他打进监狱。

嵇康身处风云变幻之际，因排俗取祸，却毫不畏惧。

嵇康下狱，引发了一场全国性"学潮"。数千名太学生请愿、抗议，要求释放嵇康，给司马昭很大压力。这时候钟会却极力劝司马昭杀掉嵇康。他说，嵇康是一条卧龙，不能让他起来；你不用担心得罪天下，你应当担心的是嵇康其人。他又造谣说，当年嵇康准备起兵，帮助毌丘俭。钟会所拟嵇康的罪状有：上不服天子，下不理会王侯，对时人毫无益处，而他的态度傲慢，伤风败俗，傲岸不羁。他认为，不杀嵇康，"王道"就不能推行。司马氏集团为巩固政权，加强统治，疯狂铲除异己，诛戮名族。凡与曹魏宗室等司马氏的敌对力量有牵连的社会名流，几乎无一幸免，何况"狂徒嵇康"？

小人借助最高权力，置对手于死地，并非钟会始，也非钟会终。这一手很厉害，也是他们陷害忠良义士、借刀杀人的手段。中国历史上很多精英人物就死于这种人类渣滓手中。屈原死于公子兰、靳尚之流。司马迁受宫刑固然是由于汉武帝的愤怒，而朝廷上一些小人也起了推波助澜的作用。此后，又有苏东坡受李定、舒亶宵小奸佞谗言诬蔑陷害差一点丢了性命。庸人嫉妒有才华者，小人陷害君子，恶人欺负善人，是人性恶的表现，是人的动物性的本质表现。

钟会的谗言达到了目的。景元三年（公元262年）嵇康被杀害于洛阳城东建春门外马市，时年39岁。

囚车自街尾辘辘驶向街心，看客纷扰涌动，跟着车马滚滚行进。阵阵尘土卷起，像乌云一样笼罩在洛阳东市的上空。嵇康站在囚笼里，目光静穆，像平时回家一样。来到刑场，嵇康被解下囚车，依然镇定自若。在刽子手尚未行刑的间隙里，他要来五彩琴，正襟危坐，弹奏了一曲悲壮高亢的《广陵散》。《广陵散》是什么曲子？据说，那是一首旋律激昂慷慨、富有战斗意味的乐曲，气贯长虹，声势夺人，直接表露了反抗暴君的斗争精神，因而常为统治阶级及其卫道士所嫉恨。后人朱熹说："其声最不和平，有臣凌君之意。"（《紫阳琴书》）宋濂也说："其声忿怒躁急，不可为训。"（《太古遗音·跋》）嵇康却热爱此曲，说明他一生充满了反抗和叛逆精神。

刑场一片静默。

这静默同样引起知音的热血沸腾。

曲尽，嵇康把琴一掷，曰："袁孝尼尝请学此散，吾靳固不与。《广陵散》于今绝矣！"

刀起头落。一道血雨腾空而起，又梅花般纷纷飘落在刑台上，而《广陵散》余音袅袅……

嵇康一生太浪漫了。他酷爱弹琴、饮酒，笑傲清风山林。他把生活当成了艺术，他太诗化了。

一个大文豪就这样完成了他人格的造型。他诗的高雅，琴曲的飘逸，性情的傲岸旷达，自由的理想和信念，化为一曲《广陵散》升腾在空中。

他走了，带着孤单、寂寞、疲惫和苍凉。在这辽阔荒茫的旷野上，玄色的长衫，在晚风里翩翩飘动。

他走了，《广陵散》成了历史的绝响。

我曾想象嵇康端坐的姿态、静穆的外表和内心卷起的情感风暴。那瘦若竹节的白皙的手指撩拨着铮铮的琴弦：其声时而如暴风骤雨，时而如江河倒悬，时而如海啸汹涌，时而如岩浆烈火，时而如潺潺流水，时而如飘逸流云。一个仁人志士对黑暗的抗争，对丑恶的睥睨，对世俗的唾弃，通过那激昂的旋律、那一条条琴弦倾泄出来，山洪般爆发出来！

我也曾经想象，嵇康接过五彩琴时，应该是大恸大悲，泪流满面，脸色青冷苍白。当手指滑动琴弦时，那青筋裸露的双手，会战栗，会颤抖，蕴藏在眼窝里的泪水再也止不住，会扑扑簌簌掉下来，滴落在琴盘、琴弦上，化作音符，化为一曲激越高亢的旋律，激荡在这广阔的世界。嵇康留给这个世界的不是眼泪，不是人们的同情，不是悲戚戚的形象，是烈士、志士、义士，是视死如归、大义凛然的英雄……据说，这《广陵散》是嵇康夜遇神鬼所授，是一曲仙乐，是一首神曲。

悲剧迟早会发生。《广陵散》的绝响，嵇康的慷慨而死，是心性的解脱，精神上的自由。

五

魏晋时代始终是令人浮想联翩的时代。这个时代最黑暗，最腥风血雨，最残忍，最悲绝，最痛苦，最专制，但也是最有艺术精神、最富有浪漫主义气息的时代，是诗意很浓、酒意很酣、很有尼采宣扬的酒神精神的时代。宽服，拂尘，木屐，丹药，清谈，阔论，抚琴，吟啸，佯狂，一杯浊酒融进飘逸的精神，还有清俊的诗歌、孤高的心性、璀璨的思想、铮铮的杀伐声、高山流水的琴韵以及狂狷的人格。

嵇康、阮籍可谓魏晋南北朝时期的璀璨双璧。他们才情卓荦，诗文彪炳于世，更以高尚的人格光耀千秋。

更令人惊讶的是嵇康临刑前对儿女最放心的安排是让他们投靠山涛。嵇康死后，山涛一直无微不至地关怀和抚养他的子女。尽管他们二人在理想和人生追求的目标方面有所不同，但并不影响个人的友谊。

李白：孤独的月光

一

我来采石矶是寻觅1200年前的月光。

1200年前的月光是李白的月光，是唐朝的月光。

李白的月光是满地夜霜，一片晶莹；李白的月光是孤月空悬，银河清澄，北斗参差，月下生天镜；李白的月光是一片冰心，银剑金壶，松风素辉。

但是月亮还未出来，1200年前的月光，还隐在山那边、水那边、唐诗那边。

采石矶旁的长江像大唐帝国的诗篇，浩瀚壮阔，气势雄浑，视野旷达。流水也有了章法，没有惊涛，没有骇浪，没有急流喧豗的凶险。它稳健沉着，磅礴大度，意境恢宏，气格遒劲，有跌宕迤逦的韵致和无与伦比的盛唐气象。尽管长江流经了天下绝景的三峡，流经了断岸千尺、江山如画的赤壁，流经了虎踞龙盘的金陵，但采石矶仍不失为这巨流大川的一页精美插图。

李白选在这里跳江捉月，的确有一双慧眼，尽管他醉眼蒙眬。1200年前采石矶的月光准是迷离凄美，恍恍惚惚，迷迷蒙蒙。那月光是诗，是一种仙境。李白经不住月光的诱惑，跳江捉月，愿乘一缕月光，羽化成仙。李白浪漫得着实可爱，也荒唐得可笑，说白了，有点傻乎乎的。

此刻正是落暮时分，我站在采石矶上，期盼着1200年前的月光再度升起，愿那古老、苍茫的月光泼我一身诗意。4月的长江没有夏季的浮躁和浑浊，而是一川浩浩，满江粼粼，在夕阳下明晃晃的，炫目耀眼。江风柔和温馨，岸柳依依，柳丝苒苒，水边荇藻袅娜。又有三两只水鸟，莺语燕喃，翩跹而去，像古典的诗。故垒西边的惊涛已不再唱苏东坡铜琶铁板的大江东韵。周郎赤壁的战火早已熄灭，风烟俱静的江面只闻得渔歌唱晚。曹公横槊赋诗已成为历史的断简残篇。唯在这采石矶下，还漂荡着1200年前的诗魂。

二

　　李白25岁时，仗剑去国，辞亲远游，一生浪迹江湖，最后魂断异乡，客死长江下游当涂县。他从上游走来，历经人生苦难坎坷，在长江下游画上生命的句号。

　　李白的人生就是一条大江，穿峡谷，撞绝壁，激流飞湍，裹雷夹电，呼啸奔腾，一腔怒吼化为不朽诗篇——那是生命的闪电。长江的激情，长江的狂放和九曲百折的执着和不羁，已化为李白生命的元素。

　　李白平生有两大嗜好：一是饮酒，二是醉月。酒和月是李白诗的意象，又是李白诗的具象。酒和月是李白诗的主旋律，是李白诗之魂。李白是酒中仙，也是月中仙。古老的月光，苍茫的月光，迷离的月光，凄美的月光，伴随他走过漫长的一生。他或借一脉素月寄托对故乡的思恋，或牵引一缕清辉扶摇而上，一夜飞渡镜湖月，或采撷一掬月华，装饰自己缤纷的乱梦，点缀荒凉的诗篇。李白一生存诗千首，其中有四百首写到月。他的诗充满了月的素辉，月的晶莹，月光的缥缈和迷蒙，也渗透了月的孤寂和凄清。李白青年时期乍离故土，咏月怀乡，并无凄悲。"小时不识月，呼作白玉盘。"（《古朗月行》）这有点"为赋新诗强说愁"的味道。他借满天霜月，挥洒青春意气。"俱怀逸兴壮思飞，欲上青天揽明月。"（《宣州谢朓楼饯别校书叔云》）那是李白豪情满怀、志存高远的月光，轻灵澄澈，正合他意气飞扬的心境。他人到中年，书剑飘零，半生谋官，却仕途蹭蹬，看到官场黑暗，人世浑浊，便产生激愤和抗争。"三杯拂剑舞秋月，忽然高咏涕泗涟。"（《玉壶吟》）他壮怀激烈，孤愤难平，每至静夜，反思人生，烦恼，忧愁，满腹怨愤，油然而生。再看那轮孤月，他更感孤苦，青年时期的浩气、豪气都化为苦涩的苍凉。"我寄愁心与明月，随风直到夜郎西。"（《闻王昌龄左迁龙标遥有此寄》）这是说自己心中充满了愁思，无可排解，也无人诉说，只有将这种愁心托付给明月，寄予天各一方的朋友。南朝谢庄的《月赋》说："美人迈兮音尘阙，隔千里兮共明月。临风叹兮将焉歇，川路长兮不可越。"唐代张若虚的《春江花月夜》说："此时相望不相闻，愿逐月华流照君。"这种"千里共婵娟"的思念，只有天上的一轮孤月方可理解。

月光是空蒙的，迷离的，缥缈的，虚无的。越是虚无缥缈的东西，越能产生浪漫主义的想象，越能激发诗人上天揽月的欲望。酒能使人入梦幻，月能使人入仙道。李白对仕途和理想沉重的悲哀孤寂和绝望，并未导致诗人精神上的崩溃和自暴自弃。他背对龌龊的现实，放浪山水，笑傲江湖，皈依道家，寻仙悟真。"道真信可娱，清洁存精神。"（魏晋阮籍，《咏怀八十二首》）李白具有复杂的心态、矛盾的人格。他自诩具有管、晏之术和匡济天下的雄心大志，但又天真烂漫，无廊庙之材；他向往仕途，但又蔑视皇权；他有儒家积极入仕的追求，但又有浪迹山水、自由放纵的道家风骨。这是李白性格的悲剧。其实唐明皇并没有看错他——李白只能当诗人，不能胜任高官大吏。政治这玩意儿他玩不转。李白应诏入京，原以为能施展抱负。他倾心酬主，急于披肝沥胆，抒写忠才。然而他卓尔不群、恃才傲物的品格，就注定了他在朝廷不会受到重用。"君王虽爱蛾眉好，无奈宫中妒杀人！"（《玉壶吟》）皇上只封了他翰林，且为供奉翰林。李白哪里受得了这等窝囊气！他拂剑击壶，慷慨悲歌，也终莫奈何！

皇上赐金还山，让李白仕途之梦破灭。他只好重操旧业，浪迹江湖。这是李白人生的第一道低谷。虽然这让他非常尴尬，但是他"人生得意须尽欢，莫使金樽空对月"（《将进酒·君不见》），他那天风海雨的豪情并没有熄灭。失望的灰烬仍有希冀的火星，苦涩的心灵荒漠上仍有希望的花卉。"青天有月来几时，我今停杯一问之。"（《把酒问月》）你看他浪漫主义的诗情依然天真可爱。"月随碧山转，水合青天流。"（《月寄江行寄崔员外宗之》）他仍然期望时来运转，否极泰来，一展抱负。真是烈士暮年，壮心不已！

"安史之乱"时，李白已进入人生的暮年。但他极想报效国家，以酬壮志。他不远千里投奔李璘平叛队伍。谁知，李璘这忤逆之徒打着平叛的旗号，扩大地盘，妄图分裂国家。唐肃宗戳穿了其狼子野心，兵锋指处，灰飞烟灭。李白也因此获罪，身陷囹圄，在流放押解途中又喜获特赦。真是天降喜讯，天佑英才！

李白又回到皖南，玩他的桃花水，看他的敬亭山，捉他的采石矶的月。

但是时光易逝。李白老矣！青莲居士老矣！翰林老矣！西蜀才子、巴山剑客老矣！"旧国见秋月，长江流寒声。"（《闻李太尉大举秦兵百万出征东南懦夫请缨》）孤独和凄苦折磨着他的一颗苍老诗心。

<h2 style="text-align:center">三</h2>

我寻觅 1200 年前的月光。

1200 年前的月光是清丽的、清澈的。

1200 年前的月光是迷人的、醉人的。

1200 年前的月光是不朽的、永恒的。

现在月亮还未从遥远的历史地平线上升起，只是暮色苍茫了，晚霞变得黯淡了，远处的山野田畴模糊了。天空变成一抹黛蓝。宏阔的江涛依然节奏分明地汹涌着，隐隐地闪烁着鱼肚白的天光，但整个江面越发幽暗了。岸边的树木黑乎乎的、乱哄哄的枝条，高高地举在暮空。归鸟唧唧，寻找着自己的栖息之所，只有晚风裹挟着一轮轮波涛撞击岸石，发出比白昼时更空洞的闷响。

我坐在采石矶的青石上，期待着大江月出，愿采撷一掬清丽的月光，祭祀那位漂泊的诗魂。

长江无语东流。

李白晚年是在皖南度过的。是这里的山水吸摄了他一颗诗心？是这里的流泉飞瀑、江水溪流萦系着他无限诗绪？是这里善酿的纪叟老汉新熟的白酒令他陶醉？还是采石矶的白壁素月让他流连？

安徽人杰地灵，古往今来吸引了多少文人墨客，又哺育了多少名垂千古的风流才俊！佛道圣地九华山、天柱山，山清水秀的敬亭山、琅琊山，更有风姿卓绝的黄山，令多少诗人如蛾逐光，诱发了他们多少情愫！黄山七十二峰，层层拥翠，峰峰相连，加上奇松怪石，波涛般的云海，喷玉吐珠的温泉，构成一幅森郁绮丽、变幻无穷的画卷；天都峰高耸云端，如入帝乡仙郡；枝叶苍郁的迎客松，翠臂摇曳地仙立道旁，令人神思飞越；散花坞的"梦笔生花"，天然成趣，令人叫绝……

李白不仅写了大量吟咏黄山的诗篇，还遍访谢朓遗迹，倾尽了对谢朓的崇拜和感怀。他更爱采石矶的月光。他的诗《宣州谢朓楼饯别校书叔云》堪称千古绝章：

……

俱怀逸兴壮思飞，欲上青天揽明月。

抽刀断水水更流，举杯消愁愁更愁。

……

　　我想，这首诗应该是在采石矶写的，或者是写给采石矶的。李白面对浩浩大江，仰望皎皎明月，孤独地徘徊在江边。他大发感慨，一吐胸中块垒。李白豪气冲霄、汪洋恣肆的诗才，天子不能臣、诸侯不能制、王公大人不能凌辱的伟岸形象和独立人格，使他永远站在现实主义的对面，陷入孤绝的境地。他只能以诗酒浇愁，以明月为友，以山水为侣，借月抒怀。他生性豪放，充满了酒神的进取精神。对他来说，饮酒是追求精神的解放："黄金白璧买歌笑，一醉累月轻王侯。"（《忆旧游寄谯郡元参军》）"一醉"且"累月"，这简直是令人拍案叫绝的夸张、超越凡人的想象！在李白眼里，有了酒，有了月光，什么王侯，什么皇权，去他的吧！他与月光真是莫逆之交，情深意笃。

　　李白喜欢月光。他是歌唱月亮的诗人。梦幻般的月光和醉人的美酒，伴随着他走过浪漫主义的一生。他诗里蒸腾着酒的芬芳，也弥漫着月光的凄清。正如诗人余光中所云，"酒入豪肠，七分酿成了月光。余下的三分啸成剑气，绣口一吐就半个盛唐！"（《寻李白》）

　　李白独独钟情月光，大概是因为月光的冰清玉洁、纤尘不染和清丽高古。李白厌恶人世的龌龊、浑浊，想飞上月空，遨游青天明月，与明月共语，与青天对话。他浪漫主义的情怀，只有清冽的月光才能匹配。1200年前，人类对月球还处在神话传说的时代。传说，后羿的妻子嫦娥偷吃仙药，升天成仙。还传说，蟾宫的庭院里，有一棵桂树，吴刚被罚天天砍树，却永远也砍不倒这棵仙树，犹如古希腊神话中西西弗斯推石上山又滚下来，周而复始。李白梦想成仙，只有寄托天上一轮明月。

　　李白晚年诗里常出现"孤月"："万里浮云卷碧山，青天中道流孤月。"（《答王十二寒夜独酌有怀》）更有代表性的是那首《月下独酌》："举杯邀明月，对影成三人。"又是一轮孤月之下，又是花间独酌，何等孤独啊！一颗踌躇满怀、诗情烈火的心灵经过人生的漫漫风雨，此时此地是何等孤寂凄凉啊！

月亮是孤独的——天上只有一个月亮。

李白是孤独的——地上只有一个李白。

李白孤独的程度取决于他独创性的深度。孤独并没减弱他与人间的血肉联系。他以自语的方式同人间交流，以默想作为精神的触须微微地伸出，探索生命的价值。任何一个生命个体都不可能摆脱孤独。这是生命的痛苦，又是自然赋予我们生命的尊严。

李白尽管生活在一个开放多元的盛唐帝国，但它的社会制度毕竟是封建的。一个纵有天才、鬼才的诗人，没有政治权势作背景，文学艺术自身的力量是微不足道的。他只能借助文学言情抒怀，用理想和梦幻来编织一缕温馨，抚慰孤独和幽寂的灵魂。一个孤独者在保持他杰出的优点的同时，也保持他深刻的缺点，方有大的成就和建树。李白一身道骨仙风，怎能得到儒家学说占统治地位的朝廷的重用！他又不懂得官场潜规则，更不懂得厚黑学，怎么能在官场上"吃得开"！

这是时代的悲剧，也是他性格的悲剧！他只能成为一个诗人，和清风明月相伴，与林泉烟霞相依。他重返皖南时，已是生命的暮年。他心灰意冷了，对仕途彻底绝望了，身边依然是一把宝剑、一卷诗书。他的心灵更忧郁、孤寂、凄苦了！

四

夜色更浓了。空气里弥漫着草木萌发的清香味、野花初绽的芳菲、江南特有的泥土发酵般的醇香味，还有浓浓淡淡的水腥味。氤氤氲氲，空气鲜冽、纯净，吸上一口，让人心肺尖尖打战。

我抬头向空中望去，天空布满一天星斗，像李白的诗句在历史的苍穹上闪闪烁烁。转瞬间，远处的江涛里腾地跳出一轮圆月，光芒先是发红，继而是赭黄色，又变成浅金色，最后渐渐变成银白色。一轮江月"滟滟随波千万里"，"空里流霜不觉飞"（唐代张若虚，《春江花月夜》）。烟光万顷，银鳞万顷。江水碧空是溅天而过的淋淋漓漓的光芒。这是张若虚的月光，这是李白的月光，这是大唐的月光！只有他们的月光才如此富有诗意，如此幽雅，如此撼人心魄！

岸上之清风，江上之明月。1200年前这样诗意的夜晚，李白来到江边，心头郁积的烦恼顷刻间风逝云散，一片空明。月光给人一种仙风道韵。它有一种魔力，梦一样迷离，情一样浓丽，使人摆脱人间的俗尘。月光，使人感到惊人的隐秘性、虚拟性，使人想入非非，使人进入一种虚幻的世界，一种禅意潜远的世界。

孤月悬空，银河清澄，北斗参差，一片晶莹明净。

李白是正宗的"道教协会会员"，一生寻道觅仙。月光给他创造了一种虚幻的意境，他怎能不如痴如癫、如醉如酣、如梦如幻！月亮在江水里跳跃，飘飘悠悠，忽隐忽现。李白醉眼蒙眬，看江水把月亮淹没了，扑腾跳进江水里捞月。又憨又痴的李白此时此地应该有这样的举动！嫦娥不是因经不起月光的诱惑而偷吃灵药，飞到月亮上吗？那是一个至善至美的境界。

其实，这只是后人的猜想。他来到采石矶上赏月倒是真的。这里的江月的确迷人，令人遐思，令人诗情喷涌。后人根据他的性格，编撰了这荒诞美丽的故事，附会在李白身上，为李白制造一种神秘和传奇。李白孤独的晚年，贫困交加的生活，郁郁不悦的心情，一生素志未酬的积愤，到哪里倾泄？他临终还忘不了酒和月，为宣城一位已故的善酿的纪老头写了一首诗："纪叟黄泉里，还应酿老春。夜台无晓日，沽酒与何人？"（《哭宣城善酿纪叟》）这是他酒后的豪语。纪叟，你在冥世黄泉还酿老春酒吗？夜台没有白日，没有李白，你酿的酒卖给谁呢？李白声声发问，问得山瘦水寒，天地悚栗，草木流泪。真是沧桑一世，风尘人生！李白悲痛欲绝，在空明的月夜，酹酒长江，还整整哭了三天三夜。豪放与天真在这里得到和谐的统一。人们出于对谪仙的热爱，编撰了李白跳江捉月、溺水而死、魂归仙境的故事。

李白呀！你虽然仕途蹭蹬蹇涩，但你千首诗胜过万户侯。你战胜了所有的帝王将相！不信，你看，二十五史若删去某一个皇帝，历史似乎没有什么感觉，但若删去你李白，那历史会疼得会大哭，会暴跳如雷，会怒吼狂啸！李白呀！你傲岸的身影，高贵的头颅，风流千古的诗章，永远屹立在岁月的长河里！你是历史的浮标，民族永恒的辉煌！

月亮越升越高，整个天空大地变成空明迷离的世界。长江浩浩东流，涛声汩汩，浪语呢喃。

刘禹锡：道是无情却有情

一

　　"安史之乱"使唐帝国的政治、经济遭到致命的打击。此后唐朝国运日衰，江河日下。即使在叛乱平息之后，中兴的阳光仍未出现。藩镇拥兵自重，时时威胁着国家安全；朝廷内部又是宦官专权，政治陷入一片黑暗。

　　正中了"国家不幸诗人幸"那句诗谶。唐代大历年间，一连诞生了四位文坛巨星，让卷帙浩繁的文学史颤动不已。大历七年，也就是公元772年，诗豪刘禹锡、白居易诞生，而刘、白出生的三年前，也就是大历四年，一代文学宗师韩愈早已降落人间。后来又有几位诗人大家相继出生，世称"大历十子"。这是唐朝文运的中兴，是唐诗创作的第二个高峰。

　　刘禹锡在仕途上应该说是畅顺的。他21岁登进士第，23岁应吏部取士科考合格，授太子校书，以后又担任淮南节度使掌书记、京兆府渭南县主簿，后又任监察御史。

　　在唐顺宗上台后，以王叔文为代表的地主阶级的有识之士为了维护国家长治久安，发动了一场政治革新运动。刘禹锡正是王叔文集团的骨干分子。他由监察御史擢为屯田郎。年纪轻轻的刘禹锡已走向权力的巅峰。他们的革新运动，仅仅维持了100天，是后来的"百日维新"的唐朝版。但在这短短的100天时间里刘禹锡们做了很多大事，也得罪了很多权贵，触及了贵族集团的利益。这次革新运动很快在宦官和藩镇的联合进攻下失败了。王叔文被杀，刘禹锡被贬为郎州司马，连唐顺宗也被迫退位。历史有着惊人的相似！改革者总是会付出血的代价。

也好，刘禹锡远离了政治斗争的漩涡。他专心从事诗文创作，但作为人类精英的士子文人忧国忧民之心不泯。他拿起笔杆作武器，继续进行斗争，写了大量诗文讽刺朝政，抨击时弊，还和柳宗元信来书往，讨论哲学、经济问题。他仍然留意治道，坚持革新思想，积极入世，愿为国家有一番作为的强烈欲望丝毫不减。刘禹锡是一位好官吏，是封建社会难得的有识之士。他调到苏州任刺史期间，为老百姓做了大量好事、实事。他关心民瘼，救济灾民。面临"饥寒殒仆，相枕于野"的灾后惨象，他拄着柳杖，顶风冒雪，深入民间调查，上奏朝廷，请准开仓赈济并蠲免赋税，被当地人民立祠颂扬。

二

人是复杂的、多面的。如果你不了解《赠李司空妓》这首诗的背景，你很难知道刘禹锡另一面人生。他在这首诗里说：

> 高髻云鬟宫样妆，春风一曲杜韦娘。
> 司空见惯浑闲事，断尽苏州刺史肠。

刘禹锡被贬到苏州，他的朋友李绅请他喝酒。李绅也是诗人，官职司空。他有流传千古的名诗，稚子幼童皆能诵："锄禾日当午，汗滴禾下土。谁知盘中餐，粒粒皆辛苦。"（《悯农》）他对刘禹锡的诗才是崇拜的。盛情难却，刘禹锡来到司空家里。酒席上，李绅的家妓刘韦娘出面侑酒。刘韦娘云髻高耸，粉面含春，眉如远山，眸若星辰，正如《诗经》所言，"手如柔荑，肤如凝脂，领如蝤蛴，齿如瓠犀，螓首蛾眉，巧笑倩兮，美目盼兮"。

她气质高雅，仪表超凡，美姿艳态，比天上仙女还多了几分妖娆！刘禹锡看得两眼发呆，不知是天上还是人间，竟然忘了夹箸。那女子樱桃小口一张，便流淌出潺潺清溪般歌声，音质像黄鹂夜莺一样美妙动人！刘禹锡早已坐不住了。他激动得喘不过气来。酒未醉人人先醉，他当场晕了过去！

当刘禹锡醒过酒，酒筵阑珊，刘韦娘也已退场。刘禹锡见不到刘韦娘，便大哭大闹，非要李绅将刘韦娘赠送给他！

刘禹锡语无伦次，哭叫不止。李绅自认倒霉：谁让自己交上这么个诗友呢！谁叫自己让刘韦娘出面侑酒呢！都怪自己做事太荒唐！罢罢罢！干脆忍痛割爱！

知道李绅答应将歌女刘韦娘送给自己，刘禹锡顿时满面春风，一脸阳光，兴奋得不知怎么感谢李司空，于是当场吟诗一首，即《赠李司空妓》。

于是，"司空见惯"这个成语诞生，一直流传千载。

好梦成真，刘禹锡和刘韦娘缠绵数日。谁料这消息传到权臣李逢吉耳朵里！李逢吉何许人也？当朝宰相也。他居一人之下万人之上，势焰熏天。李逢吉的幕僚说："刘禹锡搞到一个美女，你何不从刘禹锡手里搞来？他能诈，你就不能骗？"于是耳语一番，便着手实施。

李逢吉设宴，要求凡有资格的官员必须带美妾来赴宴。这个"资格"也把刘禹锡圈进去了。刘禹锡便带着美妾刘韦娘兴致勃勃地来到李府。门人把刘禹锡引到客厅里，却把刘韦娘引到后院。刘禹锡坐在客厅里，虽有好茶相待，但不见设宴的动静，很是纳闷。过了一会儿，李逢吉出来，捂着脑袋，呜呜呀呀，直喊头疼，说看来今天这个客是请不成了，抱歉抱歉。刘禹锡这才恍然大悟：自己中了李逢吉的奸计！刘韦娘就这样生生地被李逢吉掠去。官大一级压死人，甭说要你一个美女，就是要你的脑袋也是轻而易举！刘禹锡只好灰头土脸地回家而去。

过了几天，刘禹锡越想越感到窝囊：李逢吉这小子欺人太甚了！他约了几个朋友，大着胆子找李逢吉，想讨回刘韦娘，李逢吉嘻嘻哈哈，就是不提刘美人之事。刘禹锡又不敢闹腾得很厉害，只好自认倒霉，泪眼汪汪地离开了李府。

刘禹锡回到家里，并不甘心。他心有郁结便倾泄于翰墨，又写了一首诗，托友人向李大人求求情。这便是有名的《怀妓》。诗中有这样的句子：

> 但曾行处便寻看，虽是生离死一般。
> 买笑树边花已老，画眉窗下月犹残。
> 云藏巫峡音容断，路隔星桥过往难。
> 莫怪诗成无泪滴，尽倾东海也须干。

李逢吉看了刘禹锡的诗，大加称赞，但只字不提刘美人的事。可怜的刘禹锡从此再没见过刘韦娘一面。看来诗的力量太微弱了，在权力面前一文不值。

三

刘禹锡是个敢怒敢言，性情刚烈，耿直不怕杀头的诗人。当年他参加王叔文的"百日革新"，得罪利益集团，被贬10年，后来又被召回朝廷。这10年坎坷，10年苦难，你该接受教训了吧？不，他依然我行我素，恃才傲物，雄视朝野。他写了首讽喻诗《游玄都观》："玄都观里桃千树，尽是刘郎去后栽。"我想，刘禹锡走进玄都观里准是一副大摇大摆、目中无人的样子，也许他来玄都观并不是来赏桃花，只是向人们宣示：我刘禹锡又回来了，是皇帝亲自让我回来的。玄都观桃树很多，桃花如锦似霞，一片芳菲，确实景色诱人。刘禹锡得意扬扬地观赏着，接着便吟出一句：

"尽是刘郎去后栽。"这一句话里有刺，刺中的正是朝中新贵，势利小人。这些树是我被贬后由这帮权宦奸佞栽的。

刘禹锡的傲慢和对小人的轻侮，自然又触怒了他们。就诗本身很难找出茬子，但小人大权在握，欲治人之罪，何患无辞！随便找个理由，就说是工作需要，你任某州知府去吧——那地方准是很荒凉很贫困的地方。这时他的好友柳宗元被贬到广西柳州。刘禹锡想到柳宗元家有80岁老母，不便远行，便奏请朝廷愿说和柳宗元更换贬所，以便让柳宗元能够照顾年迈体弱的母亲。可见刘、柳的情谊多么深厚！但是朝廷的权臣驳回了刘禹锡的要求。他们的目的就是严厉惩罚柳宗元。

刘禹锡被贬为和州通判，地位略次于州、府长官。他协助他们做事情，按规定他应享受仅次于州、府长官待遇。地方政府规定三室三厦，可是和州长官是个势利小人。他知道被贬者肯定不是当朝红人，也不是下来镀金、三两年后回京重用的人物，于是对刘禹锡百般刁难。他先是安排刘禹锡住在县城南门，不久，又要他搬至北门，由原先的三室三厦改为一间半，半年后竟然又让他搬迁，房子更小更破陋了，让刘的全家老小几乎无法安身。刘禹锡愤怒至极。他挥笔而书《陋室铭》，并请大书法家柳公权书碑勒石，立于门前，一下轰动了朝野。短短81个字的《陋室铭》家喻户晓，让多少不得志的官吏书于壁上励志，而这篇短文也成了千古名篇：

> 山不在高，有仙则名；水不在深，有龙则灵。斯是陋室，惟吾德馨。苔痕上阶绿，草色入帘青；谈笑有鸿儒，往来无白丁。可以调素琴，阅金经。无丝竹之乱耳，无案牍之劳形。南阳诸葛庐，西蜀子云亭。孔子云："何陋之有？"

14年后，刘禹锡又奉诏回京。其间皇帝换了几代，朝臣换了几茬。他去玄都观游玩，又写了一首讽刺诗《再游玄都观》："百亩庭中半是苔，桃花净尽菜花开。种桃道士归何处？前度刘郎今又来。"

刘禹锡回到长安，物非人亦非。玄都观早已模样大变：百亩桃树不见一棵，道观破旧不堪，满庭荒草，青苔遍地，桃花不见，却见菜花金黄一片。世事沧桑，时空苍凉啊！

但已经年迈的刘禹锡依然傲骨嶙峋，不忘被权贵所贬之辱。面对着昔日道观，他大声喊道："14年，14年啊！我刘禹锡又回来了！"

这是呐喊，是向权贵又一次叫板，也是对朝廷宵小的蔑视！诗，是精神情绪化的表现，是发自灵魂深处的声音。按说宦海沉浮几十年，到了这把年纪，应该学得圆滑一点、通融一点、乖巧一点，恰恰相反，刘禹锡在困厄和艰难之中，在仕途颠踬迍邅之中，棱角磨砺得更加坚硬，头角更显峥嵘！

托物言志，借景抒情是中国文人感悟人生、宣泄胸臆最常用的手法。中国的文学最早赋予万物生灵以情感、灵性和精神。文人通过风花雪月、梅兰竹菊、山水泉林、小桥流水、梧桐夜雨、蜂飞蝶舞等天地间万物自然生态，来宣泄心中不平之郁气，排解自己的压抑情绪，展示自己的浪漫。所谓诗酒风流，是说把诗、酒、山水和女人当成文人雅士的精神避难所和诗意的栖居地。

刘禹锡除了写讽喻诗、咏古诗，也写了大量的赠妓诗。他的《怀妓》就是写给刘韦娘的，也表达了对权臣李逢吉的愤懑和憎恨。

四

王叔文得幸太子时，常在太子耳边吹捧刘禹锡，说刘禹锡有宰相器才。太子即位后，非常重用刘禹锡及柳宗元。

刘禹锡虽刚烈却也多情。他与柳宗元的友谊深厚而纯洁。刘禹锡第二次返回长安，是扶着母亲灵柩去的，途中又得到好友柳宗元去世的消息。雪上加霜，他悲痛至极，立即派下人去柳州料理柳宗元的丧事。柳宗元仅46 岁便告别了人世。刘写信给韩愈，求韩愈能为柳宗元写墓志铭。柳宗元去世之前就已经将诗稿交给刘禹锡。刘禹锡放下自己的创作，全力以赴，整理柳宗元的诗文集，并筹资刊刻。刘禹锡收养了柳宗元年仅 6 岁的儿子，像对待自己亲生孩子一样将他抚养成人。

刘禹锡是大忠大义之人。他的傲岸是针对奸佞小人的，对朋友他却是春天般的温暖。永贞革新失败后，王叔文被杀，刘禹锡被贬。他不怕杀头，不怕坐牢，冒着生命危险在贬所亲自整理王叔文的诗文遗作，将其刊刻。这反映了刘禹锡忠于朋友的高尚情操。

刘禹锡被放外 23 年，自然不乏写妓赠妓的诗作，但他吸取了民间文学的营养，创作了一批反映社会民众生活和风土人情的好诗。他在郎州时期，对民歌产生了兴趣，以欢乐轻快的调子歌唱湘沅一带赛龙舟和少女采菱的盛况。

他的诗不像韩愈的那样奇崛怪异，也不像白居易的那样直白粗浅，而是意境优美、精练含蓄，既富有浓郁的地方特色，又不乏鲜活的生活气息。他在郎州任刺史时，对当地民歌《竹枝词》非常感兴趣，花了很多的时间学习、研究，从中吸取营养。他写了大量的《竹枝词》，描写山村居民的劳动、爱情、欢乐、苦难，以及当地山水的优美或荒凉。他的《竹枝词》奔放、热情、清新。他从郎州一直歌唱到归州，写了九首《竹枝词》，既写大自然壮美的山川风貌，也写山村贫苦而又温馨的生活。特别是他写乡村爱情，更是绝妙，细腻而亲切。"山桃红花满上头，蜀江春水拍山流，花红易衰似郎意，水流无限似侬愁。"这首《竹枝词》写出了山村怀春少女微妙的心理活动和变化。漫山遍野的山桃花开得火红，映红一江流水。姑娘不愁自己红颜易老，倒是忧愁郎心易变，像桃花一样，一夜风雨，满地残红。

而侬的心啊，依然像那无尽的江水，流动的都是愁！

刘禹锡的《竹枝词》总是湿漉漉的，拧一下，就哗啦哗啦淌出水来！

刘禹锡的《竹枝词》很快传到长安、洛阳，继而四处传唱开来。刘诗人也名声大振，很多诗人也开始模仿，于是《竹枝词》便有了"风土诗"的意味。

他最著名的一首《竹枝词》成了千古绝唱：

> 杨柳青青江水平，闻郎江上唱歌声。
> 东边日出西边雨，道是无晴却有晴。

这是一首少男少女初恋的哲理诗，又是一页诗的爱情心理学。初恋的情人邂逅江岸山野里，情郎佯作不知，故意唱起了一支动人的歌。少女侧耳细听，乍听觉得不关乎自己，后来渐渐听出了声声传情——那是爱的呼唤，是青春寻找爱的风景。少女心头顿时充满了喜悦。

刘禹锡呀刘禹锡，你简直教人捉摸不透！你掠人之美，又爱美如命；你四处拈花惹草，又情有所钟；你刚直热烈，又细致入微；你对敌人大仇大恨，对朋友大忠大爱；你既是一根傲视天地的硬骨头，又是大要其赖的顽徒。

李商隐：漂泊的诗人

一

窗外，夜雨潇潇。

雨点落在芭蕉叶和梧桐叶上，声音单调而凄切。一阵横风吹来，秋意阑珊，更添一重凛冽的寒意。风声卷着雨声和溪流的喧哗声，使孤馆寒驿更显得寂寥落寞。在这秋风瑟瑟、苦雨潇潇的长夜，李商隐辗转反侧，难以入眠。诗人本来就寂寞难耐，忧患郁结，又逢上这缠绵不绝的秋雨，心头该添怎样的凄苦？时过三更，雨越下越大，屋檐下的雨水连成线，溅在石阶上，惊人心魄。李商隐睡不着。他干脆坐起来，点亮床头的小油灯，从行李里找出妻子的来信，一字一句读起来。她问何时是归期。但公务缠身，他自己也难说清啊！

他对妻子的想念越发殷殷了。

李商隐是个情种。他非常爱他的妻子——他写给妻子的情诗成了千古绝唱。一首《夜雨寄北》风流千古，使他跻身晚唐诗坛明星级人物。诗人那首流传千古的《无题·相见时难别亦难》，是写给女冠诗人鱼玄机的还是华阳姊妹的？这个密码至今不得破解。

李商隐生性孤介，一生沉沦下僚，犹如浮萍，漂泊不定。今又冷雨敲窗，秋寒袭人，怎一个"愁"字了得？

中国传统知识分子在他们开始读书识字时，就和诗词歌赋结下了不解之缘。浩如烟海的中国古典诗词，既蕴涵着前贤丰富的人生经验，也浓缩着深邃的人生体悟。他们用一生的执着写就这些诗章，将生命之花绽放其中，可谓至诚。

李商隐是晚唐杰出的诗人。他以深情绵邈、绰约多姿的诗文开辟出一种独特的艺术天地，创造了一种新的诗境。作为一个积极入世的传统儒家知识分子，李商隐以诗的笔调写了大量关心国家命运和民生民瘼的政治抒情诗。

他著名的长诗《行次西郊作一百韵》，以磅礴的气势，既纵向追溯唐王朝衰弱的过程，又横向剖析了社会危机，如政治黑暗、宦官独裁、藩镇割据、党争剧烈、官吏腐败，构成长达百余年的社会画卷。李商隐表面上是一个柔弱的文人，不叱咤、不纵横、不飞扬、不跋扈，不像李白那样敢上九天揽月、敢下五洋捉鳖，更不像盛唐的边塞诗人，一腔燃烧的烈火，满腹沸腾的热血，雄风浩荡，浩气磅礴，具有那种强烈进取和开疆扩土的精神。但李商隐外弱内刚，有胆有识，敢于暴露政治之丑陋、社会之黑暗和官场之肮脏。

李商隐的咏史诗历来被人推崇。他站在晚唐余晖残照的山峰之上，回眸大唐帝国苍茫的历史和华山夏水斑斑遗墟，纵观千年文明废墟，发思古之幽情，吐胸中之块垒，讽喻时代之弊端，以唤起人类良知。但是大唐帝国已江河日下。即使诗人才华不凡，抱负宏大，要"欲目天地"也已不可能，只能面对苍天大地发出"远去不逢青海马""古来才命两相妨"的悲叹。生不逢时，有才无命的人生际遇，始终像一个挥之不去的阴影笼罩着他的心灵。李商隐是牛党培养的"青年干部"，却一不小心做了李党的女婿。他脚踩两只船，牛党恨，李党也不爱。生存环境造成了他孤僻、懦弱、忧郁的性格。他在仕途上迍遭颠踬，屡遭坎坷，还不如人家杜牧，一边倒，立场坚定，听牛党的话，跟牛党走，随着牛党而起伏跌宕。你站错了队，跟错了人，成了风箱里的老鼠，两头受气。最后你人到中年（46岁），正是鲜花着锦的年华，却溘然长逝。

黑暗的政治吞噬了一个杰出诗人的生命。

奠定李商隐文学史上地位的，绝非政治抒情诗和咏史诗。他最有影响的是爱情诗、悼亡诗，特别是一些无题诗。他那空前的丽词艳句创造了晚唐诗特有的绮靡之美。李商隐善于用"蒙太奇"的创作手法，"构筑和熔铸了诗人的诗象和诗境，建造了一个与外部物质世界有关联又不大相同的、深幽的内心情感世界"（王蒙语），像幻象、幻境、幻梦，使他的诗扑朔迷离、内涵深邃。

爱情是文学永恒的主题。《诗经》的开篇之作《关雎》就是一首表达爱情的诗篇。自从楚辞、汉赋、乐府诗出现，诗言志，文载道，成了文学创作的主题意识，被文人墨客尊奉为至高无上的圭臬。文学的个性、人性、性情的觉醒始于南北朝，泛滥于晚唐、五代、宋、元、明、清。温庭筠开辟了专写男女情爱的"花间词"，而李商隐则是写爱情的高手，把汉语诗歌推到了那个时代的极致，在表现爱情体验的心灵世界作了重大的开拓。诗与诗之间的空白、间隔构成十分美丽幽深、曲折有致的艺术空间。李商隐无题诗中每个意象都是人生的风景又是内心世界的锦绣山水。

二

李商隐生于唐宪宗元和八年（公元 813 年），比温庭筠整整小一轮，比杜牧小 10 岁。他们都是晚唐诗坛最璀璨的明星。李商隐死于唐宣宗大中十二年（公元 858 年），生命定格在 46 岁的高度，再也无法攀登。李商隐 5 岁读书，7 岁写诗，9 岁丧父，16 岁著《才论》《圣论》，以古文著名。

天平军节度使令狐楚（治郓州，今山东东平县）非常欣赏李商隐的才华，便把他调进幕府，不给他安排什么工作，只是让他整天陪着儿子令狐绹学习骈体文。

无独有偶。他和温庭筠一样，一生与令狐家纠葛在一起，得之于令狐大人，又毁于令狐大人。命运跌宕，仕途蹇涩，都由令狐楚、令狐绹父子操纵着。

大中十一年（公元837年），他25岁。这年他进京应试。这时令狐楚已为吏部尚书。他的儿子令狐绹和考官高锴关系密切。走高锴的门子，果然奏效：李商隐考中了进士。这是他第三次应试。照逻辑往下发展，李商隐应是吉星高照，前景一片灿烂。谁知命运之神不成全人意。不久，他的靠山令狐楚病故。李商隐为了谋生不得不另寻府主。

泾源节度使王茂元爱他才华，邀请他来府中当文秘，又把女儿嫁给他。按说，李商隐这个穷小子真是运交华盖，傍上王节度使这位高官显宦，又是乘龙快婿，未来的仕途岂不一帆风顺！

恰恰相反。

李商隐虽然考取了进士，要当官还必须经过吏部的考试，然后择优任命官职。那时唐朝的用人政策，很像今天的公务员考试。他进京去考博学宏词科，考官已经录取了他，但被中书省的一位官员把他的名字抹去了。原因很简单：当时朝廷掌实权的是牛党——牛僧孺派，另一派李党——李德裕派在野。令狐楚及其子令狐绹本属牛党，王茂元属于李党。你李商隐小子太没良心，我令狐绹帮你中进士，你倒投靠李党，忘恩负义的小人！令狐绹恶狠狠地说："此人不堪。"

实际上李商隐并不知道朝廷上有牛李党争，更没有任何实际行动参与党派之争。但是派系掌权，第三条道路是走不通的。令狐绹对李商隐更是恨之入骨。青少年时期同窗共读、耳厮鬓磨的友谊，被僵冷的党争给冰封。李商隐无意中卷进党争的漩涡里，一生就在这种泥潭中挣扎。

　　李商隐于武宗会昌五年（公元 845 年）守丧期满，再次入京做秘书省正字。这时李党党魁李德裕执政，任宰相。李商隐并没有投靠他，李德裕也没有注意到他，说明他与李党无关。第二年（公元 846 年）四月，武宗死，宣宗即位。宣宗起用牛党，李德裕被罢相，一直被贬到崖州当了一个参军。几年后，牛党的核心人物——令狐绹当了宰相。李商隐和李德裕没有勾连。他想入朝做官，自然向他的"同窗学友"令狐绹屡次陈述情况。他曾向令狐绹陈情，补他"太学进士"，言词极其哀忠，但这位老同学令狐绹却漠然无动。李商隐生性孤介，一直沉沦下僚，仕途奔波 30 年，有 20 余年远离家室，漂泊异地。在他生命的最后两年，他回到童年生活过的江东任盐铁推官。大中十二年（公元 858 年），年仅 46 岁的李商隐在寂寞凄凉的闲居生活中死去。晚唐诗坛最后一颗耀眼的明星就此陨落。

三

　　李商隐在党争中，始终扮演了一个被蹂躏、被伤害的角色。他忧郁绝望，孤寂落寞，凄清哀婉，只能躲进一隅，写些爱情诗。李商隐实际上是晚唐的拜伦。在人生征途上只有爱情给他一点温馨，在宦海中只有爱情给他一方平静的港湾。

　　李商隐非常爱他的妻子王氏。他那首著名的情诗《夜雨寄北》就是写给妻子王氏的。缠绵的情感，焦渴的期待，远在北方的妻子多么盼望郎君回到自己身边！诗人羁旅江湖，归期难料，在别愁深重、万般无奈之中，写下这首寄情的诗来安慰妻子：

　　　　君问归期未有期，巴山夜雨涨秋池。
　　　　何当共剪西窗烛，却话巴山夜雨时。

——《夜雨寄北》

　　诗人宦途失意，羁旅穷愁，身不由己，归期难定。这不确切的回答，更使对方愁上加愁，真是"一种相思，两处闲愁"。此时巴蜀萧瑟的秋天，又遭连夜的秋雨。秋雨带来寒漠和凄清，更加重了这悲凉孤独的氛围，绵绵密密，淅淅沥沥，敲打着芭蕉，弥漫在巴山的夜空。点点滴滴都是离人泪啊！

　　李商隐是写雨的诗人。他很多诗都湿淋淋的，含着浓浓的雨意，给人一种愁绪缠绵、孤凄抑郁的情调。"楚天长短黄昏雨，宋玉无愁亦自愁。"（《楚吟》）这两句渲染了环境的暗淡、凄凉，给楚宫蒙上一层如梦似幻的气氛，与襄王梦会神女幽合之事相合，描绘了楚国由盛而衰、凄风苦雨的画面。"高楼风雨感斯文，短翼差池不及群。"（《杜司勋》）这两句是写给杜牧的诗。晚唐诗坛，李商隐、杜牧齐名，世称"小李杜"。"高楼风雨"是伤春，"短翼差池"是伤别。

　　李商隐诗中尽是凄风、苦雨、寒雁、暮蝉、夕晖、残照这些荒凉萧瑟的物象和意象。无论物象还是意象，在他诗里都化为扑朔迷离的幻境、幻梦，内涵丰富，美丽幽深。

　　李商隐的无题诗，无论有无寄托，多男女相思凄艳之作。他有一首写女道士的诗，也是借雨浇愁，以雨抒情："一春梦雨常飘瓦，尽日灵风不满旗。"（《重过圣女祠》）很难说清他写的是实景还是虚境，给人一种如梦如幻、飘忽轻灵、朦胧迷离的联想与暗示。此诗给人一种深深的缺憾与迷惘之感，绵绵细雨最勾人情思。

　　李商隐诗集中有两首赠鱼玄机的诗。诗没有题目——是李商隐懒得起题目，还是故意藏匿自己的隐私，留给世人一个难解之谜？龙画好了，就是不去点睛。是不是李商隐把自己的忧伤隐到诗里了？但是聪明的读者依然从诗中捕捉到作者对小鱼缥缈的情思："不须浪作縠山意，湘瑟秦箫自有情。"（《银河吹笙》）意思是他想念鱼玄机，彻夜不眠，愿结伉俪，不须浪作仙情绝想。

"古来才命两相妨。"（《有感》）苦命的青年诗人李商隐孑然一身流落到河南济源境内的玉阳山。这里林木翁郁，满山流翠，碧溪淙淙，一座座道观散布在山幽林深处，是一处风景绝佳之地。相传唐睿宗的女儿玉真公主在此修道观，许多宫女都陪伴公主修道于此。华阳观即华阳公主的故宅。

在唐代，女冠极盛。公主宫女，高官大吏的女儿，贵族之家的千金，为了不受婚配的约束，追求个性的自由，很多进入道观，做女道士。那时的女道士和尼姑都带有娼妓性。李商隐经人介绍认识了华阳观两位宋氏姊妹。这并非他初识女道士，此前他已和女冠诗人鱼玄机有过交往。而宋氏姊妹更娇美：虽着一身青灰色的道袍，却未遮掩她们的阿娜之姿；面颜未施粉黛，更显天然秀雅清丽，一双大眼，清澈如碧潭，两只酒窝更添妩媚之态。李商隐一见华阳姊妹，便钟情得如痴如醉，凭着他的诗才，没几天便博得两姐妹的爱恋。他们饮酒赋诗，同席共枕。他写过的那些无题诗，连自己也说不清到底是写给谁的。可见老实、柔弱的李商隐同花花公子杜牧相比，"生活作风问题"并不轻。

后来李商隐对华阳姊妹始终热恋，即使在离开玉阳山后也苦苦思念，在他和王氏结婚后仍然念念不忘："贵家之姬，美如月姊……若其既去之后，暮雨自归，巫山峭峭，秋河不动，静夜厌厌，怅美人兮寂寞。"（《唐诗鼓吹评注》）可见他对华阳姊妹思念之殷切。他写过好几首赠华阳姊妹的诗，如《月夜重寄宋华阳姊妹》《赠华阳宋真人兼寄清都刘先生》等。就在玉阳山栖居时，李商隐还结识了一位程氏女冠，也是富家女儿。李商隐也与她热恋了一阵。年轻的诗人与女冠情思绵绵。他喜欢她们的气度、风韵、才情、艳妍是可以理解的。

怀才不遇、命薄运厄的李商隐从来不歌咏大江巨川等形伟力巨、具有悲壮之美的事物。他的笔下只有弱小、渺小、衰亡、病态、卑微的具象。

李商隐的无题诗大都是写艳情的，最有代表性的是下面一首：

> 昨夜星辰昨夜风，画楼西畔桂堂东。
>
> 身无彩凤双飞翼，心有灵犀一点通。
>
> 隔座送钩春酒暖，分曹射覆蜡灯红。
>
> 嗟余听鼓应官去，走马兰台类转蓬。
>
> ——《无题·昨夜星辰昨夜雨》

在这首艳情诗中，诗人怀念的可能是一位贵家女子。从"走马兰台"看（兰台指秘书省），当是李商隐在会昌五年母丧期满后做秘书省正字时作。那时王茂元已经去世。王茂元在京城有府第，李商隐以茂元女婿住在那里。昨夜的星辰和昨夜的风雨是值得怀念的。他想对面有一位杰出的女子，和自己心心相通，却不能在一起。这里风雨和星辰绝非写景，而是写风情风怀，暗含着男女幽会的一种温馨的诗情画意，透露出缠绵悱恻之意绪。"身无彩凤双飞翼，心有灵犀一点通。"这是相爱之人彼此相隔、不能相见的痛苦心灵。从追忆昨夜灯红酒暖的刺激，引出落寞惆怅的情怀，从爱情灼烧的痛苦，升华为热烈执着的思念和渴望，从心幻之优美的情思，跃落到与现实相隔的忧伤与感喟，种种复杂之情，纷至沓来，郁积于心。

李商隐仕途上坎坷跌宕。他钻进男情女爱的情相融、意相通的温馨世界，逃避政治上的风刀霜剑。然而一个忧国忧民、心怀大志的诗人，即使沉浸在爱的温馨里，心境也如秋雨般凄凉萧瑟。由于长年漂泊他乡，他常常感到精神空虚、寂寞，心灵寒冷、凄苦。

四

一部卷帙浩繁的中国文学史、中国文化发展史，大都是不得志的文人写成的。特别是唐宋以来，有相当一部分是文人士子，和多才多艺的青楼女子在灯红酒绿、翠幄红帐里捣鼓出来的华章。旷世风流、绝代才华在这里得到淋漓的挥洒和极致的表现。他们一方面忧国忧民，咏史咏物，发喻古讽今的感慨，另一方面却沉溺在珠泪、玉烟、蓬山、青鸟、彩凤、灵犀、碧城、瑶台、灵风、梦雨等超乎现实生活的幻象和幻境中。也许只有才子配佳人，才会酿造美的氛围，产生千古绝唱。我们现在读到的唐诗、宋词、元曲那些风流千古的华章，可能是当时写在青楼女子的衣襟上的，或者是与青楼女子颠鸾倒凤之后写就的。想想吧，伟大的唐诗，高超绝伦的宋词，在当时繁华的都市里，常常被涂抹在勾栏瓦肆的粗糙黄土墙壁上，秦楼楚馆、荒野驿站、孤村旅肆往往是千古名篇的最初发表园地。

风流不羁的文人虽然身子骨不像村夫那样强壮，但精神是好的。青楼烟花之地，到处留下他们说不尽的风流韵事。特别是像李商隐这样一生不得志的文人，四海飘零，不得已随遇而安，青楼既是刺激才情之地，又是麻醉精神之所。高度的精神亢奋，必定产生旷世才华的诗篇。

唐代文人，日日管弦、夜夜笙歌为常事，不认为道德败坏、作风靡烂。除了白居易、元稹之流，凭着刺史和名诗人身份，在苏杭、越州四处采春外，大多诗人名流还能自控，即使浪漫也是阳光下的浪漫。

李商隐没有杜牧的旷达放浪、剑气箫心，也不像百年后的柳永那样洒脱坦然。他更多的是阴柔、缠绵、婉约，就像小夜莺，只有在风清月明之夜，躲在树林幽暗的一隅浅吟低唱，声音凄厉，哪怕飘来一片月光，也惊恐不已。他一生写了许多咏柳的诗，一说他是写给一位姓柳的青楼女子，一说他是泛泛咏物。江柳，霸柳，岸柳，他一生天涯羁旅，漂泊不定，寄情于柳是自然的事。柳树是别离的象征。他将无尽的忧愁和无可奈何的悲情隐于其中。

但更多的学者认为，他是对一名叫柳枝的青楼女子的深深眷恋。柳枝是一位聪明美丽而又富有艺术气质的少女，可以说是李商隐的红粉知己。李商隐在《柳枝五首并序》中说："柳枝，洛中里娘也。父饶好贾，风波死于湖上。其母不念他儿子，独念柳枝。生十七年，涂妆绾髻，未尝竟，已复起去，吹叶嚼蕊，调丝撋管，作天海风涛之曲，幽忆怨断之音……"李商隐对其终生难以忘怀。柳丝如思，依依深情，"曾逐东风拂舞筵，乐游春苑断肠天。如何肯到清秋日，又带斜阳又带蝉"。柳丝苒苒，风吹袅袅，婆婆娑娑，一派娇媚之姿，一片欢欣之态，犹如美女红袖舞于华筵之上，犹如仕女游于乐游原间，令人心旷神怡。

往事如梦。梦醒之后，诗人将自己审美的视角，从遥远的长安之柳拉到现实的巴江之柳。秋柳枯残，夕阳落晖，秋蝉哀鸣，真是满目悲凉，满耳凄厉。

这首咏物诗，非常注重人与物精神层面的相契相合，从而达到物我合一、空灵超脱的境界。

李商隐长于咏叹弱小纤细之物，如流莺、鸳鸯、寒蝉、弱蝶、衰柳、落花、霜月、微雨、北禽、越燕。这些弱小的生命和物象，和恶劣残酷的环境，构成尖锐的冲突，悲剧效果更加强烈——其弱小更能引人悲怜，打动人的心灵。一生挣扎在官僚底层的李商隐，在精神层面上，永远和这些引人爱怜的弱小事物心有灵犀。他在诗里营造了一个空灵、清新、阴柔、温馨的世界。这里充满人性之美、情愫之美、心灵之美，写出了人生的美好和忧伤，苍凉和哀怨。

唐朝前有李白、杜甫，后有李商隐、杜牧，前呼后应，构成唐诗的伟大、卓越不凡和奇峰突兀。李白狂傲不羁、天纵诗才，杜甫苍健浑厚、质朴庄重，杜牧豪放、潇洒，李商隐阴柔纤细、清明澄澈，使大唐不愧泱泱诗文大国，即使在日落西山之时，仍然出现一抹亮丽的晚霞。

五

晚唐诗坛上有"小李杜"的风光是诗国大唐的幸运。其实，李商隐一生只会见过一次杜牧。杜牧长李商隐 10 岁，且性格洒脱、豪放，无论身处江湖还是高居庙堂都有一种浪子风度、贵族气质。李商隐地位卑贱，注定他生命基因里缺乏豪气和阳刚。

李商隐在外转了一大圈，又回到朝廷。这时杜牧浪荡大半生后也回到长安。晚唐两位最伟大的诗人，终于走在一起，同居一个城市。李商隐诗集里有两首写杜牧的诗歌，推赞杜牧在诗坛的崇高地位，说他文才超群，正像杜甫推崇李白那样。今日文人互相吹捧，无论文章写得多么平庸也奉为经典、精品。而李商隐对杜牧是心悦诚服的赞扬，是真情实意的敬慕：

> 高楼风雨感斯文，短翼差池不及群。
> 刻意伤春复伤别，人间唯有杜司勋。
>
> ——《杜司勋》

杜牧回赠李商隐的诗，却没有流传下来。据说杜牧临死之前焚烧了一部分诗稿，只保留 200 余篇，幸亏他外甥非常喜爱他的诗，替他保留了 200 篇。也许他回赠李商隐的诗，属于不满意之作，被他一焚了之。这是文学史上的一大损失。

李商隐幼时"四海无可归之地，九族无可依之亲"（《祭裴氏姊文》）。他是个"特困生"，只有靠自己奋斗、拼命挣扎才能混进"公务员"行列。

虽然他官职卑贱低微，但总算是"白领阶层"。尽管他受压、受抑、受排挤，可是他多少能按时领到一份皇粮。比起杜牧来，他有一种自卑心理。他怀才不遇，"不问苍生问鬼神"（《贾生》）。他自嘲："永忆江湖归白发，欲回天地入扁舟。"（《安定城楼》）他入世不得，出世也不得，因此他的性格优柔寡断、悒郁懦弱，即使狎妓，也是那么小心翼翼、战战兢兢，诗中有许多暗恋、相思甚至低声啜泣、呜咽。他的诗意朦胧——李商隐是朦胧诗的开山鼻祖。即使他对亡妻王氏反复吟咏的悼亡诗，也不像苏东坡"十年生死两茫茫"那样风流慷慨，而是嘤嘤泣泣，感叹自己的寂寥、悲苦和孤独。

雨，又下起来了，敲打着竹林，敲打着屋顶，点点滴滴点点，潇潇冷冷潇潇。这雨不像江南的雨那样淅淅沥沥霏霏，温软柔细，如岚如烟，如梦如幻。江南的雨是情人的雨。巴蜀的雨哀怨、苍凉，是诗人的雨。"雨中寥落月中愁。"李商隐一生都在凄风苦雨中度过。这个漂泊的诗人浑身上下都是湿漉漉的，连他的诗也是湿的，晾晒了千年总也不干。

温庭筠：右边的关门人

一

落日沉沉，暮色茫茫。从时空深处隐隐传来大唐诗国的关门声，沉重，苍凉。于是风流辉煌、诗化的大唐帝国走向永恒的历史。但这声绝响却余韵袅袅，千古不绝如缕。唐代诗国的大门是两个人掩上的，左边那位是风流潇洒、大名鼎鼎的杜牧，右边便是落拓不羁、瘦若秋风的干巴老头温庭筠。

温先生中等偏上的个头，瘦癯的脸颊，一道道垄沟般的皱纹，写满沧桑和苦难。他的相貌的确不敢恭维：凸额，凹鼻，两颊的颧骨却很高，嘴巴也不成比例地阔大，那双眼睛不算大，总是眯缝着，看人时只是动用一下眼角的余光，睿智，孤傲，放浪。破旧的衣衫布满斑斑油渍尘垢，蓬乱茂密而又微微枯黄的络腮胡子，真像个"丑钟馗"。若在大唐诗人中选丑，温庭筠可谓冠压"群英"。

温先生生于唐德宗贞元十七年（公元801年），死于唐懿宗咸通七年（公元866年），享年66岁，不算短寿。但他的有生之年，正处于藩镇跋扈，战乱频仍，民生凋敝，朝廷中宦官专权、党争剧烈的时代，皇上又极度昏庸，整个士大夫阶层纵情淫乐，醉生梦死，浑浑噩噩。温庭筠死后8年，唐帝国的大厦便轰然倒塌了。

温先生本名岐，字飞卿，太原祁人，唐朝宰相温彦博的后裔。虽然温氏门祚衰微，后裔不振，但一缕温馨的书香还缭绕在温家祖坟上，温先生血脉里还汩汩流淌着温相国的血液。和许多著名的诗人一样，温庭筠自幼才思敏捷，又苦读诗书，潜心砚席，经过凿壁借光的努力，小小年纪便以词赋闻名。《旧唐书》说他"能逐弦吹之音，为侧艳之词"。野史也称赞他"才思艳丽，工于小赋。每入试，押官韵作赋。凡八叉手而八韵成"（《唐才子传》）。晚唐考试律赋，八韵一篇，据说他可八叉手而八韵成——即叉手一次一韵便成，搁下笔，叉手八次，即成定稿。在中国文学史上，才思敏捷者曹植七步成诗，成为天下奇闻，而温庭筠这样八叉手而成八韵者，堪与曹植比肩。

温庭筠如此才华横溢，但在科场上却屡战屡败。他和许多莘莘学子一样，都有一腔安邦定国、建功立业、封妻荫子、青史留名的雄心大志。但是他命运多舛，无端被卷入残酷的牛李党争的漩涡里。唐文宗开成四年（公元839年）温庭筠应举，未中，只在京兆府试以榜副得贡，连省试都未能参加。因为宫廷中杨贤妃的谗言，庄恪太子左右数十人或被害，或被逐，或被谪，血溅缤纷，尸横朱门，腥风萧萧，血雨淋淋，连庄恪太子也不明不白地突然死去，朝野上下一片惊慌、混乱。一介书生竟然卷入这场惨无人性的宫廷斗争，没遭血光之灾就是不幸中的万幸了，哪有中第进士的希望？这就是说，他还没有走进科场，已注定了名落孙山的悲剧了。

封建王朝的权力之争，主要表现在两个战场。一是沙场。那是一幅恢宏壮阔的英雄画卷，雄风浩荡，英勇壮烈，是生命与生命的直接撞击，力量与力量的角逐，马革裹尸，骨暴沙野，虽惨烈，却光明磊落。另一个便是宫闱，那是阴谋丛生，陷阱密布，权术纵横，明枪暗箭，躲不胜躲之地，阴暗，残忍，歹毒，是人性大恶发挥到极致之所在。温庭筠少年时曾以名门望族之后的名义，拜见当时淮南节度使李绅，希望得到他的提携，为自己打开通行官场、跻身显宦的道路。但事与愿违，他无形中掉进牛李党争的夹缝中——这和另一个大诗人李商隐颇有相似之处。可怜李商隐性情懦弱，经不起精神折磨，最后忧郁苦闷，英年早逝。他是牛李党争最典型的牺牲品。

但温庭筠生性豪爽、狂傲不羁。面对仕途坎坷、科场黑暗，他离开京都肮脏的是非之地，游历大江南北。他很穷，身无分文，也没有经济来源，却和江南放浪子弟频频出入秦楼楚馆，冶游于花间柳丛，诗酒风流。他写了很多优美动人的花间小词，才情得到淋漓尽致的发挥。但借来的钱，很快挥霍殆尽。他陷入极端的困厄之中。他托身无居，三餐不继，山穷水尽。有一天夜里他喝得酩酊大醉，醉卧街头，结果被巡逻的兵丁打得鼻口流血，满地找牙。

温庭筠恃才傲物、蔑视权贵、放浪形骸的性格注定了他命运的悲惨。55 岁那年，温庭筠又去应试。在这之前他曾几次应试，每次都名落孙山。这期间，他曾住在长安京兆府的鄠县，破屋寒窑，苦风凄雨。一个宰相的裔孙，一个才华横溢的词人却落魄如此，能不让人义愤填膺、怨怼愤懑？黑暗的社会现实，残酷血腥的党争，科考的屡屡失意，使进入不惑之年的温庭筠几乎感到窒息。以他的话说就是，"二年抢疾，不赴乡荐试有司"。温庭筠是真病还是假病，不得而知，但他精神上遭受的打击已令他难以忍受。

这是一种炼狱般的苦难。寒月当空，温庭筠步出寒窑。望一天孤月疏星，他感到人生极端孤独迷茫。在落日斜晖、暮色苍茫中，他蹒跚在乡间小路上。40 岁正是人生的华彩乐章，生命力极其旺盛的年华，他却未老先衰，头发白了，牙齿松动了，两眼也失去了青春的神韵。他望天，苍天渺渺，何日见朗朗日月？他问地，大地茫茫，何处是归宿？温庭筠感到一阵阵寒冷。他瑟缩在秋风里，战栗在朔野中……

那个时代，知识分子的唯一出路就是科考及第，然后步入仕途。温庭筠决定再次走进科场。这次主考官是沈询。温庭筠前几次科考曾搅闹科场，当枪手帮助左右的考生，结果被"帮救"的考生一一中了进士，而他却榜上无名。这次科考，说怕温庭筠再来捣乱，沈询专把他的座位排在前面，以便监督。温庭筠因此大闹起来。据说这次虽有沈询严防，但温庭筠仍然暗中帮了八个人的忙。当然，温庭筠这次又是名落孙山。他从此断绝了仕途之念。

二

温庭筠在考场上助人，实际上是舞弊，应该取消他的考试资格，而他没有得到严惩——大唐帝国对他也够宽容的了。换个角度看，这也说明他才华过人。"温八叉"不仅帮助过那些士子，还帮助过宰相令狐绹。

唐宣宗是文学爱好者，诗词歌赋虽然写得不怎么样，但他爱读，尤其喜爱《菩萨蛮》小词，经常让宰相令狐绹献《菩萨蛮》词。这下可难坏了令狐相国，他只好求助温庭筠，让老温当枪手，捉刀代笔。温庭筠每填一词，令狐绹都厚礼相赠——稿费相当丰厚。他买断署名权，冠以令狐相国的大名。令狐绹再三嘱咐温庭筠不要泄露。一旦说出去，令狐大人不仅威信扫地，弄不好还落个欺君之罪。这"温八叉"偏偏不送这个人情。他看不起令狐绹的才学，将此事传扬开来。令狐相国大为不满，好在还未传到皇上耳朵里。有一次宣宗赋诗，上句有"金步摇"，下句让令狐绹对之。令狐绹憋了一头冷汗对不上，下朝后只好求助温庭筠。温庭筠脱口而出："玉条脱。"第二天上朝时令狐绹对上下句，皇上非常高兴予以赏赐。后来令狐绹问温庭筠"玉条脱"是啥意思，温庭筠告诉他此语出自《南华经》，并说《南华经》并非冷僻之书，你公务再忙，也该读一读呀！温庭筠抓住令狐绹的软肋，说他是"中书省内坐将军"，那意思是说用一个大老粗当秘书长，真是天大的玩笑。他讽刺令狐绹不学无术，近乎白痴。

令狐绹的老底被揭出来了，当然对温庭筠恨之入骨："你老温这小子真不识抬举！你不就是比我多喝了几瓶墨水吗？看你狂得！"他于是上奏皇上，说此人"有才无行，不宜与第"。由此可知，温庭筠一直未中第，非其才不高，皆因当权者嫉也。他才高不第，反倒落了个品行不端的坏名声。

温庭筠无意间得罪了权贵，所以被放逐到随州当了一名芥豆小官——随县县尉，后又到襄阳在徐商手下当了一名小小的巡官，不久又转到淮南。他每到一地，除了应付一下公差，便是出入青楼。他才思敏捷，才情卓越，又精通音律，善鼓琴吹笛，"有弦即弹，有孔即吹"，在酒肆青楼里写了大量"艳词"。这些词作在酒楼歌肆等娱乐场所广为演唱，成了"流行歌曲"。他的词风"侧艳"，成了"花间鼻祖"。就在这期间，他醉酒犯夜，被巡逻兵丁臭揍一顿。那时候令狐绹出镇淮南，冤家路窄。他上诉令狐绹，令狐绹能为他把事摆平，为他出这口恶气吗？令狐绹不仅没有批评巡逻兵丁，还散布温庭筠的坏话，极言他品行不端，道德败坏。温庭筠只好亲自到长安致书公卿，说明原委，为自己雪冤。然而官官相护，谁能为温庭筠一介儒生辩白呢？因此，《前唐书》《后唐书》均对温庭筠人品节行评价不高。

也就是在这期间他结识了女冠诗人鱼玄机。这时温庭筠已是60多岁的老者。他认识鱼玄机时，鱼玄机还没有出家，当然还未成为名诗人。鱼玄机自幼聪颖过人，5岁能诵数百首诗，7岁就开始作诗，十一二岁时她的诗就传到长安士人耳中。温庭筠流连勾栏瓦肆，发现了这棵苗子，于是不厌其烦地教她写诗。温庭筠虽然写有一手好词，写得幽美雅丽，但他并不是风流倜傥的翩翩公子。他其貌不扬，又至垂暮之年，自然和鱼玄机只是纯粹的师生关系。鱼玄机在诗文上得到"温八叉"的指点，进步很快，诗风也越发与众不同。几年之后鱼玄机出落得蕙心兰质、丰采照人。美女加才女，在人生的道路上她如沐春风，自信而自强，诗名也越发响亮。她每到崇真观南楼附近，看到新科进士发榜时的情景，又羡又恨。她怨恨自己是个女子，不能与那些须眉一起登科及第，赢得功名，无奈发出了"自恨罗衣掩诗句，举头空羡榜中名"的悲叹。

鱼玄机的命运经过温庭筠的帮助发生了转折。温庭筠有个朋友名叫李亿，是贵家子弟。李亿已婚，经过温庭筠的撮合，李亿纳鱼玄机为妾。从此小鱼和李亿过上了一段恩恩爱爱、甜甜蜜蜜的生活。

温庭筠科考助人，搅闹科场，讥讽权贵，和巡警打架，即使到了风烛残年，禀性仍然不改。他狂勃傲世、桀骜不驯的做派一点也不收敛。晚年他混上了国子监的一名考官。既然混上官饭，你就按官场的潜规则，按部就班就是了，别出风头、闯乱子。谁知这头倔驴偏偏不听吆喝，非要惹点祸不可。每当考试过后，他将考生的考卷张榜公布，公开、公平、公正，增加透明度，让老百姓监督，杜绝了因人取士的不正之风，也就堵了官宦子弟的后门。这一来那些弄虚作假的浮浪子弟能不恨之入骨？他们的老爹大都是高官大吏、朝廷重臣，能不气得暴跳如雷，变着法儿收拾你？在权力面前，你就是"才华九斗"又有何用？温先生的超前意识、先锋行为，又遭到报复。宰相杨收非常恼怒。他下令将温庭筠驱逐出京城，贬为方城尉——一个芥豆小吏，最后"竟流落而死"。

才华是生命的双刃剑，既能成就个体生命，又能毁灭个体生命。有才华的人往往搞不好人际关系，因为周围多庸人、小人，才华使他成为众矢之的；有才华的人常常有抗上行为，因为他敢于坚持真理，主持正义，这就让那些昏庸长官陷入尴尬难堪境地，而才华又不是强权的对手；有才华的人往往恃才傲物，特立独行，不拘小节，这又容易授人以柄，成为他人诽谤的借口；有才华而又志存高洁者，其命运更是坎坷丛簇，仕途荆棘遍布！温庭筠的才能不得当朝之重用，是很正常的，何况他又不是"好剃的头"！古来才命两相妨。你无权无势、无官无位不也照样青史留名？雁过留声，人过留名，你人生的价值不也实现了吗？

才华是才华者痛苦的渊薮。

平庸是平庸者的福祉。

无耻是无耻者的绿卡。

千古以来，人类社会的进程造成了这极其荒唐的人生逻辑。

温庭筠过高地迷信自己的才华，使他处处遭到排挤、打压。

温庭筠和李商隐都掉进牛李党争的夹缝中。李商隐生性怯懦、孱弱。他不言不语，逆来顺受，不敢抗争，只是惨惨凄凄、清清冷冷地浅斟低唱。李商隐的诗总是湿淋淋的，浸满了雨水、泪水，晾晒了千年总也不干。这折射出诗人阴晦忧郁的情愫。李商隐的诗总是"无题"，看上去很美，谁也弄不清他表达什么意思，是中国最早的朦胧诗。温庭筠却恰恰相反。他敢怒敢言，敢作敢为，敢抗争。他傲岸不屈，狂妄不羁，是位"反潮流"的英雄。他的小词本应该具有苏东坡"大江东去"的豪迈气概，辛弃疾"醉里挑灯看剑"的侠骨之风，但翻遍温老先生留给后人的全部词章，满篇皆窈深幽约、缠绵悱恻之情，清婉精丽之句。每首小词都鲜嫩欲滴，其言不愠不怒、不怨不忿，毫无阳刚之气。你怎么也难以想象，这些词章竟然出自一个北方汉子的情怀，还被历史保鲜千年。

三

温庭筠生活的时代，是中国文人精神最迷乱的时代。盛唐之风，恢宏壮烈、云蒸霞蔚的景观已不再，士人安邦救国，积极入世的奋进激情已不再……

温庭筠屡试不第，人生和仕途更是坎坷塞涩。他对生活产生了绝望和厌腻，只能到青楼寻求肉欲的刺激，在花柳丛中像一只小夜莺一样低吟哀鸣，把青楼女子的生活作为一种意象写入"花间小词"。欧阳炯在《花间集序》中写道：

则有绮筵公子，绣幌佳人，递叶叶之花笺，文抽丽锦，举纤纤之玉指，拍案香檀。不无清绝之词，用助娇娆之态。

自南朝之宫体，扇北里之倡风……家家之乡径春风，宁寻越艳；处处之红楼夜月，自锁嫦娥。

这些花间之作都是为市井阶层娱乐服务的。《旧唐书·温庭筠传》说，温氏"苦心砚席，尤长于诗赋。初至京师，士人翕然推重。然士行尘杂，不修边幅，能逐弦吹之音，为侧艳之词。公卿家无赖子弟裴诚、令狐滈之徒，相与蒲饮，酗醉终日，由是累年不第"。他的词都是在征歌逐色的放浪生活中写的，一股浓烈的香艳味、脂粉味、女人味扑面而来。他最有名的一首小词《菩萨蛮》便是他的代表作：

小山重叠金明灭，鬓云欲度香腮雪。懒起画蛾眉，弄妆梳洗迟。
照花前后镜，花面交相映。新帖绣罗襦，双双金鹧鸪。

温庭筠的小词几乎都是写男女离别、男女思慕、云恨雨愁，在词章中出现频率最高的意象是玉钗、翠钿、眉黛、蕊黄这一类女性装饰，色彩极为浓艳，把人类美好的感情——爱情，寄托于官妓、歌伎、思妇、怨女的离愁和别恨中，刻画得幽微婉约、圣洁高雅。

唐代不仅是一个思想解放的时代，而且是一个性观念十分开放、个体生命非常自由的时代。在唐代，自汉魏以来被方士、道教徒弄得非常玄乎神秘的房中术已广泛流行。到了中晚唐时期，官妓、营妓、家妓，蓄妓风靡朝野，文人学士潇潇洒洒地出入秦楼楚馆，毫无顾忌。特别是像温先生这样放浪不羁的文人，更是整日整夜醉卧青楼，徜徉花丛。温先生的小词只有一个主题，即赞美女性，描写男女的云雨巫山、鱼水之欢、离情别绪、怨悱忧愁。他的另一首《菩萨蛮》更是唯美动人：

> 水精帘里颇黎枕，暖香惹梦鸳鸯锦。江上柳如烟，雁飞残月天。
>
> 藕丝秋色浅，人胜参差剪。双鬓隔香红，玉钗头上风。

这首小词歌颂了女性澄澈清纯、高洁优美的品质与心灵。残月、烟柳、江水、归雁，构成有声有色又略显凄清迷离的主体图画。

温庭筠用大量的笔墨赞美女性的冰清玉洁，莫不是在这浑浊的社会上，只有女人还保留一点人性之美？温庭筠厌恶官场的龌龊、权力场上的肮脏，只好投身勾栏瓦肆，寻找人间的美感，以慰凄苦孤寂的心灵。

《花间集》共收集了18家的作品，温庭筠入选最多，达66首。历代诗论家对温庭筠诗词评价极高，誉其为花间词鼻祖。这66首小词中，《菩萨蛮》就占有15首，几乎达四分之一。大概令狐相国，就是拿这些词进贡皇上，以博得皇上欢心。

花间词人把描写的视野由社会转向个人，由外转向内，由大转向小，由广转向狭，由粗转向细，由传统描写人的社会属性转向描写人生情欲的自然属性上来，把文学从伦理教化的附庸地位独立出来，是对传统的突破，在文学史上开创了新的纪元。

温庭筠常以观赏的态度来描写女人。他以放浪的个性，专写"绮筵公子，绣幌佳人"，写女性美的装饰、美的风姿、美的容貌、美的心灵，甚至美的居室、美的器物、美的歌咏……在他的笔下，宫妃、歌伎、思妇、怨女都成了美的化身，成了华美高雅、冰清玉洁的女神。他的词章满篇尽是凄美的意象：残月，江岸，柳烟，归雁，花，柳，莺，春，风，雨……他将其写得澄沏清纯，高洁优美。这些小词并无什么思想意义，却有永恒的审美功能。

我纳闷：温先生出生于山西祁县，黄土高原的粗糙、西北风的凌厉、恶劣的自然环境赋予他的是粗犷、豪放、雄悍的个性，为何他的小词有江南才子的雅洁、灵秀、幽美，甚至有一种雌性之美？人说，文人的性格，决定作品的风格，而温先生的作品却恰得出相反的结论。看来，文学创作是一项极其复杂的精神劳动。人的性格也是多元的。人的外在表现与其精神内涵也是多元的，往往是最雄悍的却最温柔，最粗犷的却最细腻，最刚烈的却最婉约。这是个精神密码，连精神分析大师弗洛伊德也难以做出最精确的诠释。

一部中国文学史是由一批受迫害甚重、才华旷世、风流绝代的奇才巨子写成的。从屈原、司马迁，到陶渊明、谢灵运、李白、杜甫、苏东坡，再到王实甫、曹雪芹，哪个不是受到重重迫害？他们伤痕累累，穷困潦倒，却忍辱负重，自强不息，用生命和灵魂创造了文学史上极其辉煌的一页。

精神迷乱的作家容易堕落，学养浅薄的作家无所成就，敢于抗争黑暗、抨击权贵的作家容易遭受迫害打击。但苦难造就了作家。温庭筠仕途上的绝望却成就了他创作的辉煌，让他成了文学史上千古不朽的词人。

温庭筠在文学史上的贡献还在于他手把手地教育了鱼玄机，为大唐帝国培养了一位杰出的女诗人，也培养了两个未见过面的伟大学生——李煜和柳永。这种超越时空的远程教育，为中国文学史又铸就了两座高峰！

可以说，没有温先生就没有词国皇帝李煜，就没有"词圣"柳永！

李煜：春花秋月何时了

一

那年他才 18 岁。

18 岁是诗和花的年华，是燃烧的岁月。

18 岁，是一轮朝阳喷薄而出，生命最璀璨的光焰即将到来的时刻；18 岁是一条大江走出源头，呼啸奔腾，跌宕澎湃的征程展现在眼前的时刻。

那时候他不是南唐后主，也不叫李煜，他叫从嘉。18 岁已是大小伙子了，他长得一表人才，广额丰颊，天圆地方，神骨秀异，鼻为汉高祖之隆鼻，眼为虞舜之瞳，风姿洒脱，风流倜傥。只是他的眼神里透露着淡淡的忧郁、淡淡的哀伤，还有一抹如梦如幻的迷蒙。

他贵为皇子却没有龙胆虎威之气。7 岁，从嘉入宫。他目睹了作为太子的哥哥杀人的惨景，幼小的心灵蒙上了一种恐惧的阴影。从此他以隐士的身份出现在宫中。"大隐隐于朝。"他对权力没有非分之想，整日埋头诗书、琴画、词赋，在艺术的海洋里遨游，在翰墨书香的梦幻中追逐。他精心刻了几枚印章，自称"钟山隐士""钟峰隐居""钟峰白莲居士"，不问朝廷政事。

从嘉的确具有文学天才，浑身上下，似乎每个细胞都有艺术，都有诗。他把人生当作艺术，从肉体到灵魂都是诗骨、诗心、诗情。他从温庭筠、冯延巳那里学会了填词。在书法方面，他学柳公权、习钟繇、王羲之、王献之，临书帖，摹墨迹，自创一体，风格独特，遒劲又颤曲，犹如古木，老干霜皮，烟梢露叶，披离偃仰，笔锋凌厉，状如削玉，被后人评价为"铁钩锁"，如戏猿游蟹。这种评价颇有阿谀之词。从今天的审美视角，他的书法并不隽永。但是从嘉对书法理论颇有研究。他说："善书法者各得右军之一体，若虞世南得其美韵而失其俊迈，欧阳询得其力而失其温秀，褚遂良得其意而失其变化，薛稷得其清而失于拘窘，颜真卿得其筋而失其粗鲁，柳公得其骨而失于生犷……张旭得其法而失于狂。"（《书评》）由此可见，从嘉一颗年轻的心沉溺于美的漩涡，在艺术的层峦叠嶂里攀爬，那里鸟语花香、深谷幽兰，那里溪流潺潺、泉瀑喧嚣，那里蝴蝶翩跹、蛩鸣虫吟，那里荆棘漫道、清风明月……他饱饮山川之灵气、天地之精髓，哪能有心思观望窗外的狂风骤雨？

盛产笔、墨、纸、砚文房四宝的宣城，恰在南唐辖内。文房四宝作为贡品源源不断地被送往金陵。在窗明几净、檀香袅袅的氛围中，佳丽研墨，名媛铺笺，从嘉在薄如蝉翼、洁如云雪的澄心堂纸上，纵横驰骋，挥洒点泼，水墨烟雨进入梦幻般的境界。

这里书画琳琅、箧满籝溢。这里佳丽云集、纸墨飘香。这里冬有炭盆，温暖如春；夏有冰块，宫女执扇，凉飔轻拂。从嘉才情喷发，写下多少艳词丽句！被视为国宝的澄心堂纸，配上落纸如漆，万载存真的南唐李廷珪墨，那真是珠联璧合，天下第一。

这些年，生在深宫，长在妇人之手的李从嘉在绮罗锦秀、珠帘翠幕的仙境度过了青少年时光。笔、墨、纸、砚，既是他赋诗绘画的工具，也是他书斋的雅玩。他在案牍劳形之余，眼观神笔、奇墨、名纸、宝砚，常常自鸣得意，有一种天珍奇异尽在囊中的快慰。他对御案上那具铜铸的鎏金蟾蜍形砚台大加赞扬。他说："若不是我的才华赋予你们超凡脱俗的灵性，你们将永远是一堆平庸无奇的什物。"

从嘉不仅酷爱文学艺术，而且常召集一些文人雅士会聚一堂。那个时代名诗人徐铉、徐锴、张佖、郑文宝、刘洞、江为等常为他的座上宾，其中江为是"江郎才尽"的江淹的后裔。他们一起饮酒赋词，评诗论文。他们的诗、词、画都冠绝当代，师法后人。

二

从嘉18岁那年结识了才貌倾国、后为大周后的娥皇。事情很简单。娥皇的父亲周宗是南唐重臣，留守东都。周宗上书，要求中主李璟调回首都金陵。李璟想规劝周宗。一天夜晚他带着从嘉去周宗的府上。皇上夜访，周宗阖府又惊又喜。下人急忙备宴，盛待皇上。李璟向周宗介绍从嘉是他的第六子。周宗一见从嘉风流倜傥，便喜上眉梢，赞不绝口。恰在这时，窗外传来一曲悠扬华美的《霓裳羽衣曲》，如仙乐飘然而至。那琴声节奏分明，干净利落，轻灵飘逸，如天仙舒展长袖，时而又节奏急促，如溪流撞击顽石，激起簇簇浪花。繁音急节过后，琴声速度放慢，如云流无声游弋。从嘉听罢赞不绝口，随即吟诗道："翔鸾舞了却收翅，唳鹤曲终长引声。"（白居易，《霓裳羽衣舞歌》）周宗连声喝彩，说："从嘉才华横溢，锦心绣腹，学富五车。这是小妇子娥皇弹琴。"中主李璟对周宗道："来时无备，朕有一琴，视如国宝，名为焦尾琴。今赐给令爱，改日命人送来。"周宗唤女儿与妇人急忙跪下，叩谢皇上山高海深之恩。当年东汉大文学家蔡邕一次巡访时，发现一农妇用一段梧桐树身烧火做饭，火焰燃烧发出极其美妙的清脆之声，便花钱买下这块烧焦的桐木，制作成琴。这便是焦尾琴。

顺理成章，皇上命太监送来聘礼，19岁的娥皇便成为六皇子的正妻。

从嘉非常喜爱娥皇。娥皇长得十分秀丽。她聪慧伶俐，通音律，精诗书，谙琴棋，通书史，能歌舞，和从嘉成婚，真是天作之合，珠联璧合。在从嘉眼里，娥皇简直是西施转世，杨贵妃再生。二人朝夕相伴，形影不离，难舍难分。每次娥皇省亲，从嘉便失魂丧魄，食不甘味，寝不安席。娥皇省亲归来，还未得喘息，从嘉便急忙将这期间写的《长相思》捧到娥皇眼前：

> 一重山，两重山。山远天高烟水寒，相思枫叶丹。菊花开，
> 菊花残，塞雁高飞人未还，一帘风月闲。

词章里饱含着山远水寒、枫丹菊黄、雁飞人盼、辜负满帘风月的相思之情。这是一首情深意浓的爱情词。从嘉爱娥皇，常在娥皇晨起梳妆时，出现在铜镜里，不是吐舌做出鬼样，就是用手指模仿小动物憨拙的动作，逗得娥皇咯咯笑个不停。这时，从嘉面对着天生丽质的佳人更是兴奋不已。从嘉为娥皇写了多少诗词，难以统计，也失传很多。春日，从嘉常常携娥皇骑马，乘兴郊外踏青。披月归来，夫妻同席共枕，品味这种"声色豪奢，风情旖旎"的生活。从嘉难以成眠，便爬起来，挥笔写下一阙《谢新恩》：

> 樱花落尽阶前月，象床愁倚薰笼。远似去年今日，恨还同。
> 双鬟不整云憔悴，泪沾红抹胸，何处相思苦，纱窗醉梦中。

生活像缓缓流动的溪水，无风亦无浪，安详，静谧，幽雅。夫妻在和谐欢乐的气氛中体贴、恩爱、美满、幸福地生活着。才华超人的娥皇精通音律。她根据200年前的残谱恢复了唐玄宗时代的《霓裳羽衣曲》。这是史诗般的大型舞乐，展示了盛唐时代的雄健之风和太平之世的荣华气象。娥皇组织教坊和宫女排演"羽衣舞"：阵容宏大，衣着华美，法曲庄严宏丽。舞伎载歌载舞，轻舒广袖，慢摆裙裾，似弱柳临风，如流云行天，翩若惊鸿，婉若游龙，千姿百态。舞伎个个是南国佳丽名媛，虽谈不上人人

有沉鱼落雁之容，但多有闭月羞花之貌，蛾首蛾眉，丰姿绰约。舞姿优美，舞曲怡人，乃至高潮，音乐繁管急弦，如暴风骤雨，雷击长空。舞伎们舞步由徐入疾，如海浪翻卷、急流飞泻，气势磅礴，声色豪奢，如盛唐气象再现，风光无限。

娥皇就是这大型歌舞的总导演，兼乐队总指挥。一曲奏响，不知天上人间。李煜看罢赞不绝口。他挥毫在澄心堂纸特制的花笺上写下《玉楼春》，以记述这歌舞场面：

晚妆初了明肌雪，春殿嫔娥鱼贯列。
笙箫吹断水云开，重按霓裳歌遍彻。
……

这时期从嘉除了书法绘画大有长进，诗词创作也进入丰收期。其词作大都是吟咏男欢女爱的艳词，词风追逐晚唐温庭筠和他的业师冯延巳的花间词之类的题材，笔下尽是细雨、芳草、香兽、金炉、金钗、绣户、香奁、残春、杨花等柔弱或奢艳浮华的物象。长年熏陶在这种浓郁的文学氛围里，生活在琼枝玉叶、粉黛裙衩丛中，他几曾识干戈？又几曾问稼穑？烟花之景，水中之月，缥缈又虚幻，再勇猛的男子沉染其中，也会筋酥骨软，精神迷荡，豪气耗尽，雄性尽失。

爱情都有排他性。大周后嫉妒心更强。六宫粉黛中，她独占风光，谁若接近她的丈夫李后主，大周后便以皇后之权置对方于死地。凡是有犯者，就判极刑。她有很阴毒的一招。她命太监在佛祖像前点灯一盏，看这盏灯能否点到天亮，以决定犯人生死。若天未亮灯熄灭，就把犯人交刽子手按律执行；若天亮时灯未熄灭，便免去其死罪。因此这盏灯被称为"命灯"。

三

　　春光易老，草花匆匆谢了春红。李煜25岁登上了南唐皇帝的宝座。李璟把南唐的残山剩水和朝不保夕的社稷，交给最不堪重任的李煜身上，因为前面几个儿子相继死亡，按顺序轮到李煜的头上。早在李煜继位前，南唐在中兴元年（公元958年）已沦为后周附属国。在那个板荡的大时代，别说弱不禁风的李煜，就是叱咤风云的一世英豪李昇也难支撑这种残局。历史误会地将风烛残年的南唐宝玺交给了一介词客手中，前景的暗淡和凄惨可想而知。

　　屋漏偏遭连阴雨。他至亲至爱的妻子大周后结缡不到5年便身染重恙。李煜利用皇权，调动宫中御医高手诊疗，但病情不见缓解。

　　恰在这时小周后粉墨登场了。娥皇的妹妹来宫中探视姐姐，一番亲切的问候寒暄，姐妹情深意浓。妹妹比姐姐小14岁，李煜曾见过一面——那时候还是不懂事的小丫头。现在她已出落成貌若天仙的大姑娘了，风姿绰约，娇艳欲滴，正是豆蔻年华，站起来亭亭玉立，走动则婀婀娜娜，说话莺声燕语、悦耳动人。这等绝世佳人，谁见了能不魂飞天外？……这简直是大周后的再版！李煜爱与欲的火焰腾地燃烧起来，无意间疏远了大周后。

　　李煜让小周后住在宫里。他常常以姐夫的口吻撩逗小周后的少女情愫。小周后见了这位皇上姐夫，心里总像揣着只小兔子，脸上掠过一片红晕。在少女心目中，这位南唐后主长得一表人才，既神秘又富有睿智和灵性，一副江南才子的聪慧灵秀之气。小周后情窦初开，爱的情愫也鼓胀开来。她已是略知风情月思之事的青春女子了。她也很愿意见这位皇上姐夫。有一次见到李煜，她谦恭地叫声"皇上"，接着施礼。李煜急忙搀扶道："免礼！以后不许叫什么皇上，叫姐夫。"小周后脸羞得如灼灼桃花，更是秀色可餐。李煜便滔滔不绝地向她讲舜帝一后一妃的故事。后妃是姐妹俩，姐姐名叫娥皇，妹妹名叫女英。他说道："你姐姐叫娥皇，你就叫女英吧！"聪明的小周后早已听出话中有话，羞涩地低下头来，不知如何回答。

一日，李煜午后去画堂看望"女英"。不想，这位小姨子午睡未醒。李煜隔着竹帘窥视美人睡姿：那透明的蚊帐里，小周后身着"水天碧"布料的睡衣，胸前有一朵含苞待放的荷花，一帘黑瀑布般的浓发倾泻在枕旁，两只藕瓜般白皙的玉臂或舒展或微曲，丰满的乳房，窈窕的腰肢，迷人的曲线，光洁修长的细腿，秀美的脸庞……他一不小心，弄出声响，惊醒小周后。李煜掀开帘子，进屋走至床前。两人见面那种激动、羞涩、紧张、慌乱的神采，不可言状。李煜望着小周后那秋水般勾人魂魄的美丽眼睛、星朗月莹的目光，恍如走进仙境阆苑。他心旌摇荡，难以自己，陶醉于浓情之中。李煜提笔写下一阕《菩萨蛮》：

……

蓬莱院闭天台女，画堂昼寝人无语。抛枕翠云光，绣衣闻异香。

潜来珠锁动，惊觉鸳鸯梦。脸慢笑盈盈，相看无限情。

……

自从与姐夫有了肌肤之亲之后，小周后回到家里，常常茶饭不思，卧床不起。一颗少女的心再也无法平静了。正如南唐中主李璟的词句，"风乍起，吹皱一池绿水"。她晚上辗转在床，一闭上眼睛就看到国主那英俊潇洒、丰神秀逸的身影，那面如冠玉的脸颊，那柔情蜜意的嘴唇。她想姐夫的温和体贴、善解人意、文雅风流、高贵华严……女人有这样的郎君，简直是嫁给了仙人。她真羡慕姐姐！她想起那天傍晚姐姐带她漫步御花园的情景：春天里，花园里姹紫嫣红，花团锦簇，柳丝拂拂，鸟鸣蛩吟，玉泉喷珠，流水溅玉，空气鲜冽芬芬，真是人间仙苑！更难忘，御花园的池塘有成双成对的鸳鸯在碧波湜湜的水面游弋，或交颈，或嬉戏，身子紧贴，羽翅相融，难解难分，那么亲切、温柔、体贴。

她多想再进宫探视姐姐啊！

一种相思，两处闲愁。

李煜也是思念如渴，便派人接小周后进宫。两人相见，倾诉衷肠，一片痴情，缠绵悱恻。李煜把她安排在殿内。

大周后娥皇病情不见好转，此间她的幼子又殇。悲伤和痛苦加重了病情，而李煜和妹妹的绯闻又传到她耳朵里。她感到伤心、委屈、气愤、怨怒，重重苦恼波涛般涌来。她如茫茫大海中的一块礁石，不时被巨浪吞没。她孤独、抑郁、失望、绝望，有时又出现毁灭前的平静。这是水流花谢的无奈，是听天由命的悲伤，是告别人世前最后一抹无言的苦涩。

她自感时日不多。人之将死，其言也善。对探视的丈夫，她温言软语，柔情浓浓，虽悲伤至极，却出奇地坦然："婢子多幸，托质君门，冒宠乘华，凡十载矣。女子之荣莫过于此。所不足者，子殇身殁，无以报德。"（《南唐书》）说着娥皇泪流语塞，李煜也悔恨交集，为自己的薄情而内疚。娥皇要求死后薄葬。

但李煜没有遵守大周后的遗嘱，他厚葬了娥皇。其丧礼之隆重、豪奢，在南唐空前绝后。李煜本是情种，对大周后情深意切，恩爱无比。李煜涕泪交流，声情并茂，作了一篇"诔文"悼念爱妻。"诔文"尽展诗才，艳词丽句，珠玑满篇，而文气哀伤。他一连用了 14 个"呜呼哀哉"，足见至真至情，泪中含血，刻骨铭心。

李煜的《昭惠周后诔》绝非做给世人看的表面文章，而是字字句句发自肺腑。他赞美妻子"会瞢发笑，擢秀腾芳。鬓云留鉴，眼彩飞光。情漾春媚，爱语风香"，他歌颂妻子"丰才富艺"，"采戏传能，弈棋逗妙。

媚动占相，歌萦柔调……情驰天际，思栖云涯……穷幽极致，莫得微瑕"。他对妻子的溘然长逝，悲痛欲绝，已达到魂不守舍之境地："望月伤娥"，"见镜无波"，"皇皇望绝，心如之何？暮树苍苍，哀摧无际"。

虽有小周后和六宫粉黛侍候左右，但李煜对大周后依然有着刻骨铭心的相思。他念念不忘旧情。他曾求道士做道场，"排空叙气，升天入地"，从冥间请回令他朝思暮想的娥皇。然而人死不能复生，他只能陷入深深的悲哀与痛苦中。

这期间他写了大量的悼亡诗词，倾诉对娥皇的一片相思。他心情抑郁，愁眉不展，长吁短叹，睹物思人，看花流泪，望月生悲。虽宫内风光依旧，他却感到形单影只，孤苦伶仃，梦中常被如泣如诉的很小声音惊醒。

那些凄凉动人的悼亡诗词，展现出他感情世界的凄迷。他看见疏影横斜、暗香浮动的梅花，便想起娥皇散发的体香。他看见妩媚的桃花，一阵横雨斜风，残红满地，更是悲伤不已，甚至夜夜梦见娥皇乘风归来。夏夜，银河耿耿，明月当空，凄迷的桐花依旧。他凭栏远眺，身边少了赏月人，不觉悲伤再起，遂写下《感怀》诗：

> 又见桐花发旧枝，一缕烟雨暮凄凄。
> 凭阑惆怅人谁会？不觉潸然泪眼低。
> ……

李煜生活在爱与美中。他追求的是艺术人生。他一生都被爱和美缓慢而痛苦地缠绕着。他有着清癯消瘦的面庞、浓密的头发、淡淡的胡髭，目光像微风拂面，嘴角的皱褶透出忧伤和抑郁。他有着迷人的智慧、非凡的才气、优雅的艺术家气质……这一切和严酷、冷漠、盛威森森的皇帝多么不相称啊！

四

大周后亡故，小周后顺其自然地接替了姐姐的位置。她被册立皇后。这时南唐江山已是风烛残年了。在风雨飘摇中，小周后成熟了。她像姐姐一样温柔地体贴李煜，关照李煜，用爱情温暖着他那颗冰冷的心。一页枯萎的情感，让他支撑着朝不保夕的社稷江山。

李煜依然沉浸在艺术氛围里，缠绵在诗词棋画书法中，跃动在笔墨纸砚间。澄沁堂的纸依然薄如蝉翼，洁如云雪；李延珪的墨依然油漆黑亮，黑得袭人。兴来，他依然谈诗论画。他醉心书法艺术。后人称他的书法是"金错刀"。这完全是阿谀之词。他谈不上是书法大家，但他关于书法的理论却有独到见解。他高谈阔论书法艺术时，却不知道北国强敌已进兵南下。风萧马鸣，甲戈森森，沿淮河两千余里的南唐边境已陈兵数十万。他们四处袭扰，诱使南唐出兵，想一举聚歼，然后饮马长江，渡江南征，兵临金陵城下，逼李煜出城投降。早在李璟时代，南唐已成为后周的附属国。到了961年李煜登基，后周已成为赵家江山。北宋开张，气势汹汹，投鞭长江，发兵江南。李煜一介文士几曾识干戈？又几度识稼穑？诗人词客，纸墨春秋，只剩下惊恐不安、肝胆皆寒。对北宋王朝，南唐只有纳贡称臣，唯赵家马首是瞻。艺术的浪漫想象，诗词的虚无缥缈，代替不了严酷的现实。一双白皙柔弱的操笔弄墨之手，怎敌过拉强弩、挥长剑的钢铁臂膊？李煜是天生的艺术家、诗人。他有艺术天分，但无治国才能。艺术是在静的环境中产生，而治国是在动的环境里博弈。生活不是诗，不是艺术。艺术的灵感，面对风狂雨骤、杀伐格斗的沙场是苍白的、枯窘的，铁血政治与诗情画意是截然相反的两个层面。在弱肉强食的丛林法则面前，你的小诗写得再优美，你的小词写得再嫩艳，又有何用？

面对王朝的末日，李煜只有逃遁醉乡，借酒浇愁。烛残漏断，梧桐夜雨，他辗转难眠。孤枕残灯，瞻念前景，他不寒而栗。回眸往昔，他更是悔恨交集。祖父金戈铁马，叱咤风云，用将士血肉打下的南唐江山，将毁于他手。那些重楼叠阁，那些玉树琼枝，那花团锦簇的御园，那紫光殿、澄沁堂，那些结绮三阁的檀木窗棂、壁带、悬楣、栏槛，那些世间珍奇，那珠光宝气、琼楼玉宇的仙境，都将化为乌有。想到江山易主、树倒猴散，李煜痛不欲生。他起身倚被，陷入无力挽回大厦于既倒的悲哀和绝望。

又是一个漫漫秋夜，冷风敲窗，寒气入室。李煜打了个冷战，更感到处境凄凉。他本不是做皇上的材料，历史却把南唐三千里江山压在他羸弱的肩膀上。他感到无法承担历史的重任，也感到无颜面对祖宗，愧对百官和众妃嫔。思来想去，他不觉暗暗流下泪水。泪水顺着他消瘦的脸颊淌下来，湿了锦枕……

更使李煜伤心的是北宋赵匡胤竟把作为他特使的七弟扣押在汴京作为人质，又施离间之计，致使南唐名将林仁肇被杀，使亲者痛、仇者快。

赵匡胤十分贪婪。无论逢年过节，或宋军攻城掠寨、拓边扩疆取得胜利，他都举行庆功会。这时南唐都要送厚礼，将白银、锦帛、茶叶、大米、珠宝，成船成车地送往汴京。但赵匡胤并不买账。他索要的是南唐江山，他要消灭南唐。他先要去掉南唐国号，收缴玉玺，改南唐为江南。人为刀俎，我为鱼肉。李煜面对虎狼强敌，无可奈何，只能低三下四地苟延残喘。

他终日饮酒，朝也饮，暮也饮，举杯浇愁愁更愁。每至夜阑醒酒，他难以入眠。面对孤灯残烛，想想与他患难与共的小周后，他百感交集。自大周后死后，小周后成为皇后，一天素静日子也未有过，总是忧愁多于欢乐，痛苦大于幸福。他叹国运衰微，叹自己一筹莫展。他哀人生短暂、世事变幻。他想皈依佛门，却没有勇气斩断人间情丝。他想一死了之，却又感到对不起至亲至爱的小周后。他夜览铜镜，看到未至不惑之年便早生华发，两鬓染霜，感觉今生已矣！

惶惑，迷茫，恐惧，懊悔，他心中五味杂陈。淤积满腹的愤懑只能诉诸纸墨。他起身写下一首《乌夜啼》：

昨夜风兼雨，帘帏飒飒秋声。烛残漏断频欹枕，起坐不能平。
世事漫随流水，算来一梦浮生。醉乡路稳宜频到，此处不堪行。

写罢，窗外已透出淡淡曙光。雨已停，梧桐叶上还挂满泪雨。李煜又要支撑一个苦涩日子。

早已料到，但最不想出现的惨景出现了。公元975年（北宋开宝八年）冬天，古城金陵裹在严寒中，台城柳树光秃秃的枝条在寒风中摇曳着，三阁瓦缝的枯草在寒风中瑟缩着，磅礴的乌云低低地压在金碧辉煌的琉璃瓦上，屋檐下垂挂冰凌，长长的。长江在鸣咽，波涛撞击岸石，发出惊心动魄的空洞声响，雾蒙蒙的水面上排满了大大小小的木船，冷冷细雨夹着碎碎的雪花飘零着。南唐文武百官、嫔妃御女，皆身着缟素，拥挤在船舱。李煜素衣素冠站在船上。寒风撩起他的白袍，吹乱他的霜发。他一脸忧郁，满眼愁怨，用呆涩的目光望着流水，眼泪唰唰地流下来，湿了胡髭和衣襟。

大小木船都有荷戟执戈的士卒。吆喝声、詈骂声、训斥声不断，个个剑拔弩张，气势汹汹。那些王公贵胄、嫔妃宫女都噤若寒蝉。随后的大木船装满货物，包括金银细软、珠玉鼎彝、书画古玩、图书经卷，还有紫檀木镶珠嵌银宝床、龙椅、书橱、箱柜……南唐最凄惨的画面成为一页历史的插图。这个经营前后不到39年的江南小王朝的历史在这个雨雪交加的日子里画上句号。

北宋大军攻占金陵，兵临台城皇宫楼下之时，内使来报："内城已破。"此时这位词国皇帝还在暖阁里填词写诗。一首《临江仙》出现在洁白的澄沁堂纸上：

樱桃落尽春归去，蝶翻金粉双飞。子规啼月小楼西，玉钩罗幕，惆怅暮烟垂。

别巷寂寥人散后，望残烟草低迷……

王国维在《人间词话》中说："余爱以血书者。后主之词，真所谓以血书者也。"

宋朝的 500 精兵在正副统帅曹彬、潘美的指挥下，押解"肉袒降于军门"的南唐末代皇帝李煜和王公贵胄、朝廷重臣，一路浩浩荡荡驶向东京汴梁。

李煜站在船头上，望着雨雪朦胧的长江，望着渐行渐远、隐于雨帘雪幔中的飞檐斗拱的楼阁。那金砖碧瓦的殿堂，那四季如春的皇家禁苑，那台城的柳，那城墙的雉堞、箭垛都影影绰绰、模糊不清了。台城笼罩在雨雪里，一片惨白。这熟稔的一切都别离了。在这里，他度过了如诗如画的童年，度过了纸醉金迷的帝王生涯。大周后的温存体贴，三千佳丽的缠绕，添香红袖，袅袅香茗，奇墨宝砚，名笔彩笺，还有大量的珍玩名画古董，一切都化为乌有。呜呼哀哉！今生今世还能重回金陵吗？再见了，紫光殿、澄沁堂！

冷风裹着雨雪扑来，李煜打了个冷战，顿感鼻塞。他泪流满颊，一字一咽地吟出一首《破阵子》：

四十年来家国，三千里地山河。凤阁龙楼连霄汉，玉树琼枝作烟萝。几曾识干戈？

一旦归为臣虏，沈腰潘鬓消磨。最是仓皇辞庙日，教坊犹奏别离歌，垂泪对宫娥。

五

李煜归降北宋朝廷，南唐江山划入宋朝版图，赵匡胤封他为"违命侯"。这是带污辱性的封爵。但人在屋檐下，不能不低头。李煜只能诺诺，三呼万岁，谢主隆恩，但也引以为傲——这是他倔强不屈的象征。小周后被封为"郑国夫人"。李煜其实被软禁，自由没有了，但生活还很富足。

谁知一个月后，赵匡胤在豆萁相煎中突然暴死，他弟弟赵光义黄袍加身，登上宝座。赵家江山易主，但未易姓。赵光义是个嗜书成癖的人，不像他哥哥是个只识弓剑的粗野之人。但他对李煜这个江南才子、文人雅士却视而不见。而李煜居于被侮辱、被伤害的地位，每天除饮酒便是赋诗作词。他心头淤积的痛苦忧愁，如乌云磅礴，如重山叠叠，令人窒息，让人痛不欲生。身边虽有小周后体贴入微的照顾，但是，这位"郑国夫人"也没有人身自由，常被应召入宫侍寝，有时三五天不得回来，有时十天半月不见踪影。李煜孤苦伶仃。亡国之仇，毁家之痛，夺妻之恨，屈辱和痛苦，如毒蛇缠身、乱刀捅心。一往情深的伉俪，咫尺天涯却不能相守，让他更加憎恨赵光义的暴虐、下流、卑鄙。小周后每次侍寝归来，就抱着李煜哭泣，大骂不止。李煜虽为男子汉却身陷"囹圄"，无力相救，只能陪伴着爱妻流泪。在汴梁，他饱受降王之辱，饱尝人生炎凉，却无可奈何。他借酒浇愁，用酒精麻醉自己的神经末梢，不时背诵曹操的《短歌行》，悲叹"人生几何""譬如朝霞，去日苦多"，情绪灰暗至极。有一次他悲愤不已，乘醉酒在窗户纸上写下诗句："万古到头归一死，醉乡葬地有高原。"（《句》）

每当小周后被召入宫侍寝，李煜都有痛不欲生之感。他痛恨赵光义，又思恋小周后。他坐卧不宁，彻夜难眠，失魂落魄，望眼欲穿。尤其是秋暮花残之日，见窗外孤月一轮，残星寥落，远天传来凄凉的雁唳，他拥被而坐，更想念小周后。他有时产生幻觉：窗外风吹树梢的婆娑声，仿佛是小周后羽衣霓裳的窸窣声；凭窗环顾深院，那花丛树影，月色里仿佛是小周后飘飘欲仙的倩影。他真想大喊，可是寂静的院落，只有荷戟的士卒，还有远处传来的高一声低一声的更鼓声。李煜长吁短叹，又沉入醉乡。

李煜依然饮酒作诗填词，不是思恋故国，就是怀念昔日荣华。他的诗词传到宫里。赵光义看罢大发雷霆："这个降王嘴上服服帖帖，心里却怀故恋旧，莫非还要东山再起，收拾半壁江山？"

七月七日，是李煜42岁生日。赵光义派李煜的故臣徐铉去见故主。君臣相见，李煜泪流满面，泣不成声。徐铉既尊重旧主，又不敢违背新君，不知该安慰还是同情。君臣相处时间很短，徐铉只好回宫向赵光义如实汇报。赵光义冷笑一声，便吩咐贴身太监："看，我差一点忘了，今日是'违命侯'生日。下诏，赐御酒，赐一罐！"

七月七日，天朗气清，银汉璀璨，清风吹来，花香撩人。往年在金陵，那真是不眠之夜。众御女坐在星光月下，手持针线向天上仙女乞巧，莺呖燕喃，喜气盈盈，一片欢声笑语。李煜则偎红倚翠，少不了吟诗填词。那美丽鲜艳的诗词永远散发着迷人的芬芳。这天，李煜和小周后还有几个宫女，依旧花下赏月，更添故国之思：那雕栋玉砌犹在否？那琼枝玉叶犹在否？那瑶池仙苑犹在否？三千里江山犹在否？李煜悲伤至极，端起满满一大杯酒，仰脖而尽，掷下杯子，喊道："笔墨……"

众御女立刻端砚铺纸。李煜笔落，云烟风起，一首千古绝唱——《虞美人》倾泻而出：

> 春花秋月何时了？往事知多少。小楼昨夜又东风，故国不堪回首月明中。
>
> 雕栏玉砌应犹在，只是朱颜改。问君能有几多愁？恰似一江春水向东流。

李煜写罢，掷笔，哈哈大笑。

照例，那些后妃以般涉调演唱。

这时，太监送来御酒，监场李煜饮掉。太监刚刚离去，李煜直觉腹疼难忍。他手脚哆嗦，眉头紧蹙：这是"牵机药"啊！李煜脸色苍白，汗流如注。他全身痉挛，状似牵机。接下来是不到几个时辰的痛苦挣扎，撕肝裂肺的疼痛，呼天抢地的哀号。风流半生、才华横溢的李煜没有活到黎明。

天上人间，惨不忍睹的悲剧很快谢幕了！

李煜死后，赵宋皇帝为掩人耳目，给他举行了隆重的葬礼。小周后日夜泪流满面。她悲恨交加，米水不进，绝食数日，便随她的郎君而去了。生前，她只有一个要求：和李煜埋在同一个坟墓里。

周邦彦：折尽春风杨柳烟

一

那是一个春风拂面的夜晚，汴京城里灯火辉煌，汴河岸边杨柳依依，月色朦胧，花开芳菲，真是良辰美景。融融月色里，那勾栏瓦肆里的一座座小楼，挑出一对对朱纱粉灯，传出阵阵丝竹管弦之声，随风入夜，逶迤风流。金兵虎视鹰瞵，金戈铁马不时杀过黄河，投鞭断流。北宋王朝岌岌可危，汴京城里却展示着歌舞升平的景象。

院内一座小巧闺房绣楼里传来一阵阵柔曼迷人的琴韵和低婉的歌声，伴随着檀板轻拍、琵琶铮铮：

> 铅华淡伫新妆束。好风韵，天然异俗。彼此知名，虽然初见，情分先熟。
>
> 炉烟淡淡云屏曲。睡半醒，生香透肉。赖得相逢，若还虚过，生世不足。
>
> ——《玉团儿·双调》

李师师怀抱琵琶，玉指轻弹，轻歌曼曲，云鬓高耸，烛火映照，粉面含笑。室内金兽里，檀香袅袅，氤氲迷离，更添一抹温馨和浪漫。然而坐在李师师对面的竟是一位须发斑白的老者，但并未老态龙钟，而是面颊清癯，神清气朗，儒雅而稳健，眉宇间还流露出一种才子气、书卷气。

他就是周邦彦。

周邦彦（公元 1056—1121 年），字美成，钱塘人，自号清真居士，著有词集《清真居士集》，今存《片玉集》。曾被宋徽宗提拔为大晟府大司乐，即最高音乐机构长官。他的主要工作是研究音乐的创作和发展，成了名重一时的"御用文人""宫廷词人"。不过他任期两年，一生大部分时间放外，即便滞留京城，也只做个芥豆小官。但周邦彦在诗词歌赋、琴棋书画方面多才多艺，人也长得风流倜傥，百花丛中备受女子的爱慕、钟情。他整天偎红依翠，是很自然的了。

词是为音乐服务的。周邦彦能审定古调，亦自度曲。他精通音律。和柳永一样，他的词被谱成曲，传播甚广："美成自号清真，二百年来，以乐府独步。贵人、学士、市侩、妓女，皆知美成词为可爱。"（宋代陈郁，《藏一话腴》）

李师师，原姓王，叫王师师。母亲刚生下她便去世了，是父亲一手拉扯着她。4 岁时，父亲又去世了。李师师幼年父母双亡，就决定了她人生的悲剧。4 岁的女孩无依无靠，由一位老鸨李姥姥收养了她。这位李师师自幼聪颖过人：8 个月能开口说话，10 个月学会走路。她对音乐歌舞有极高的天赋。在老鸨母的指导下，她苦学技艺，小小年纪便会演奏琵琶，能熟练演奏《阳关三叠》《平沙落雁》。她的演奏哀婉凄楚，琴韵呜咽，闻之令人潸然泪下。

这里是汴梁城里最有名的栏院，佳丽成群，夜夜笙歌，日日门前车马喧阗。宋代京城汴梁是个十分繁华的商业城市，而红灯区往往设在最繁华的街道上。据说，李姥姥的妓院就设在皇宫附近，又出现一个貌压群芳、技绝千古的李师师，风流之地添风流，引得那些文人墨客如狂蜂浪蝶翩翩纷至，风流才俊、浪荡公子趋之若鹜。

周邦彦虽年近 60，但人老心不老。得悉李姥姥的勾栏出现一位才女名妓后，他兴奋不已。这位精通音律的"词圣"（他既是词作家又兼作曲家），走进李姥姥的妓院，主动担当起李师师的音乐歌舞教师。

宋朝不同于唐朝。官员参加的筵席上，只准许歌伎舞女侑酒。但是有禁不止。由于监督不严，官员采花眠柳照样不误，且愈演愈烈，更甚于唐朝。所以张端义怅然叹息道："君臣遇合于倡优下贱之家，国之安危治乱，可想而知也！"（《贵耳集》）

李师师 16 岁时挂牌开唱。据说开唱那天，李师师亭亭玉立，艳冶绝伦，妩媚婀娜，花容月貌，丰姿绰约，光彩照人，真如战国时宋玉在赋中描写的那样"增之一分则太长，减之一分则太短；著粉则太白，施朱则太赤；眉如翠羽，肌如白雪；腰如束素，齿如含贝"。李师师莺声燕语，浅吟低唱，歌喉婉转。人们屏息静听，全场哑然。李师师袅袅余音缭绕不绝，人们听得如痴如醉。一曲唱罢，掌声如雷，喝彩声久久不息。李师师为满足听众，连唱数曲。

李师师暴得大名，如当今走红歌星。

周邦彦用温和的语气问道："师师，还记得老身和你初次见面时所写的那首小曲吗？"周邦彦将将梳理得很文雅的胡须，沉浸在一种幸福甜蜜的回忆中。片刻，他又怅然叹道："人生难得一知己，谁知知己在红尘！"

此时，只见李师师裹一袭轻薄的纱衣裙，清晰地影印出柔和的曲线，粉颈玉肌，一张白皙恬静的瓜子脸，真是秀色可餐，令人销魂荡魄。那歌声琴韵如艳阳暮春时节花绽莺飞原野上的和风，轻柔得让人心醉。

李师师甜甜一笑，芳唇微启，说了句感谢的话。周邦彦浑身只觉得骨酥心颤，忙从衣袖里掏出一纸素笺，递上去："老身近日又填一首新词，请姑娘看看。"

李师师接过，款款走至灯前，展开一看，便轻声吟诵道：

> 眉共春山争秀，可怜长皱。莫将清泪湿花枝，恐花也，如人瘦。
>
> 清润玉箫闲久，知音稀有。欲知日日倚阑愁，但问取，亭前柳。
>
> ——《一落索·眉共春山峥秀》

李师师吟罢，赞叹道："这首《一落索》写得太棒了！周先生不愧诗词大家！"

周邦彦和李师师自然缠绵悱恻一番，然后说词论曲。

谁知这天晚上，周邦彦在绣楼上温情脉脉、谈情叙旧时却撞上了风流皇帝宋徽宗。

妓院使女海棠进来，与李师师耳语一番，说是皇上驾到。其实前一天晚上皇上就来过，但周邦彦和李师师都没有见到。化名赵飞的宋徽宗这晚又来光顾。周邦彦介豆小官撞上皇上，岂不小命难保？

周邦彦起身告辞，可楼梯上已响起脚步声。周邦彦又急又怕，满头冷汗。李师师聪颖过人。她处事不慌，让周邦彦藏在床下，然后再与皇上周旋。李师师刚藏好周邦彦，宋徽宗就一脚进来。李师师满脸含春，嫣然一笑，装出惊喜且慌忙接驾的样子，用手扶住徽宗皇上。

徽宗还给李师师带来贡橙——这是刚刚从广东运来的鲜货。

皇上说："师师呀，我早上退朝，填了一首新词，你唱唱看！"

李师师接过皇上宫廷专用帛笺，只见上面写道：

> 帘旌微动，峭寒天气，龙池冰泮。杏花笑吐香犹浅。又还是，春将半。
>
> 清歌妙舞从头按。等芳时开宴。记去年，对著春风，曾许不负莺花愿！
>
> ——《探春令·帘旌微动》

这是一首《探春令》，很俗气，很平庸，毫无新意，更无品位。李师师不得不连声称赞，便调好锦瑟，曼声唱了起来。

时过三更。皇上昨宿妓院，已有流言传出。太监童贯提醒皇上回宫，宋徽宗只好恋恋不舍地离开师师的小楼。

皇上走后，吓得大汗淋漓的周邦彦才从床底爬出来。谁知这位才华横溢的老小子，在那急慌的氛围中，还构思了一阕小词，且流传千载：

> 并刀如水，吴盐胜雪，纤手破新橙。锦幄初温，兽烟不断，
> 相对坐调笙。
> 低声问向谁行宿，城上已三更。马滑霜浓，不如休去，直是
> 少人行。

——《少年游·并刀如水》

周邦彦这短短51个字的《少年游》，曲折真实地写出了人物细微的心态，连词中女人（李师师）的形象也刻画得惟妙惟肖。典型环境下的典型人物栩栩如生，呼之欲出。

二

周邦彦藏在床底下构思这篇得意之作时，并未料到一场灾难就要降临。

此后宋徽宗和周邦彦好些日子都没有来李师师处。李师师躲在绣楼上，练琴弹曲。自然，李姥姥的青楼依然车水马龙，生意兴隆。

这天，徽宗又想到李师师，便驾临到勾栏。这时李师师正在调琴弄瑟，轻轻吟唱周邦彦的《少年游》。皇上突然驾到，她慌忙不堪，更忘记了这首词记述的是那天晚上的事。

皇上问李师师在演练什么曲儿。还没等师师回答，皇上便起身到案上拿起摆放着的《少年游》。皇上看罢，忽然皱起眉头，问："谁写的？"

李师师连忙下跪，如实招来。她又娇滴滴地求情，为周邦彦美言不少。皇上气消了些："算了算了！"

其实，宋徽宗并未"算了"，秋后算账在后面。没过几天，早朝后他把蔡京留下问："开封府有个盐税官叫周邦彦？听说他这个人不怎么样，为什么京兆尹不把他的劣迹报上来？"蔡京一时摸不着头脑，怔了半晌才说："容臣退朝后查问一下，再奏报皇上。"

蔡京回到办公室，立即召见京兆尹。京兆尹说周邦彦收税最多。蔡京说，他征收的税不够就是不够，不必多说了。京兆尹无奈，只好按蔡京的意图，参奏一本。这下子宋徽宗抓住了"有把的烧饼"，恶狠狠地说："要严加治罪！"

这完全是"莫须有"之罪。

不久，周邦彦被押出京。就在这天，恰恰宋徽宗又来到镇安坊。李师师不在。李姥姥说："她出门看姐妹去了。"过了些时辰，李师师回来了，皇上问："你到哪里去了？"李师师立即跪下，泪流满面地说："周邦彦今日被押解出京，他为妾奴写过许多词，今又因为妾写词而获罪，且年事已高，好生不忍，便到都门外给他送行。"

宋徽宗一惊：他亲自治罪的人，这小女子为其送行，真是有胆、有情、有义之人！又想：周邦彦何罪之有？再说，他年逾花甲，会为自己争花夺艳吗？他一时又生怜悯之心，为自己的过失而懊悔，便问："周邦彦说了些什么？"李师师说："他给妾朗诵了一首《兰陵王》。"她说完便念了起来：

柳阴直，烟里丝丝弄碧。隋堤上，曾见几番，拂水飘绵送行色。

登临望故国。谁识京华倦客？长亭路，年去岁来，应折柔条过千尺。

闲寻旧踪迹。又酒趁哀弦，灯照离席。梨花榆火催寒食。愁一箭风快，半篙波暖，回头迢递便数驿，望人在天北。

凄恻，恨堆积。渐别浦萦回，津堠岑寂，斜阳冉冉春无极。念月榭携手，露桥闻笛。沉思前事，似梦里，泪暗滴。

李师师念罢，宋徽宗有些感动："看在李师师的面子上朕赦他无罪。宫里正缺个大晟乐正，那就让周邦彦干这个差事吧！"

一个青楼女子挽救了周邦彦。

历史是人文精神的历史。文学史更具有人性，是人类的心灵史、精神史。

三

周邦彦的父亲无从稽考，历史上无记载，但他叔父周邠是一个相当有名气的人，是北宋大文学家苏东坡的朋友。苏东坡在杭州任通判时，经常和周邠在一起赋诗酬和。《东坡集》中提到的周长官，就是指周邠。

周邦彦"性落魄不羁，涉猎书史"（《东都事略》），"博涉百家之书"（《宋史》）。也就是说这小子读书很杂，不是循规蹈矩的好鸟，是个放浪不羁、玩世不恭、风流俊迈的无行文人。

29岁时，太学生周邦彦因向宋神宗献《汴都赋》，受到神宗的称赞，被擢升为太学正。他在《汴都赋》中热情歌颂了王安石的新法。全赋赞美新政，铺陈汴京盛况，歌舞升平，而且辞藻华美，文采飞扬，气势磅礴，绮丽典雅，宋神宗能不赏识？这篇6000字的长赋也得以名噪一时，"传诵士林"。周邦彦从此步入仕途。在此期间，他词艺大长，创作进入盛期，词采斐然，佳作迭出。年少风流的周邦彦常常出现在歌台舞榭，勾栏瓦舍。

但这些词章缺乏创新，大多是应歌舞伎的"软媚"之作。后来，他自己看了自己的少年之作也感到赧然。后来，宋哲宗时代，周邦彦仕途塞滞。政局发生很大变化，王安石新法也被废除。周邦彦受到打击和排斥，经历了一段浮沉州县、飘零不偶的生活。高太后逝世后，哲宗亲政，政局又翻了烧饼。这位哲宗皇帝继承老子的遗志，又打起新法的旗帜。他起用新党，旧党人物如司马光、苏轼等再遭贬谪。周邦彦因为支持新法有功，也被调入京城。那个时代以在京城做官为贵。周邦彦虽未得重用，却过着一种"京华倦客"的生活。哲宗召见他，让他当面朗诵旧作《汴都赋》，随即任命他为秘书省正字、校书郎。柳宗元曾任"集贤殿正字"，主管校刊书籍，订正讹误。到了徽宗时代，宋徽宗又提拔周邦彦为大晟乐正。周邦彦得"一赋得三朝"之誉。这种礼遇实属罕见。

周邦彦晚年显达，成了宫廷词人、御用文人。周邦彦如鱼得水，如鸟入林。他整日偎红倚翠，在花团锦簇中厮混，虽已逾花甲之年，但春心不老，春意正浓。

周邦彦的词当时流传很广，在"贵人、学士、市侩、妓女"间广泛传唱。但他的词意趣不高，甚至被斥为"亡国之音"，被称为满纸羁愁抑郁、残英落红，内容狭窄，思想贫乏，被王国维在《人间词话》中称为"创调之才多，创意之才少"。他的《片玉集》中多有极佻薄之词：

> 良夜灯光簇如豆。占好事，今宵有。酒罢歌阑人散后。琵琶轻放，语声低颤，灭烛来相就。
>
> 玉体偎人情何厚。轻惜轻怜转唧口留。雨散云收眉儿皱。只愁彰露，那人知后。把我来偢倸。
>
> ——《青玉案》

帘卷青楼，东风暖，杨花乱飘晴昼。兰袂褪香，罗帐褰红，绣枕旋移相就。海棠花谢春融暖，偎人恁、娇波频溜。象床稳，鸳衾谩展，浪翻红绉。

一夜情浓似酒。香汗渍鲛绡，几番微透。鸾困凤慵，娅姹双眉，画也画应难就。问伊可煞口人厚。梅萼露、胭脂檀口。从此后，纤腰为郎管瘦。

——《花心动》

这是周邦彦的精神空虚、庸俗不堪之作。

周邦彦就是这种京城文化打造的"精英"。他迷恋这种偎红倚翠的颓废和浮浪生活。他初次外放时，在汴河舟中曾作《尉迟杯》："长偎傍疏林，小槛欢聚……仍惯见，珠歌翠舞。有何人，念我无聊，梦魂凝想鸳侣。"周邦彦朝思暮想的是倾城之美、鸳侣之乐。这是他的人生哲学，他不以为耻，反以为荣。

周邦彦在苏州工作时，认识了一位名叫岳楚云的营妓。他与岳楚云游冶甚久。回到京师后，听说岳楚云已嫁人，他不觉有些遗憾，也很想念她。有一天，他到太守蔡峦子家里喝酒，见到岳楚云的妹妹，不由得又想起昔日的恋情，随即写《点绛唇》一首，让妹妹转寄岳楚云。词曰："辽鹤归来，故乡多少伤心地。寸书不寄，鱼浪空千里。凭仗桃根，说与凄凉意。愁无际。旧时衣袂，犹有东门泪。"岳楚云接到周邦彦的词，每读一遍都哭泣一番，一连几日寝食不安，泪水涟涟。

周邦彦最擅长铺写闺思离恨，尤其是以表现青楼中的艳事为能事。他写云恨雨愁、离情别绪、羁旅之苦、怀乡之思、物是人非之叹，写青楼女子的身世、情感，多与柳永相似。他写爱情的诗篇，大多是在酒筵歌席上的赠伎应歌之作。

他在漂水任上写过一首《风流子》，是一首别有情致的词，写他深深爱上了一位深居绣阁凤帏中的大家闺秀。从这位女子的丝簧声中，他感到对方是多情善感之人。他想象千金小姐在风清月明之夜，晚妆束坚，打开朱户，凭依栏杆，待月下西厢，期待着与他约会。然而事与愿违，周邦彦害了单相思。流水有情，落花无意。周邦彦晚上做梦，也不曾在梦中前往她的身边。他不由得在词中感叹道："天便教人，霎时厮见何妨！"这真是肺腑之言！

柳永：奉旨填词，浅斟低唱

一

大唐的风穿过五代十国的群山吹进宋朝的原野。春风化雨，淅淅沥沥，潇潇霏霏。这场雨下了整整一个宋朝，催生了一片茂腾腾的宋词。

柳永来了，迎风冒雨进入文坛的视野。

柳永是为文学史来的，或者说是为文学史做准备的。文学史家无论多么冷酷，笔墨多么吝啬，当他的目光触及柳永的名字时，眼睛会顿然一亮，迟迟不忍离去。这是个不容回避的名字，不可超越的名字。讨厌也罢，妒恨也罢，喜欢也罢，他对宋词的创新和发展，对文学史的贡献是无可争议的。"凡有井水处，皆能歌柳词。"（南宋叶梦得，《避暑录话》）宋朝的词人谁敢跳出来同柳永掰掰手腕？柳永新歌，风靡海内，名满天下，连苏东坡心里也有点说不出的嫉妒。

柳永原名柳三变，福建崇安人。柳永出身于官宦人家，父亲柳宜曾任南唐李后主的监察御史。李后主是什么人？一代开天辟地的词祖。能做他的臣子，耳濡目染，也会沾上灵气、才气、书卷气。再说了，没有点真才实学，能混这碗饭吃？看来柳永的家学渊源是很深厚的。柳宜入宋后官位最高为国子监博士。他和那位写《黄冈竹楼记》的王禹偁来往甚密。柳宜有三个儿子——三变、三复、三接，均为进士。柳永为长子，兄弟三人在柳宜的调教培育下，诗文出众，世称"柳氏三绝"。

柳宜为京官时，是柳永最快乐、最幸福的青少年时代。他走马斗狗，放鹰逐兔，过着一般官宦子弟放浪任性的生活。真宗在位之初，大宋朝出现盛世现象。京都汴梁太平日久，人物繁华，铺在柳永眼前的是一幅"皇家熙盛，宝运当千"的升平画卷。那时的文人经常与一些狂朋怪侣一起，遇酒当歌，对酒流连，尽情挥洒青春的激情和生命的浪漫。

真宗咸平之后到仁宗时期是柳永的青年时期。柳永和中国历代文人一样都想科考及第，鱼跃龙门，在仕途上有一番作为。柳永自幼聪颖。优裕的生活，书香浓馥的家庭，洒脱的个性，滋养了他的文艺细胞，年纪轻轻的柳永就写一手好词。

但是柳永第一次应试就名落孙山。但他并不在乎。他仍然读书填词，却也渐渐有了点名气。5年后，他第二次应试又未考中。柳永不免心情紧张、沉重起来，脸色变得灰暗。他有点沮丧，开始发牢骚了：

> 黄金榜上。偶失龙头望。明代暂遗贤，如何向。未遂风云便，争不恣狂荡。何须论得丧！才子词人，自是白衣卿相。
>
> 烟花巷陌，依约丹青屏障。幸有意中人，堪寻访。且恁偎红倚翠，风流事，平生畅。青春都一饷。忍把浮名，换了浅斟低唱。
>
> ——《鹤冲天·黄金榜上》

这首词对心理描绘十分复杂丰富。榜上无名对才华横溢的年轻柳永是个沉重的打击。他似乎看破了科举考场的黑暗，内心痛苦矛盾已至极，只好任情放荡。"烟花巷陌，依约丹青屏障。"这句已暗示了他人生的悲剧和未来的生活道路。

众所周知，在那个时代，读书人唯一的出路是科考及第，步入仕途。柳永被挡在大铁门外了。一向看重功名利禄的柳永而今被一只巨手轻轻一拨，命运发生了巨变，怎不痛苦？

　　谁知小人物柳永打了个喷嚏，却溅了皇上一身。这首词传到宫里，仁宗皇帝还认真看了几遍，记下了柳永的"大名"。柳永再次科考，宋真宗看到新科进士中有"柳三变"这个名字，便问左右："得非填词柳三变乎？"曰："然。"上曰："且去填词。"接着朱笔一挥把他的名字钩掉了！

　　这次打击比上次更残酷、更严重。最高指示无疑是生命悲剧的最终判决。柳永被打进另册，永无翻身之日！

　　柳永把痛苦咬碎，伴着眼泪咽进肚里。他自我解嘲是"奉旨填词"。他用破帽遮颜，走进秦楼楚馆，在风尘女子中寻找知音。日久天长，柳永逐渐习以为常。科举功名的失意，使他更沉湎歌酒。他从追求利禄的文士，逐步变成纵情风月的风流浪子。是女人的千娇百态和莺语燕喃，刺激了他创作的激情，点燃了他灵感的火花。

　　柳永毕竟是深入民间的词人。他走出象牙之塔，深入社会最底层，体验青楼女子的风情、生存状态、心中的痛苦。柳永在坊间进行大众文学的创作和传播，独辟蹊径，开风气之先。柳永不再羞羞答答，不再遮遮掩掩。他朝出秦楼，暮入楚馆，潇潇洒洒，很阳光，很坦然。他不像杜牧那样出入红灯区还让牛僧孺派 30 名士兵跟班暗中保护，也不像秦少游那样小家子气，偷偷摸摸，躲进月光照不到的阴暗一隅，像小夜莺一样清丽婉转地鸣唱。而柳永是一只阳雀鸟，在花丛里纵情歌唱，任性飞栖。他每进一处青楼，总是先掏出名片"奉旨填词柳三变"，那种磊落洒脱犹如去洽谈业务，虽有点自我解嘲，但毫无自轻自贱之感。

　　绝望出天才。既然皇上的"巨手"挡住了柳永的仕途之路，那么有才华的词人必然让生命之花在词国文苑开得分外妖娆。不塞不流，不止不行。他的词章更加绮丽多彩。不少歌伎舞女为他的"风流才调"所倾倒。柳永同她们打成一片，心心相印，结下了不解之缘。柳永多才多艺，精通音律，又擅词章。而且这些青楼女子并不是势利眼，不会因他落难而冷落他。她们尊重他、爱戴他。她们管吃管喝，养活他这位专业词作家。自然，柳永也"忍把浮名，换了浅斟低唱"。

柳永走进秦楼楚馆，绝无居高临下的士大夫清高，不以凌然的目光去俯视她们，不以卑睨的目光斜视她们。柳永的目光是平视的、平和的，还带有楚楚的怜悯。他对歌伎舞女是出于内心的同情和爱，而不是狎戏和冶游，他把她们当作姐妹一样给予人格的尊重。这一点，前朝的高官白老爷子、元稹大人能相比吗？杜牧、李商隐能相比吗？怕本朝的一代文宗欧阳夫子也不会有这种心态。尽管欧阳修瞧不起柳永，在这一点上柳永的人格和境界却比他高得多！柳永敢作敢为、敢爱敢恨，是对时代的叛逆，是人生仕途失意侘傺后的抉择。当一个人把个体生命融入群体，相濡以沫，以呴相湿，他的生命就会获得永恒。

二

柳永与青楼女子相处，整日诗酒风流，倒也潇洒快活。她们亲切喊他"柳七哥"。东京很多名妓，无不以相见为荣。若有不识得"柳七"者，众人都笑她是下品。她们编出歌谣，唱出发自肺腑的爱："不愿穿绫罗，愿依柳七哥；不愿君王召，愿得柳七叫。不愿千黄金，愿得柳七心；不愿神仙见，愿识柳七面。"

柳永沉溺于勾栏瓦肆，融进最弱势的群体。这里是温柔之乡、梦幻之境。这里莺声燕语，这里灵气弥漫，这里秀气氤氲，赋予了他生命的激情和艺术的超越。这里没有政坛上的虚伪、狡诈，这里没有官场上低头哈腰、叩头跪拜的繁文缛节。在这里，你可以纵情任性，人性得到浪漫的张扬，才气得到纵横发挥。情来云雨磅礴，兴来诗书琴画、疯歌狂舞。柳永如鱼得水，什么科场失意、仕途迍邅、官场的肮脏、人间的是非，通通抛在九霄云外。

最肮脏的地方反而是一片净土，最龌龊的世界却有纯洁的心灵，最华严的地方却是一片腐臭。柳永在这里才情大发。他吟风弄月，铸就宋词发展史上难以逾越的丰碑。

那天的月，是柳永的月。残月如钩，晓风薄寒。风在呜咽，水在低吟，霜天无色，冷月无声，岸柳伶仃，知人寥落。

汴河两岸，正如大唐帝国的灞河桥头，是离别之地。眼下又是清秋时节，木叶飘零，雁字回头，岸边芦花飞白，秋意一天比一天阑珊了。暮秋的黎明，更显得凄清，一叶小舟横在水面。他要离京远游。他喜欢的几位女子岸边相送，料峭的秋风吹乱她们一头雾鬓云鬟，还有的啜泣不止。她们执手相看，泪眼迷蒙，多少话儿涌上心头化为无声的泪流！此去经年，天各一方，何时相见？自古多情伤离别，谁能不寸肠万绪、断魂无语？

兰舟已发，哭泣声仍隐隐传来。柳永泪眼盈盈，当即写一首《雨霖铃》。深刻的生命体验涌动灵魂深处的情愫，铸成千古绝唱，文学史上的一页辉煌就是在这船舱写就：

> 寒蝉凄切，对长亭晚，骤雨初歇。都门帐饮无绪，留恋处，兰舟催发。执手相看泪眼，竟无语凝噎。念去去，千里烟波，暮霭沉沉楚天阔。
>
> 多情自古伤离别，更那堪冷落清秋节！今宵酒醒何处？杨柳岸晓风残月。此去经年，应是良辰好景虚设。便纵有千种风情，更与何人说。
>
> ——《雨霖铃·寒蝉凄切》

这是一幅多么凄美的离别图啊！在这冷落的清秋时节，相亲相爱的男女离别是多么悲凄啊！离情酒固然已苦，但伊人尚在，而今远行，山高水阔，青鸟音绝，别时容易相见难哪！

> 世间尤物意中人。轻细好腰身。香帏睡起，发妆酒酽，红脸
> 杏花春。
> 娇多爱把齐纨扇，和笑掩朱唇。心性温柔，品流详雅，不称
> 在风尘。

——《少年游·十之四·林钟商》

这哪里是写青楼女子，简直是塑造了一个良家闺秀的形象：美貌，温柔的性情，高洁的情操。那是对美的礼赞，是对生命之花的礼赞！柳永不像白居易、元稹，也不像欧阳修、苏东坡，以高官显宦的身份出现在卑贱者面前，以俯视的目光来看待这些被污辱、被损害的人，以狎戏的心态玩弄她们的肉体，挑逗她们的才情。柳永是中国历代诗人墨客的另类。晚唐大诗人杜牧出入青楼妓馆，完全是贵族花花公子的浮浪、狎戏。杜牧从未把青楼女子当作朋友。所以离开扬州时，杜牧感慨道："十年一觉扬州梦，赢得青楼薄幸名。"他十年间不知玩了多少个青楼女子，却没有对任何青楼女子留有真情。柳永同情她们，热爱她们。词中的女主人公，不是被官僚雅士玩弄的歌伎舞女，而是"同是天涯沦落人"。

柳永词中所写的青楼女子大都是真实的人物形象，有姓有名，不像晚唐的李商隐，动不动来个"无题"，不知是写给哪个青楼女子的，让读者当谜语猜。柳永大胆、直率，凡赠青楼女子的词都必定写上她的姓名，如秀香、英英、瑶卿、佳娘、虫虫等。他写她们的衣饰之美、歌喉之美、舞姿之美、腰肢之美，在他的笔下她们都是鲜活的个体。而宋朝的青楼女子又比唐朝的先进一点，她们会要求词人写上自己的名字，以证明这首词是写她的。特别像柳永这样的名词人，能为自己专写一首词，那将身价陡升，

荣耀至极。柳永有《木兰花》四首，以真人真姓名写了心娘、佳娘、史娘、酥娘四位青楼女子的花容月貌、风韵声态、腰搦肢袅、玲珑秀丽，惹得多少少年魂牵梦萦。

柳永的放达是把女人与事业结合起来。他玩得光明磊落、潇潇洒洒，不是在阴郁的角落里，偷偷摸摸，鬼鬼祟祟。一颗最不幸的种子，落在人间最龌龊的地方，却结出最丰硕、最华美的果实。他开拓了宋词创作的巨大空间，展示了宋词强大的生命力。

柳永写男女鱼水之欢、相聚恨短，写男女的相思之苦、寂寂之感、缠绵悱恻、怨恨交集，字里行间都弥漫着人性的温馨，闪烁着人文主义的光辉，是人之灵魂和生命的华彩乐章。那份男女离别之情，那份凄楚，那份惆怅，那份眷恋，真是撼人心魄，催人泪下。柳永写了许多青楼妓馆花乱絮狂、花榭春残的词章，把那种深入肌肤的感情、刻骨铭心的爱恋，表现得淋漓尽致。"洞房"在柳永词中屡屡出现，是指青楼女子的住所。可见柳永对青楼女子没有歧视，而是给以尊重，传达出她们的苦闷和心声。

《曲玉管·陇首云飞》也是一首写与青楼女子相别的词，表达了离别之恨、羁旅之愁、满目烟波、关河萧索、断雁无凭、情思悠悠。想当初，有多少幽欢佳会，而今都成"雨恨云愁"！

词是音乐的文学。词在宋代的传播不全靠文字。尽管那时的印刷术有了很大发展，但词的主要流通渠道是口头演唱。一首好词，不仅要有好的立意，还要有严谨的格律。柳永和周邦彦都是精通音律的专家，也就是他们说既能写词，又会谱曲。柳永在这里找到了自己，发展了自己。他尽管绯闻轶事不断，却也名贯天下。不少歌伎因得到柳永一首歌词而感到庆幸、光荣，因歌唱柳永一首词而名满天下。对于她们来说，文学有使其脱胎换骨的神奇功效。本来平庸的歌女因唱了一曲声情并茂的好词，便立刻身价百倍。若她再通晓琴棋书画，那简直就成了才女、绝代佳人。

三

柳永始得名于文章，终得罪于文章。他名气很大，且艳闻很多，引得朝野文人嫉妒、诽谤、攻击，一时积毁如山，谤满天下。这是柳永的悲剧。宋史为许多作家立传，偏偏对柳永一字不提。宋朝的文学史也不提柳永。柳永被排斥在主流文学之外。许多文论家闭眼不讲柳永词作的艺术成就，以及对宋词创新和发展所做出的巨大贡献，却专门抓住柳永的一些绯闻不放。这是对柳永人格的侮辱。他被皇上打入另册，其作品当然也要被打入另册。唐朝大诗人孟浩然因"不才明主弃，多病故人疏"一句诗激怒了唐明皇，被永远弃之不用，却得到同行的同情。在李白为数不多的朋友中，就有孟浩然。宋朝的诗人墨客墙倒众人推，折射出宋朝士大夫胸襟之狭隘、见识之浅薄。

那个宋仁宗实在专横得可恶。他把柳永当成了典型，对一个弱小的文人，非置之死地不可。

更富有讽刺意味的是名为"苏门四学士"的秦少游、黄鲁直等人却学习柳永词风，祭起柳永的衣钵，成为"秦七黄九"。苏老师能不感慨万端吗？能不悲乎、哀乎、恨乎？柳永身后一大群词作家，包括苏老师的学生以及周邦彦，南宋大词家辛弃疾都以柳词为楷模。但谁为柳永心平气和地说几句公道话？苏东坡大概继承了他老师欧阳修的衣钵，一向对柳永嗤之以鼻。

柳永51岁那年终于考中进士，不过是把名字由"柳三变"改为"柳永"才蒙混过关。他当了8年幕职州县小官，按例可晋升，但迟迟不得升迁。他便投靠宰相晏殊门下，求他美言几句。谁知这位晏大人架子摆得很大，开口便甩出一句话："你还写曲子吗？"柳永回答："像宰相一样还作些曲子。"晏殊陡地变得阴冷："我作曲子从来没有'针线闲拈伴伊坐'。"一句话噎得柳永张口结舌，尴尬得无地自容。柳永随即被斥退。这是柳永仕途遭到的又一次沉重打击。

柳永在长期迁转徙调中，饱尝天涯羁旅之苦。他科考失意，在仕途上又屡遭侘傺。他后半生沉沦下僚，直到晚年才逐渐升迁为著作郎、太常博士，最后官至屯田郎。他晚景凄惨，旅居京口时去世。他死在一个寺庙里，因无钱丧葬，是几个和尚出资殡葬了柳永。后人传言是几个妓女凑钱殡葬了柳永。所以每逢清明，江南名妓相约备祭礼往其坟上祭扫，唤作"吊柳七"，又叫"祭风流冢"。后有人在柳永墓题诗："乐游原上妓如云，尽上风流柳七坟。可笑纷纷缙绅辈，怜才不及众红裙。"你看柳永生前死后，身边总是香风袅袅，裙衩飘飘。

四

北宋时期，柳永的词招来的几乎是一片斥责声：既得不到皇上的赞扬，又得不到当代文坛领袖的首肯。柳永既没有行政权，又没有话语权。什么脏水都可以往他身上泼，他毫无反击能力。这样一个弱者，本身就是一个被污辱、被伤害的人。柳永只能从青楼女子身上才能获取一点人生的慰藉和温暖。"同是天涯沦落人，相逢何必曾相识。"柳永也是沦落风尘的才子。但他不伤感，不悲观，不发怀才不遇的牢骚，也不甘寂寞、颓废、怫悒、空虚、荒芜。他知命达观，随遇而安，自强不息，找机会施展自己的才情，挥洒自己的风流，寻找对话的对象，激起他鲜活生动的灵感。

柳永不仅创作了大量的关于羁旅之愁的词作，还写了大量的表现歌伎生活的作品。他长期流连于花街柳巷，获得了丰富的生活积累。他写舞女的美妙舞姿，他写歌伎美丽的歌喉，他写她们的离别之情，写她们的怨懑悱恨。长期对青楼女子的细腻观察和对她们内心的深刻理解，让柳永得以把艳词写得淋漓尽致，达到炉火纯青的程度。

柳永把青春的激情燃烧在这些长短句上，把生命赋予的才华挥洒在词的创新和发展上。是他第一次把词从皇宫御苑中解放出来，走向民间，走向生活，并把俚语俗言写进高贵的词章，使词的题材和内容更加开阔起来。他一扫温庭筠"花间词"的萎靡之风，将一股新鲜的山野之风吹进词坛，大胆创新，开拓了宋词的审美空间。

在隋唐时代，词属于宫廷，是皇家庆典用的。《玉树后庭花》是陈后主亲自填词谱曲，《霓裳羽衣曲》则是出自大唐天子唐明皇之手。

青楼成了士大夫摆脱家庭、伦理负担，获得心理松弛与平衡的绝妙场所。官场得意时他们到这里炫耀，宣泄他们的兴奋和喜悦；仕途蹇涩时他们又到这里寻找精神的麻醉和抚慰，以释心灵的苦闷和惆怅。那些文人学士为了扬名，要走进青楼，把自己写的诗词谱上曲让歌伎四处演唱。这是唐宋时期文化传播的重要手段。

柳永的出现，给词这种艺术创作带来一场天惊地裂的革命，拯救了一种文体。慢词形式的大量创制和运用，使词得到成熟和推广，成为两宋词坛的主要创作形式。词人汲取了民间文学的营养，进而创立了俚俗派。在词史上，柳永的作品影响之大、贡献之大，绝无仅有。实际上，苏东坡、秦少游、周邦彦的作品是对柳词的继承和发展。秦少游在创调方面仍然因袭了柳永，并无多大贡献；而周邦彦在词调、词意方面做了很大贡献，但在创意方面却贡献甚微。柳永对宋词的贡献，前无古人，后无来者。

五

大隐隐于市。柳永在仕途上的坎坷，不是他的错误，而是宋仁宗、晏殊亲手迫害所致。面对残酷的现实、多舛的命运，柳永隐身社会底层，隐蔽在灯红酒绿光线最暗淡的一角，埋头创作，辛勤耕耘，走自己的路，任人评说。虽遭主流文学排斥，但他并没有破罐子破摔，反而给这个病态社会一个狂涛骇浪的震撼。同时，他也悄悄地在词坛上垒砌自己的丰碑。

柳永的目的达到了。柳永用艺术创造了不朽。

几十年来，柳永不仅写了大量反映青楼女子生活的词，也写了大量描绘城市经济繁荣的词，成了千古绝唱。整个宋朝词山曲海，有谁能写出《望海潮》这样气势恢宏、色彩绚丽的篇章来？描写都市的繁华，自汉以来，大都是用赋这种艺术形式，而柳永却用小调体裁，细笔铺写。这本身就富有开拓意义。柳永为此写了40多首，可谓洋洋大观。

柳永比欧阳修大27岁，比王安石大41岁，比苏轼大56岁，比黄庭坚大65岁，比周邦彦大76岁，在年龄上完全可以当他们的师父、师爷。我想，在这些文坛巨擘牙牙学语时，他们的父母便教他们背诵柳词了：

东南形胜，三吴都会，钱塘自古繁华。烟柳画桥，风帘翠幕，参差十万人家。云树绕堤沙。怒涛卷霜雪，天堑无涯。市列珠玑，户盈罗绮竞豪奢。

重湖叠巘清嘉，有三秋桂子，十里荷花。羌管弄晴，菱歌泛夜，嬉嬉钓叟莲娃。千骑拥高牙。乘醉听箫鼓，吟赏烟霞。异日图将好景，归去凤池夸。

——《望海潮·东南形胜》

词人以充满感情的笔墨，描绘了杭州秀丽的山水风物，又描写了邑居的繁荣富庶。宋仁宗派丹青高手米芾画西湖山水图。米芾奉命前往杭州。他游览了半个多月，开始绘画，画毕请柳永配词。柳永看过说："这幅画若配上钱塘怒涛，则可昭示民族尊严，让其不敢妄生邪念。"是夜，柳永和米芾相携去海堤观钱塘潮。月光下，潮水卷着白浪，汹涌而来，如墙如堵，如万匹白马，千顷堆雪，拍岸而至，訇然雷鸣，惊心动魄。柳永睹景生情，诗潮翻滚，连夜填写了一曲名震千古的《望海潮》。

米芾让他的儿子将《望海潮》抄写于画上，可谓词、曲、书、画四绝。宋仁宗看了大加称赞。宋仁宗把这幅画赠给金国来使。但事与愿违——本想震慑一下猖狂至极的金国，反而激起了金主的野心和欲火。南国如此繁华富丽，怎能不激起他的野心夺取三秋桂子、十里荷花、如诗如画的江南？

这下子反而让那些欲陷害柳永的权奸抓住把柄。他们更加恶毒攻击柳永。柳永再次沦落，潦倒至极。柳永本完全可以当一个政治家，但命运对他是那么冷酷、凄惨。

好在历史是公正的。文学史家良知未泯。一个人在文学史上的地位，是由他的作品决定的，最终由作品发言。叶梦得任职于丹徒时，曾听一西夏归朝官说："凡有井水处，皆能歌柳词。"连荒凉的大西北都传遍了柳词，足见柳词流传之广和柳永知名度之高。这是"柳永现象"。这是宋仁宗无意中造就了一代千古词人。那些和柳永一起科考及第的进士，有几人留名于后世？一位白衣卿相、一代才人柳永，像一颗耀眼的星辰永远闪烁在中国文学史群星璀璨的天穹。

欧阳修："文章太守"醉金钗

一

站在我面前的是一位个头不高、很富态的老者：他满腮、满下颏是一片蓬蓬勃勃花白的胡须；两道修长的寿眉与一双深邃睿智的眼睛，像秋天蒹葭苍苍的两汪湖水；目光亲切慈祥，特别是那开阔的额宇，隆起几道皱褶，给人历经沧桑、学识渊博的一代宗儒之感，使你敬慕、敬畏；他那彬彬有礼，慊慊然、恂恂然的风度，又使你感到如沐春风，和蔼可亲；如果你和他握手，那双敦厚温暖的大手顿时传导给你一股暖流。就是这个老者高举着北宋初年诗文运动的大旗，改变了一个时代文学的导向；就是这个老者，挥毫万字，一饮千钟，成为文章太守，一代宗师；也是这个老者开启了闸门，让东坡父子、王安石、曾巩等文士才俊汹涌奔腾起来，成为大宋朝的大江巨川！

他耿介、正直、清廉、公明，在官场、在朝廷"视奸邪嫉若仇敌，直前奋击，不问权贵"；在文坛，他甘做孺子牛，甘当伯乐。他乐于道人之长，慧眼识人才，人称"奖引后进，如恐不及，赏识之下，率为闻人"。他对文章知己尹洙、梅尧臣、苏舜钦的诗文称扬不已，在王安石、曾巩、苏轼父子为布衣，尚未人知时，他就极力揄扬。一时文林名家，群星灿烂，他为宋朝的文学培养了一大批重量级作家，在北宋文坛产生了巨大的影响！

他政声、文名很好。

他的人缘很好。

我一向十分尊崇他。我喜欢他的《醉翁亭记》《丰乐亭记》，我喜欢他的"野岸无人舟自横"，我喜欢他"月上柳梢头，人约黄昏后"，我喜欢他"庭院深深深几许"……他的澡雪精神，清风明月般的襟怀，使他成为一座令人仰望的巍峨云天的高山。

当我拿起笔来写这篇文章时，心里直打怵：是否有亵渎他老人家之嫌？我踌躇着，犹豫着。但当看到他生命档案的另一页时，我又大跌眼镜，深感遗憾。同时代人钱世昭在《钱氏私志》中曾骂他"惜欧有才无行，共白于公，屡微讽之而不恤"。这就是说他欧阳修是个好色之徒，他的《六一词》大都是艳词，写的是月下幽会、洞房艳遇、床笫柔情，有的词情致绵密，笔墨发露，不减柳永。

这才是完整的欧阳修。

二

欧阳修在仕途上还算顺畅。那朋党纷争、险风恶浪的官场，奸佞宵小当朝，互相倾轧。他没像他的学生苏轼那样厄运连连、被远谪放逐甚至坐大狱，能做到这点十分不易。

欧阳修第一次遭谪贬是在他40岁之前，正值人生壮年，血气方刚、叱咤纵横的年纪。朝廷上革新和保守两派斗争十分激烈，不是路线之争，完全是互相倾轧，你死我活的权力之争。欧阳修是坚定的革新派。他敢言敢怒，更遭政敌的仇恨。他被诬告与外甥女有私。一时朝廷上下，流言纷纷，喧嚣不已。宋朝不比唐朝，被边缘化的儒家学说被"二程"又拉回来，成为朝廷的正统思想，规范了人伦道德，更注重仁、义、礼、智、信，三纲五常。政敌的这只撒手锏的确有杀伤力，因为"男女作风"是很隐蔽的事，很难抓到物证，许多人的心理是宁信其有不信其无。欧阳修愤怒至极，又无力反驳，只求助皇上勘验，最后证实是诬陷。但欧阳修经不起这种人格污辱。他无颜混迹于庙堂。皇帝只好将他谪官知滁州太守。时值庆历五年，也就是范仲淹作《岳阳楼记》的第二年。

欧阳修此后外放 10 年。英宗即位，朝廷上朋党之争仍然很激烈，后来出现一场"濮议"之争。欧阳修认为英宗赵曙应称生父濮安懿王为父，但他的政敌吕海等人却主张赵曙已过继给仁宗，对其生父应称"皇伯"。两派互相攻讦，闹得朝廷上下沸反盈天。御史中丞彭思永趁机又诬告欧阳修与长媳有私。撒手锏又飞来，故技重演，简直又是一则爆炸性丑闻。欧阳修再次遭到沉重打击。他无可奈何，再次奏请皇上为他洗白。皇上亲自诘问彭思永和御史蒋之奇，澄清了事实，立即罢黜了陷害者。皇上虽然为欧阳修平了反，但脏水既然泼在身上，便很难洗干净。欧阳修感到官场黑暗，尔虞我诈，颠倒黑白，栽赃陷害，遍布陷阱。他想离开这是非之地，退隐之心更加坚定。

值得反思的是，为何政敌老是抓住欧阳修的"生活作风问题"不放，而且是致命的乱伦问题？这固然是政敌的手段卑劣、用心险恶，但欧阳修生活上是否有不检点之处？苏东坡的政敌可谓多矣，但他们只在苏的诗文里吹毛求疵，寻章摘句，诬陷他有"反上"言论。这总比作风问题严重吧？政敌要置对方于死地，为何不从此处下手？这该如何解释？

苍蝇不叮无缝之蛋。捕风捉影是有前提的。男女之私，很难取得证据，即使今日监控手段如此严密，这种事也很难抓到确凿证据，何况淫风不减晚唐的宋朝呢？这本身就很难说清楚。尽管皇上压下了这两桩事，但欧阳大人也无颜在朝廷上混了。再说，皇上虽然压抑欧阳修的政敌，却又贬谪他，这是不是对欧阳修发出的警告？

欧阳修经不起这种打击。他三番五次上书，终于得到皇上的恩准，于神宗熙宁四年七月回到西子湖畔早修好的宅第做起"六一居士"，卧一榻清风，看一轮明月，盖一片白云，枕一块顽石。他自称，他家藏书一万卷、金石一千方、琴一架、棋一盘，还有他本人一老翁。

其实，欧阳修仕途上没有出现大跌大宕。他在嘉祐年间官运是很亨通的。他在嘉祐三年加龙图阁学士、知开封府，嘉祐五年任参政知事，又迁礼部侍郎，又拜枢密副使，官至四品，后又封开国公，成为朝廷权臣，踏上他政治生涯的峰巅。

三

欧阳修24岁中进士后，有一段时间过着游冶的生活。他恣情放浪，东京开封的秦楼楚馆、勾栏瓦肆常见他风流倜傥的身影。中国的文人士大夫阶层，先是拥抱功名利禄，再就是拥抱美女。这是他们人生的两部曲。一旦功名到手，就忙着征歌逐色，把十年寒窗、青灯黄卷的寂寞和孤独所受的损失，急急找回来。

在青年时期，欧阳修就学习花间词鼻祖温庭筠、南唐特别是冯延巳的艳词，写过许多浮艳之词，文人的无行在他身上得以淋漓尽致地体现。这些侧艳之词艺术价值不高，毫无社会意义。《醉翁琴趣外篇》有"鄙亵之语"的评价，当时就有人痛斥他"有才无行"。其实，他那个时代艳帜高扬。欧阳修并非神仙，而是凡胎肉身，也有七情六欲，偎红抱翠是正常之事。

欧阳修大人的艳词已达到"鄙亵"的程度，也就是写到"肉麻"、令人作呕的程度。他有一首词《浪淘沙》，就赤裸裸地写道："总是当年携手处，游遍芳丛。"他在第一次被贬逐时，心中有一种郁勃之气。他不是沉醉山水，狂饮浪醉，就是沉溺花丛，追逐声色。因此他不到40岁就自称"醉翁"。

欧阳修任滁州太守时，创作了《醉翁亭记》《丰乐亭记》等大量诗文。尤其《醉翁亭记》成了千古名篇，使他堂堂皇皇走进"唐宋八大家"行列。中国文学史上许多佳作绝唱大都是作家诗人不得志时放浪山野、流连灯红酒绿时所作。

　　欧阳修调离滁州。他外放的第二站便是扬州。扬州是纸醉金迷之地，早在唐朝时就是全国最著名的商业城市、消费城市。自称"醉翁"的欧阳修来到扬州，满眼是美酒美女，宴会几乎每天排得满满的。地方官员宴请，盐商宴请。过往官员、专来扬州冶游的官员络绎不绝。他来扬州的第一件事，就是大兴土木，建平山堂，用来宴饮取乐，为淮南第一壮丽。

　　正是在这座名闻遐迩的平山堂，欧阳修写了一首著名的《朝中措》，赢得了一顶"文章太守"的桂冠："平山栏槛倚晴空，山色有无中。手种堂前垂柳，别来几度春风。文章太守，挥毫万字，一饮千钟。行乐直须年少，尊前看取衰翁。"读了这首词，你会想唐朝大诗人白居易的名篇："美人劝我急行乐，自古朱颜不再来。"欧阳修不仅是"文章太守"，也是风流太守！

四

　　欧阳修在晚年退居颍州西湖。西湖是雌性的湖，富有女人味，阴柔而妩媚，是适合征歌逐色的地方。这里碧波潋滟，岸柳苒苒，红荷点点，水阁亭榭，坐落在西湖中如同仙苑。一湖绿水，晴日满湖飞金点银，湖山流翠，岸堤迤逦，如诗如画；雨天烟雨空蒙，雨霭迷离，如梦如幻。到了夜晚，湖面上也是灯光点点，笙歌隐隐，兰桡画舸，悠悠而来，荡然而去，管弦笙歌，欢声笑语，此起彼伏。特别是西湖明月夜，月光如银，星光璀璨，满湖琼浆玉液，湖面点点画舫，急管繁弦，玉盏催传，不知天上人间。欧阳修在西湖作了大量的词。

　　试欣赏如下几首：

　　　　西湖南北烟波阔，风里丝簧声韵咽。舞余裙带绿双垂，酒入香腮红一抹。

　　杯深不觉琉璃滑。贪看六么花十八。明朝车马各西东，惆怅
画桥风与月。

——《玉楼春》

　　燕鸿过后莺归去。细算浮生千万绪。长于春梦几多时？散似
秋云无觅处。

　　闻琴解佩神仙侣。挽断罗衣留不住。劝君莫作独醒人，烂醉
花间应有数。

——《玉楼春》

　　柳外轻雷池上雨，雨声滴碎荷声。小楼西角断虹明。阑干倚处，
待得月华生。

　　燕子归来窥画栋，玉钩垂下帘旌。凉波不动簟纹平。水精双枕，
傍有堕钗横。

——《临江仙》

　　红粉佳人白玉杯。木兰船稳棹歌催。绿荷风里笑声来。

　　细雨轻烟笼草树，斜桥曲水绕楼台。夕阳高处画屏开。

——《浣溪沙》

　　欧阳修退居西湖时，经历了宦海风波，没有了当年锐气，似乎洞彻了
人生，看破了红尘，只有春心不老，得乐且乐，在裙衩丛中尽情陶醉。玉
肌雪肤的抚摸，香颈粉唇的相亲，他只能作些毫无思想和艺术价值的小词。
他心目中也有紧迫感："红颜能得几时新""行乐直须年少"。遗憾的是

夕阳无限好，只是近黄昏。他要抓住夕阳的最后一缕余晖，玩个"清歌一曲倒金壶"（唐代郑谷），玩个"束素美人羞不打"，"夕阳高处画屏开"。

宋朝一坐胎就低迷、柔弱，重文轻武。宋太祖"杯酒释兵权"，鼓励那些开国将帅"多积金帛田宅以遗子孙；歌儿舞女，以终天年"。正是开国皇帝这样的指导思想，使宋朝国势越来越弱，外侮频仍，宋朝士夫失去发扬蹈厉的精神。尤其是庆历新政失败后，一代士人改革图强的愿望彻底归于幻灭。面对酷烈的党争和险恶的宦海，他们感到无力把握自己的命运，于是寄情声色，以麻醉痛苦的灵魂。文坛领袖欧阳修在众人未醉时已先醉，躲进西湖的柳浪花丛中，闻莺啼燕喃，在青楼粉白黛绿、雾鬓云鬟之间，风流慷慨过残年。

苏东坡：中秋明月在密州

一

"今夜月明人尽望，不知秋思落谁家。"（唐代王建，《十五夜望月寄杜郎中》）

秋天在那个时候特别深沉，特别凝重——何况是中秋佳节呢！

古往今来，文人墨客吟风咏月，寄情于月，望月抒怀，思念远在他乡的亲朋故友，似乎月真的可以载梦、载思、载情。中秋节是月的节日，是亲人团圆的日子，更是中国历代诗人墨客一大情结。月亮因澄澈而不眩目，因宁馨而不岑寂。那静谧怡人的风致、飘逸脱尘的高洁、晶莹剔透的品质，慰藉了多少悲苦幽怨的心灵！月是具象，又是意象。多如繁星的诗词歌赋，秦风汉韵，唐魂宋魄，都融进那如绢如练的月光里了。

密州的超然台是苏轼调任知府后重修的，在城东南一隅。熙宁九年，也就是他来密州的第二年，他登台赏月，又想起天各一方的弟弟子由来。子由在济南任知府，距离并不遥远，却是京城一别，六七年未见面了。苏轼是多情的，他与弟弟子由感情甚笃。他存世的 2400 首诗词中，就有 200 多首是写给子由的，几乎占到了十分之一。这些诗词不是次韵子由，就是和子由、寄子由，内容更是繁复芜杂：从子由的身体瘦弱到工作调动，从子由官职沉浮到出使公务活动，从子由的起居到生日、生子，甚至到吃肉、读书、洗澡、梳头，无不写诗填词，或致辞关爱，或言以抚慰。爱屋及乌。关于子由宅院的花草树木，苏轼就一口气写了 11 首诗，极尽赞美之辞。

他写给子由的诗词内容几乎囊括了生活的各个方面。兄弟如此亲密，古今实属罕见。

苏子由，个头五大三粗却性情温和，没有苏东坡的张扬和狂放。这些年他勤勉不息地忙于政务，也不耽误生孩子，一口气生了三男七女。满屋是孩子，家里成了幼儿园。

苏东坡在密州为官，政绩斐然。他两年间写诗200余首，或伤感，或诙谐，或愤懑，都以天真的心情和赤子的狂放不羁，将心中块垒，一吐为快。这是他人生最沮丧的一段时光。说也奇怪，在最困难的日子里，他却写出了最好的诗，正中了那句"诗人憎命达"。这个时期和他几年后因"乌台诗案"被贬黄州的时期一样，是他诗词文赋创作的重要时期。他成为那个时代最伟大的文学家。这是迫害者章惇之流最不愿意看到的。在密州的两年，是他诗词创作的成熟阶段。此时愤怒的火气已消散，只剩下安详与顺时知命的心境。

苏东坡和弟弟子由气质不同，秉性各异，形貌也相迥。苏东坡个头中等偏上，敦实，浓眉大眼，满脸赤红，一看就知道他激情澎湃，精力过人，才华非凡。而子由眉目清秀，文质彬彬，不苟言笑，性格内向。东坡最显著的特点是那张嘴巴——强有力的线条透露出能言善辩的灵敏。他热情奔放，眉宇间也露出抑郁、沉思。

有一次，他兄弟二人闲聊。

苏轼："我这个人就是管不住嘴巴，一发现不对的事情，非要唾弃不可。"

子由："说话要看人。有的可以推心置腹，有的不可以。"

苏轼："我是个宁鸣而死的人，有话不说不行。这样容易得罪朝廷，甚至得罪皇上。我这个人无害人之心，也无防人之心呐！"

苏轼是敢说真话的人。在党争激烈的年代，他反对王安石的变法。他特别指出，"青苗法"的推行，会给百姓带来损害。王安石大怒。侍御史知杂事谢景温诬告苏轼居丧期间往复贾贩，经核查，子虚乌有。苏东坡没有争辩，提出外放要求。

苏轼第一次离开京都汴梁是在熙宁四年（1071年）。时年他36岁，赴杭州任通判。俗话说："上有天堂，下有苏杭。"杭州是江南富庶之地，"东南形胜，三吴都会……烟柳画桥，风帘翠幕，参差十万人家"（宋代柳永，《望海潮》）。苏东坡七月离开汴京，一路游山玩水，访朋拜友，还和弟弟子由一块到颍州看望欧阳修，直到十一月二十八日方到杭州。他上任三天，就开始散怀山水，放浪泉林，畅游孤山、灵隐、天竺，论经说禅，品茗对弈，玩得不亦乐乎。苏轼多才多艺，知识渊博，诙谐幽默，感悟敏锐，思想透彻，亲切热情，慷慨厚道，不管高官大吏、皇亲国戚，还是村民樵夫，他都能逢场作戏，洒脱周旋。他有天生的亲和力。

苏轼是个儒、释、道三者的统一体。他既想"治国平天下"，又想远离尘俗，还想修成正果，实际上是个"不可救药的浪漫主义者"（林语堂，《苏东坡传》）。

苏轼从杭州调任密州，依然我行我素。那种潇洒，那种放达，那种乐观和自由，显示他更老练、更成熟了。他依然不急不躁。他五月接到调令，九月才离开杭州，十一月才赶到密州。他一路上依然游山玩水，却没有去见日夜思念的弟弟子由。在赴密州的路上，他写了一首著名的《沁园春》：

孤馆灯青，野店鸡号，旅枕梦残。渐月华收练，晨霜耿耿；云山摘锦，朝霞漙漙。世路无穷，劳生有限，似此区区长鲜欢。微吟罢，凭征鞍无语，往事千端。

当时共客长安，似二陆初来俱少年。有笔头千字，胸中万卷。致君尧舜，此事何难？用舍由时，行藏在我，袖手何妨闲处看。身长健，但优游卒岁，且斗尊前。

　　这首词创作的背景是秋天。秋风萧瑟，晨霜耿耿，苏轼骑一匹白马，家丁相伴，穿过南国的山水，前往北方。这是他外放后的第二任所。尽管政治上不得志，但在杭州这几年他的心情还是愉快的。"江海寄余生。"（《临江仙》）三十几岁的苏东坡就把生死看得很轻、很淡。他视荆棘如坦途，依然放歌咏物。何况南国风光旖旎，山清水秀，怎能让他不诗兴大发？任凭"孤馆青灯""野店鸡号""旅枕残梦"，我苏轼不是"寻常到处，题诗千首"的风流太守，而是一位"笔头千字，胸中万卷，致君尧舜"的政治家。苏轼并不完全反对王安石变法，只是对变法的极端成分有意见。王安石是有名的"拗相公"。当时的宋神宗是有作为的皇帝。他急于富国强兵，便支持王安石变法。王安石对推行"青苗法"也做出了妥协。王安石掌控朝政，对朝廷大动手术。他调整官员，连富弼、韩琦、张方平等老臣也被挂冠外放，欧阳修、曾公亮也被迫先后退位。至于苏轼、苏辙、程颢、程颐，他们早已离开朝廷。王安石一手操作，一批新人（新党）进入帝国的中枢。王安石的一意孤行，必然引来政治冲突。

　　在党争激烈的年代，苏轼一家走马灯似的，团团迁徙于州府之间，官职起伏，仕途跌宕，生活极不安定。在以后十几年里，他又辗转于颍州、扬州、汝州、筠州、定州、徐州、湖州，都是屁股没坐暖，便又奉命转移，真是颠沛流离，漂泊不定。在这首诗中他也亮明了自己的政治态度："用舍由时，行藏在我。"意思是说，用不用我，你朝廷说了算；出世入世，或藏或行，我都要像杜甫那样"致君尧舜"。实际上，这是向胞弟子由倾泄一肚子牢骚。

　　还好，苏轼在密州待了两年有余。苏轼在密州的职衔全称为朝奉郎、尚书祠部员外郎、直使馆、知密州军州事、骑都尉。这长长的职衔包含了他的职、阶、衔、爵、勋等各种名目，实际上是军政一把手，六品官阶。

二

大凡浪漫主义作家都喜欢咏月、颂月。中国历代文人中最典型的是李白。他不仅是酒中仙，也是月中仙。苏东坡紧步李白后尘，虽然酒量不及李白，但诗词中酒精含量并不比李白少。苏东坡更是酷爱咏月。李白存诗2000首，咏月的诗就多达400余首。苏东坡有多少咏月词赋，我来不及统计，但随意记起他后来被贬谪到黄州所作"一词二赋"中就有寄情明月的句子。其壮美俊逸已达至真至美的境界。《赤壁赋》曰："举酒属客，诵明月之诗，歌窈窕之章……月出于东山之上，徘徊于斗牛之间。白露横江，水光接天。纵一苇之所如，凌万顷之茫然……挟飞仙以遨游，抱明月而长终。"在《念奴娇·赤壁怀古》中，他竟然悲歌长啸："人生如梦，一樽还酹江月。"

苏东坡像李白一样，天真得可爱。他得意于"江上之清风""山间之明月"，要"抱明月而长终"。他有许多诗词句子吟月咏月："和风春弄袖，明月夜闻箫"，"与谁同坐，明月清风我"，"可惜一溪明月，莫教踏破琼瑶"，"对酒卷帘邀明月，风露透窗纱"，"夜阑风静欲归时，惟有一江明月碧琉璃"，"半年眉绿未曾开。明月好风闲处，是人猜"……在诗人眼里，月是仙境、梦幻，是玉宇、琼瑶，是最圣洁之地。月，为诗人提供了寥廓的想象空间。

前面提到苏辙对苏轼的规劝，苏轼是听得进去的，但总也不改。这是由他的性格和气质决定的。他是个感情型的人，对人对事常常从感情出发，缺乏理性的约束和规范。这种性格和气质，导致苏东坡一生仕途侘傺，坎坷丛生。但无论顺境还是逆境，他都将其看作一种福气。他风流倜傥，潇洒豁达，有酒就醉，倒头就睡，"一蓑风雨任平生"。

苏东坡曾经和弟弟子由"会宿"船上。那是在颍州与欧阳修相处半个月后，分别时在船上共度的一夜。清风明月，良宵佳辰，二人一觞一咏，谈诗论政。子由话不多，东坡却话语滔滔。二人彻夜未眠，直谈到残月西沉、东方既白。东坡称赞弟弟"表里渐融明。岂独为吾弟，要是贤友生"。

密州比起杭州来简直有天壤之别。这里是荒僻贫穷的山区，经济萧条，文化落后，百姓生活困苦，政府官员薪俸很低。苏轼身为军政一把手，却常常挨饿，粮食不够吃，经常吃些枸杞、菊花充饥。他在公余常到郊外挖野菜，不时发现弃婴。更为严重的是，民间有溺死女婴的事件。苏轼发现这个问题后，便立即发布文告，禁止弃婴、溺婴，并成立慈善机构"育儿会"。他动员有钱人家捐粮，也号召州县官吏捐一部分口粮救济孤儿。"育儿会"当年就收养43名弃婴。但是密州又遭旱灾、蝗灾，百姓食不果腹，衣不蔽体，流离失所，饿殍遍野，"剥啮草木啖泥土"，"饥馑疾疫，靡有遗"。他开仓放粮，赈灾救民。他上书朝廷，要求派人观察灾情，豁免赋税。

苏轼一上任就考察密州山川地貌，发现一山泉"清凉滑甘，冬夏若一，余流溢去，达于山下"。他在山上凿石为井，引泉下山，既可饮用，又可灌溉农田，成为周边百姓生产、生活的不尽水源。后来他作《雩泉记》："今民吁嗟其所不获，而呻吟其所疾痛，亦多矣。吏有能闻而哀之，答其所求，如常山雩泉之可信而恃者乎？轼以是愧于神。"他以修雩泉为自勉，激励自己关心民间疾苦。地方官员薪禄菲薄，勉强能养家糊口。这次来密州，除了他的继室王闰之，还有他的令妾王朝云，当然还有其他奴婢。一大家人全靠他一个人的俸禄支撑。苏东坡又不是那种贪官，生活之艰难可想而知。但他还力所能及地收养了几个孤儿。这并不能从根本上解决密州百姓的生活窘境。他一方面发放贷款，救济贫民，一方面号召大家努力生产，发展经济。密州百姓生活逐渐好转。

熙宁八年（1075 年），苏东坡写下怀念妻子的千古名篇《江城子·乙卯正月二十日夜记梦》。其实他第一任妻子王弗已死去 10 年，而今有娇妻美妾，虽生活艰涩，但还能过得去。然而他对已故妻子王弗的感情却刻骨铭心。他常常在梦中见到她。

王弗是个聪慧美丽的女子，有文化。夫妻间有共同语言，感情融洽。王弗父亲王方和苏轼父亲苏洵都是乡间名人。王弗嫁给苏轼也是门当户对。他们结婚后，夫妻恩爱。后来王弗随着考中进士后出仕的丈夫，先是到京都汴梁，后辗转到凤翔等地。除了精心照料丈夫衣食住行，她还夜夜陪丈夫读书。夜阑更深，青灯一豆，王弗侍在丈夫身旁，夏夜上茶，冬夜添炉。苏轼读书，偶有遗忘，她就从旁提醒。苏轼竟然不知道她读过那么多的书。她是书院长的女儿。苏轼知道她读过书，却没有想到她居然熟读到能提醒丈夫的程度。

王弗不仅会读书，而且能察人。苏轼对谁都不设防。王弗经常耳提面命，告诫他谨防小人，特别是那些口蜜腹剑、奸邪谗佞之辈。有一次苏轼和章惇同游终南山诸寺。章惇是福建人，比苏轼大两岁。此人胆大心狠，曾是苏轼挚友，也是残酷迫害苏轼、欲置其于死地的恶人。他们抵仙游潭，潭下临绝壁万仞，岸甚狭，横木架桥。苏轼不敢过，章惇则平步而过，蹑之上下，神色不动，以漆墨濡笔大书石壁上曰："苏轼章某来。"后来，王弗就提醒丈夫和这种人少交往，因为他死都不怕，还有什么可怕的！敢于玩弄自己生命的人，也敢于玩弄他人的生命！果然，苏轼从密州被贬到黄州后，这位身居高位的"挚友"就成为苏轼的死对头。他成为下令逮捕苏轼入狱的巨恶大奸。

结发妻子的死，给苏轼带来终生的悲痛。王弗未过30岁便亡故，是对苏轼人生沉重的打击。10年之后，这伤口仍未愈合。他每每想起，便黯然神伤。他来到密州，春日踏青，秋日登高，身边少了爱妻王弗。性情再豁达的人，也会怅然若失！那天夜里，苏轼刚刚入眠，便梦见一女子衣袂翩翩，姗姗而来，向苏轼问长问短，后又坐在床边给苏轼盖好被子，还把苏轼裸露在外边的胳膊放进被窝里。"啊，王弗！"苏轼惊醒，猛地坐起来，但满屋漆黑，窗外一轮皓月。他夜不能寐，便起身，挥笔写下千古绝唱《江城子·乙卯正月二十日夜记梦》。

"十年生死两茫茫。"这是多么悲痛的感慨啊！生死殊途，两相隔绝，真是茫茫邈远啊！据说王弗死后，被葬在苏轼父母身旁，苏轼为妻子栽了"三万棵松树"。这固然是诗人的夸张之语。但栽了很多松树倒是真实的。可见苏轼对亡妻的爱情是多么真挚。

苏轼的继室是王弗的堂妹王闰之。虽然王闰之不如王弗通诗文，但在苏轼的耳濡目染下，10年间也粗通文笔，成为苏轼"合格"的内助。

三

苏轼在密州期间，还在城南修了一道南北走向的大堤，建成了一座山间水库，既解决了夏季水患问题，也解决了春冬旱灾问题，涝能蓄水，旱能引水灌溉。苏轼几乎是一名水利专家，他一生所到之处都留有兴修水利的政绩：钱塘疏浚六井；茅山、盐桥疏浚运河；惠州引水入城，解决城内百姓因缺淡水而只能饮咸水的问题。到了熙宁九年（公元1076年），密州的民生和经济状况大有好转。他决定对城墙西北台进行修葺，建一亭阁。八月，台阁竣工，苏轼心情甚悦。他写信请子由命名。子由忽然想起老子的话——"虽有荣观，燕处超然"，遂命名"超然台"。苏轼喜欢这个名字，便欣然命笔，写了一篇《超然台记》，"吟成超然诗，洗我蓬之心"（《和潞公超然台次韵》）。超然物外，实际上就是他的长辈范仲淹的"不以物喜，不以己悲"的超乎现实的思想。这时苏轼已至不惑之年，思想成熟了、沉实了，锋芒也收敛了很多。他随遇而安，不为物动。逢大事，遇挫折，仕途侘傺，他都淡然处之，心情依然达观。他在《超然台记》中记述了他清贫的生活："而斋厨索然，日食杞菊。"他身为州府长官，却与民同甘共苦，陶然自足。

在密州，苏轼呼唤个性自由，倡导桀骜不驯的个性，向往自由奔方的生活。他热爱自然，反对污浊尘世的束缚，追求豪纵放逸、浑朴天真、雍容旷达的精神。这是他人生观的升华。他的《江城子·密州出猎》最能淋漓尽致地表现这种野性："老夫聊发少年狂，左牵黄，右擎苍，锦帽貂裘，千骑卷平冈。"他在另一首诗里也表现了这种野性："放怀语不择，抚掌笑脱颐。"（《答李邦直》）那种行歌笑傲、愤世嫉俗、潇洒夷旷、出尘脱俗的野性神态，跃然纸上。

这时期，朝廷高官重臣也更迭变换。王安石先是被罢相，熙宁七年（1074年）四月到次年二月，整整10个月离开相位。后王安石复相，到熙宁九年（公元1076年）十月再次被罢相。从此王安石闲居金陵，10年后去世。伴随着朝政的变化，苏轼的仕途跌宕起伏。

但苏轼依然我行我素。公余时间，他吟山咏水，放浪泉林。笔头千字，胸中万卷，他的创作更成熟了。

世界上有两种天才，一种天才不可学，另一种天才可学。李白不可学，杜甫可学；苏东坡不可学，欧阳修可学。

苏轼虽是大儒，但对佛、道濡染也深。他对佛、道是从文化角度欣赏。他欣赏佛、道的超然，逸致洒脱的生命形式，任性不羁的精神自由。他以儒家思想入世，担当社会和人生的责任。他以道家的精神养气，"一点浩然气，千里快哉风"。无论顺境逆境，他都能够在入世、出世的交替中，在激情与虚幻的转换中，在儒、释、道的碰撞激荡中，将其融会、整合与统一，从而达到趣味盎然、生机浩荡、超然无累、自足完满的人生境界。

1076年的中秋月，是属于苏轼的。中秋节到了。这是他在密州的最后一个中秋节。经过两年的艰苦劳作，密州百姓生活安定下来，日子渐渐起色，苏轼心情自然愉悦多了。

苏轼携带家室和同僚在修茸一新的超然台上饮酒赏月，共度良宵。

密州东临大海、西接泰山山脉，平野万顷，亦有丘陵山冈，位于山东半岛东南部，潍水绕城而过，本是山清水秀、富庶发达之地，但历代知府知州不关心百姓困苦，不能为官一任、造福一方，当时仍是落后地区。

苏轼登上超然台，和同僚一边饮酒，一边谈天说地，其乐融融。但想起远在他地的弟弟子由来，他不由黯然神伤。父母早已过世，弟弟是他为数不多的亲人。中秋之夜，是家家团圆、亲人相聚之时。苏轼望着这澄明清凉之月，能不顿生惆怅之感？

中秋之夜，是多么迷人的月夜啊！望城内，烟火万家，不时传来笙歌笑语；看城外，远处隐隐的山峦，近处坦荡的田畴，茂腾腾的庄稼，成熟的芳香随风飘来。银银的月光大幅大幅铺展开来。月照处，光斑烁烁；幽暗处，如窟如渊。一轮满月，洁白和素静，盈盈地浮在广阔的天宇。那清丽晶澈的光辉带着凄楚的微笑，亲吻着大地、山野、庄稼、青草、野花，空蒙浮漾。月光和淡淡的雾霭融在一起，烟谷般浮荡在田野，扑朔迷离，轻灵曼妙。

中国人钟情月亮，有很浓的月亮情结。在不多的盛大节日中，中国人专设一个月亮节，而且为月亮编撰了许多美丽动人的神话故事：嫦娥奔月，吴刚伐桂，蟾宫折桂……月亮澄澈而不眩目，宁馨而不岑寂。历代文人吟咏月亮的诗词歌赋，车载斗量。不知是这些诗词化为月亮的素辉，还是月亮的魂魄注入了这些诗词。中国文人的诗词歌赋，月光很明，处处闪烁，既照亮了他人，也照亮了自己。

我想象得出，940多年前那个密州的中秋月夜，苏轼和家人、友人举杯痛饮的状况：酒盅中泛着月辉，月光映照楼影、人影、树影；墙角处，虫吟细细，远处传来兽语和夜枭的鸣叫，更衬托出这秋夜的岑寂、安谧；

苏轼三杯两盏，便醺醺然，几杯下肚已酩酊大醉。回到家里，他倒头便睡，鼾声如雷。酒醒后，他激情勃发，挥笔写下《水调歌头》。

其词意境空灵，气度豪迈，气质浪漫。李白"唯愿当歌对酒时，月光长照金樽里"。他受道家影响很深，抱着超然物外的态度。他喜欢道家的养生之术，所以常有出世"登仙"的想法。苏轼并非像李白那样信道，但他思想很杂，道家思想时时主宰他的心灵。官场这现实人生太芜杂、太肮脏了，真想"乘风而去"，与仙人共语，与明月相伴。3 年后，当他被贬黄州时所作《前赤壁赋》表露得更加鲜明："浩浩乎如冯虚御风，而不知其所止；飘飘乎如遗世独立，羽化而登仙。"

中秋节之夜，苏轼最想念的仍然是弟弟子由，所以词的副题是"兼怀子由"。中秋佳节，万家团圆，而今兄弟天各一方，不能晤对共饮，手足之情，血脉之亲，能不思念殷殷？

中国古代文人，往往在得志时入世，忧国伤时，为国操劳，把诸葛亮当作楷模，"鞠躬尽瘁，死而后已"；他们在不得志、仕途迍邅之际，则散怀山水，寄情泉林，望月抒怀，欲羽化而成仙，脱离凡尘。这实际上是一种精神上的逃避，是失败者的自我抚慰。他们想乘风归去，只是一种天真幼稚的想法。月亮的冰清玉洁，高远缥缈，正是最理想的去处，但这是一种幻想。人是无法超越现实的。李白一生放浪不羁，虽然信奉道教，却一心想当官。他四处求仕，到处碰壁。他的人生际遇使他不得不想"羽化成仙"。苏轼虽时处庙堂之高，但党争残酷，是非之争剧烈，他又不善于说假话、看风使舵、随风俯仰，怎能在官场上春风得意，玩得水流山转？再加上他有才华盖世——这本身就是命运的悲剧因素。他的诗文一出，只要传到宫里，宋神宗常常被吸引得忘了吃饭，看到兴奋处，还拍案称赞。这样的超人之才，怎能不引起章惇、吕惠卿等卑劣小人的嫉恨？

这首词一开笔便突然发问："明月几时有？把酒问青天。不知天上宫阙，今夕是何年。"这屈原式的"天问"，涵盖了天地寥廓空间，大有气吞宇宙之势。接着他便以浪漫主义想象，展现词人心中波澜的大起大落，既想一展宏图大志，又感到官场黑暗龌龊、难以容身，不如回到人间。这首词也表达了作者宦海漂泊、壮志难酬的苦闷心境和超尘拔俗、达观的睿智哲见。

全词狂放超逸，意象奇瑰，给人以疏宕洒脱、深远澄净的美的享受。最后是人生感悟："人有悲欢离合，月有阴晴圆缺。"这是千古难以成全的憾事。这种意境高远、警励奋发的超然格调，达到了"中秋词，自东坡《水调歌头》一出，余词尽废"（胡仔语）的光辉局面。

黄庭坚：情在两山斜叠

一

　　江西老表、山谷道人黄鲁直，在唐风宋雨的迷乱中，是否独洁其身，一尘不染呢？我读文学史对黄先生的评介肃然起敬：人如其名，虽"鲁直"却不乏诗人的才华。在他那个时代，其诗歌创作自成一派，敢与苏老师分庭抗礼，是苏门四学士最有成就的佼佼者，且是循规蹈矩的"三好学生"（诗好、身体好、作风好）。虽才华横溢却不傲世，写一手好诗却不风流放诞；既无远大的政治抱负，又无强烈的政治主张，做人很低调，在地方当了20多年低级官员，却安于现状，不跑官，不要官，不阿谀拍马，不走门子，不巴结权贵，不小人，不奸佞，不请不送，甘于原地不动。政声虽然不显，却无劣迹，给人留下的印象是老实、憨厚、本分。文学史上只字未提他有什么风流韵事，不像他的老同学秦少游狂蜂浪蝶般拈花惹草，放浪恣肆，凭着会写一些水灵灵、鲜嫩嫩、甜丝丝的小词，撩拨得妙龄歌伎春心荡漾，美貌倡优投怀入抱。

　　黄先生也不像苏老师那样大气豪放、老练洒脱。读黄先生的诗集，几乎没有发现一首艳诗。

　　面对淫风骚雨，他该是特立独行的人。

　　面对风尘烟花，他该是出淤泥而不染。

　　他该是程朱理学培养的标准公民。他的故乡江西就是"二程"讲学的地方，是"二程理学"的发祥地。

翻遍黄鲁直的诗集，几乎找不到一首赠妓、写妓题材的诗。他的诗大部分都是与苏子瞻酬和，或者"咏物"，或者涂山抹水、寄友人，抨击社会黑暗的诗也不多。读他的诗你会感到黄先生不拈花、不惹草、不青楼、不楚馆，老老实实做官，本本分分做人，具有清风明月的人格，冰清玉洁的情操。苏老师特别喜欢他，称他的诗为"黄鲁直体"，自成一格，独领风骚。

在那个艳帜高扬的时代，没有写过一首艳诗、艳词的文人，真是凤毛麟角，实属罕见。

我想，黄鲁直不像白居易、欧阳修二位大人那样小酒天天喝，也能隔三岔五地找个理由嘬一顿，当然多为招待上司作陪。他的顶头上司不胜酒力，做部下的他为了上司的身体健康会英勇赴酒难，一展"千杯万盏只等闲"的英雄气概。

我这样瞎琢磨，仍然没说到位，委屈了黄先生。近来闲着无事，随便查阅了黄庭坚的档案。我的天呐！这个老实本分的黄鲁直和他的苏老师、秦少游同学一样风流。

二

黄鲁直小东坡9岁，长少游同学4岁，出生于宋仁宗庆历五年（公元1045年），也就是滕子京请范仲淹为岳阳楼题记的第二年。黄鲁直幼年家境十分贫寒。但他聪明好学，7岁便以《牧童诗》而闻名远近。"东坡文章，至黄州以后人莫能及。唯黄鲁直诗，时可以抗衡。"（宋代朱弁，《风月堂诗化》）黄鲁直尚在中年时，就有人评论他能与苏轼老师并驾齐驱。

黄庭坚人生态度消极，生活不尽如人意。他青年时期两次丧偶，所以未老先衰，二十几岁便白了头。到了晚年他又患眩晕症，也就是轻微的脑中风。大脑供血不足影响他的创作。苏轼晚年诗兴不减，依然喷涌如泉，而黄鲁直则如一眼枯井，再也难汲上水来。在政治上，他不如苏轼老师那样热情、坚定，心胸更不如苏老师豁达博大，性情也不像苏老师那样豪放。苏老师经历过"乌台诗案"。面对苦难，他已"曾经沧海难为水"，贬逐流放对他来说已是寻常之事，他满不在乎。而黄鲁直被贬则忧心忡忡，惶惧不安，只有出入青楼，寻找肉体的刺激，麻醉伤痕斑斑的灵魂。

黄山谷诗堪称一流，能与苏老师相媲美，开一代风气，为江西诗派的开山鼻祖。但他写词就不行了，不仅不能与老师比肩，与他的同学秦少游相比也相差甚远。秦同学那些小词写得有滋有味，而山谷的词，无论在流宕豪迈方面还是在婉约绮丽方面，都稍逊风骚。

三

元丰八年（公元 1085 年）三月，神宗死，年仅 10 岁的哲宗即位，高太后垂帘听政。高太后一掌权即下诏：废除新法，把王安石一党通通清除出朝廷，启用旧党。新人新马新班子，满朝文武，全是新法的反对派。黄鲁直也被召回京城，被任命为校子书郎。苏轼兄弟及苏门四子的文朋诗友也相继云集京都。那时的京都汴梁商业繁荣，酒肆栉比，瓦栏鳞次，大红灯笼满街挂，风尘烟花迷人眼。每天工作之余，苏老师招呼他的学生相聚青楼，偎红倚绿。他们纵酒吟诗，歌舞达旦。他们借着酒兴在墙壁上涂抹长短，红袖添香，美女研墨，在洁白如雪的宣纸上，挥洒生命的激情和才华。女子们更是喜欢这些多才多艺的文人学士。苏老师又是风月场上的老手、高手，言谈戏弄，逗趣调情，已臻炉火纯青之境界。汴梁城成了他们的乐园。

这是黄庭坚一生最得意的几年，但是好景不长。元祐八年（公元 1093 年）九月，高太后病故，哲宗病故，投机变法分子章惇、蔡卞，以所谓新党的面貌被起用。他们一上台就对旧党采取严酷的打击和排斥。苏轼兄弟被贬谪，接着黄庭坚被贬逐宣州。

黄庭坚"情在两山斜叠"，一生郁郁寡欢，不得其志，像李商隐一样无辜地挣扎在党争的漩涡里。他虽拜旧党骨干分子苏轼为师，但实际上并没介入党派之争。王安石死后，黄还写诗怀念他。但由于黄是苏门四学士之一，当然新党把他当作旧党人物来打击。

在唐朝，对读书的男人来说，写诗是主业，是一生的追求。唐朝男人靠写诗出人头地，靠写诗实现人生的价值。唐朝的士子们确实在写诗上下了一番苦功夫，这是历代文人达不到的。宋朝科举除了考诗赋，主要考经义、策问。宋朝不只是以诗取士，更不是以词取士，写诗作词成了业余爱好。宋朝的精英把主要精力不放在写诗作词上。宋朝文人对词这种文体是鄙视的。尽管宋词已形成一条汹涌澎湃、涛飞浪卷的巨流大川，但在清高的士大夫眼里词仍然被视为小道。宋人大都认为人生应努力建功立业，在政事之余做文章，在文章之余作诗，作诗之余始可作词。全宋词不足两万首，全宋诗却多达几十万首。历史是无情的，时间是残酷的。宋朝文人写作量远远超过唐朝文人，但在艺术上偏偏没有超越唐人，反而让不受喜欢的宋词创造了巍峨的高峰。这倒应了那句诗："有心栽花花不开，无心插柳柳成荫。"宋词辉煌了两宋王朝。这是宋朝的特产。

黄庭坚重诗轻词。

黄庭坚一生倾力打造诗，并创造了一种"黄庭坚体"。他的词只留下150多首，且大部分写得空洞、直白、粗糙，艺术品位低下。

宋朝建国初期，版图很小，西有西夏，北有强辽，边患不止，烽火狼烟不息，国势积弱。宋朝一坐胎就重文轻武。宋朝的士大夫也没有盛唐时期发扬蹈厉的精神，没有雄风浩荡、慷慨激昂的英雄气概，改革图强的欲望之火也被昏庸的皇上和执掌大权的奸佞熄灭，朝野内外是激烈残酷的党争和险恶的宦海。文人雅士无力把握自己的命运，只好将一腔激情倾泄于青楼，在粉白黛绿、云鬟雾鬓中寻求精神的刺激，麻醉枯萎的灵魂。

哲学家是通过理性和逻辑去观察世界，而诗人则是感性地、灵动地、奇诡地反映世界。

黄庭坚写诗敢与他的老师抗衡，而作词却远远落后于苏东坡、秦少游。黄庭坚的词败笔很多：直白俚俗，引人发噱。宋人陈善在《扪虱新话》中云："黄鲁直初作艳歌小词，道人法秀谓其以笔墨诲淫，于我法中，当堕泥犁之狱。"

李清照：智者的冷暖人生

一

赵明诚和李清照回归故里青州是在宋徽宗大观二年（公元1108年）。那时赵明诚28岁，黄金般青春年华，无论干什么，前面都是一片辉煌璀璨的景观。但是朝廷党争激烈，奸相蔡京当政。赵明诚的父亲赵挺之虽为朝廷重臣，却无力改变现状。李清照的父亲李格非被打成元祐党人，被贬谪到广西蛮荒之地象郡，唯一的同父异母弟弟也被远贬他乡。汴京虽富裕繁华，赵、李心头却是一片凄楚荒凉。赵明诚自幼就养成了收藏金石的癖好，很想离开肮脏的官场，回归故里，退隐泉林。

这年冬天，他携妻子乘坐马车，一路风尘仆仆来到鲁中小城青州。

其实青州是赵明诚的姥姥家。赵家是诸城人。赵明诚父亲赵挺之为宰相时，花重金在青州修建了一座豪宅。青砖黛瓦的楼阁亭台，南依云门山，北临阳溪湖，山清水秀，风景绝佳。湖岸杨柳依依，蒹葭苍苍，水榭曲廊，奇花佳木，一派贵族园林气势。李清照从汴京带来几棵梅树，种植在庭院。冬去春初，一树梅花，明目怡人。庭院里的古藤、高木，更添一抹神秘感和沧桑感。夫妇二人或纵情山光水色，或摩挲金石古玩。每至夜深人静，明月满墙，树影临窗，他们行吟其间，怡然自得。

事实上，李清照甘愿终老故里。这是她向往的桃花源，她愿像陶渊明一样归隐乡野。她把住室题名"归来堂"，又将卧室命名为"易安居"。在这里，她没有"戴月荷锄归"的生命体验，没有"晨光理荒秽"的劳作。

她衣食无忧，足不染尘，履不沾露，有一种贵族的优雅和一身书香的芳馨。李清照一生追求爱和美，向往闲逸和散淡。她的灵魂深处活跃着道家思想的元素。产生这种思想，我想和李清照的身世有关。她自幼失去母爱。传说，她母亲因生她难产而死，父亲又远在外地做官。她被寄养在伯父家，由奶奶抚养长大。她的童年是和堂姐妹生活在一起的，在幼小心灵养成一种孤僻的性格，是很自然的。

其实，在回青州之前，李清照曾回自己的家乡明水两年。

白云山下，百脉泉边，有李格非故居。故居有萧寒郡斋，水榭楼阁，竹林映窗，鸣泉绕砌。

故乡总是温暖的。那里泉水清碧、净澈，汩涌喷吐着青春的激情和生命的元气，淋漓尽致地表达着大地母亲源源不竭的爱。李清照在故乡度过了她如花似锦的少女时代。春天柳丝苒苒，鸥鸟飞翔，花香浓馥，柳眼眉腮，笑逐颜开，一片春意盎然；夏日黄昏，水榭纳凉，碧波泛舟，看落霞缤纷，蝉鸣高树，暮鸟投林；秋天草木、山水依然诗情画意，红香渐消，残梗漂篷，枝上黄叶，水中蓼花。大自然的千斛情愫，灌注了年轻女子的心灵，怎能不使她才华横溢，文思泉涌？

李清照回故乡前，曾求公爹给父亲讲情，但公爹不肯，唯恐招惹是非，丢掉头上乌纱。李清照气不过，写诗挖苦公爹"炙手可热心可寒"。那时公公官升为尚书右仆，兼中书侍郎，既是尚书省的最高官，又是中书省的最高官。徽宗甚喜赵爱卿，还将他的三个儿子分别赐以职务。李清照写诗讽刺公公，且已传出。赵挺之很是恼火：儿媳妇竟然如此放肆地挖苦公公，成何体统！这给他的仕途造成何等影响？公公的老脸往哪里搁？皇上把元祐党视为敌寇，我来讲情，岂不是自投罗网？皇上有旨："宗室不得与元祐奸党子孙服亲为婚姻，内已定未过礼者并改正。"李清照怨恨公公，实际上是不知公公的难处。

李清照 18 岁同赵明诚结婚。赵明诚是太学生，虽同居一城，但太学生住校，有严格的校纪，每个月只能回家和亲人团聚两天。赵明诚毕业后又踏上仕途，整天忙于公务，两个人依然不能朝朝暮暮，相依相偎。而这两年朝廷风云变幻，"霎儿晴，霎儿雨，霎儿风"，赵明诚、李清照刚刚搭建的小巢，怎经得起政治的风狂雨骤？父亲和弟弟被发配异地，在汴京的旧宅已空空荡荡。一个年轻女子整日孤苦伶仃，能不愁绪缭绕、怨怼丛生？

李清照回到故居，离愁更浓。刻骨铭心的思念，骨肉分离的悲痛，再加上儿时姐妹早已出嫁，再也闻不到童年的欢声笑语，让她更加孤独、凄凉。又是春花凋零的时节，她思亲怀旧，能不惆怅满腹？于是她挥笔写下一阕《如梦令》：

昨夜雨疏风骤，浓睡不消残酒。试问卷帘人，却道海棠依旧。知否？知否？应是绿肥红瘦。

暮春夜晚，狂风骤雨突然袭来。这对百花说来是一场无法避免的灾难。此情此景触发了女词人的情怀。想到家境的变故，物是人非，殷忧之情、惴惴之心让她担心窗外的海棠。侍女却淡然回答："海棠依旧。"可清照情感复杂细腻，惜春的情感波澜再起，一连声叠问："知否？知否？"她猜想"应是绿肥红瘦"。无尽的惋惜之情淋漓尽致地表现出来。

随着时间的推移，清照这种"归思"更切更深。这在她以后的词章里处处表现出来。她留下的词不多，"归"字出现的频率却不低。"有令容淑质，归逢佳偶。"这里的"归"是出嫁的意思——古时出嫁曰归。"淑质生当良月，晬辰喜遇今朝。""烟光薄，栖鸦归后，暮天闻角。"虽是咏物写景，这里的"归"却是回到之意。"归鸿声断残云碧，背窗雪落炉烟直。""相思难表，梦魂无据，惟有归来是。""征鞍不见邯郸路，莫便匆匆归去。""玉箫声断人何处？春又去，忍把归期负。"这些词句大都写在回到青州前后。词人厌恶都市的喧嚣，厌恶官宦人家灯红酒绿的迎来送往，更厌恶官场的倾轧和狡诈。她愿回到山清水秀的清静世界。静，是一种境界，是一种哲学。宁静可以致远，宁静可以深思，宁静可以心无旁骛、目无杂色、耳无杂音。

二

赵明诚、李清照初回青州，生活是安逸、幸福、舒心的。这里是一片精神的净土。早晨散步于阳溪湖畔，柳舒眉，花绽腮，绿草绕堤岸，薄雾弥漫，连空气都鲜冽得醉人。夫妇缓缓信步，恬淡闲适。黄昏，忙了一天的金石书画整理，赵明诚携李清照又去云门山下，看山花烂漫、落霞缤纷、山影乱叠，听鸟鸣虫吟，又是一番怎样的诗情画意！

李清照给自己的居室起名为"易安居"，就是取自陶渊明《归去来兮辞》里"倚南窗以寄傲，审容膝之易安"的诗句。她自号"易安居士"。

她协助丈夫搜集金石，并把多年购藏与搜集的金石、碑版、图画、古籍、周鼎、夏彝、古董文物等，加以系统整理。赵明诚拟定了一部超越欧阳修的《集古录》的学术专著《金石录》，一是把历代金石文物加以有序编排，二是对历代金石文物的真伪进行辨识。赵明诚在太学读书时就有收藏金石的嗜好。他不断地学习、搜索、探究、辨识，具备了丰富的金石学修养。为官后，他更是多方搜集古物，甚至不惜花巨资到民间、到古董摊购买。他常常把欧阳修的《集古录》摆在案头，学习其优长，记载学习心得，不断提高他对金石的考证和辨识能力。

夫唱妇随。聪慧的妻子成为他最称心、最有力的助手。李清照博闻强记，思考缜密，性情又耐得住寂寞，两个人常常工作到深夜。青灯一盏，双影映壁。他们认真地校勘、辨析、整理、编目、归类。夜晚的静寂,烛光的温馨,对事业的执着,使他们忘记世界的烦恼,沉浸在对理想的追求中。这时期,李清照和赵明诚的感情如新婚蜜月,"夫妇擅朋友之胜"。

这两位学者归隐故里,更加刻苦地读书、写作,不仅积累了金石专业知识,也丰富了文史底蕴。知识给他们带来人生的乐趣,知识给他们带来精神的支撑,知识撑起他们人生理想的风帆。

他们搜罗的金石书画、古物很多,又专门盖了十间库房,将其陈列,俨然一个民间博物馆。

赵明诚致力于搜罗古人字画、铭帖碑版、文物器具。夫妇二人"每获一书,即共同勘校,整集签题。得书、画、彝、鼎,亦摩玩舒卷,指摘疵病"。他们收藏史书百家,尽量备有副本。至于家传的《周易》和《载氏传》,更有多种版本。对藏品,他们共同把玩、品赏、赞叹。他们也有争论。特别是当他们得到白居易真迹手抄本《楞严经》时,更是喜不自禁。其书写之精致,保存之完好,叹为观止。人近中年,李清照风韵不减。她兴奋快活时,双颊绯红,话语滔滔,才情飞溅,妙语连珠。夫妻二人常常沉浸在诗天画地,游弋在翰墨书香。金石、诗词、书画、琴棋组成李清照和赵明诚生活的四重奏。

他们的生活是诗词的岁月,花样的年华,温馨安逸。夫妻恩爱,朝夕相伴,情笃义浓。春夏秋冬,日子像流水逝去。

青州的生活虽然没有汴京的豪奢,甚至有点清贫,但他们生活得充实、快乐、安谧、静逸。这一时期也是李清照诗词创作的丰收期。李清照和赵明诚都喜欢梅花。他们带来的梅树,已开花绽蕾了。花枝摇曳,暗香浮动,满园春色,动人心旌。夫妻二人赏梅后,李清照挥笔写了一阙咏梅词《渔家傲》:

雪里已知春信至，寒梅点缀琼枝腻。香脸半开娇旖旎。当庭际，
玉人浴出新妆洗。

造化可能偏有意，故教明月玲珑地。共赏金尊沈绿蚁。莫辞醉，
此花不与群花比。

　　说实话，这首词并没有展示出李清照的才华，没有跳出咏梅的套路。
赵明诚却连声称赞："自本朝以来，咏梅大兴。林逋一联'疏影横斜水清浅，
暗香浮动月黄昏'，已把梅花写绝了。夫人'玉人浴出新妆洗'比譬新鲜、
出奇，可谓独出心裁！"其实赵明诚的夸奖也暗带鼓励。李清照和赵明诚
非常尊崇林逋先生。他不结婚，不做官，隐居杭州西湖孤山，以植梅、养
鹤为人生乐事，梅妻鹤子。他以咏梅见长。李清照更是羡慕林逋先生的达观。

　　李清照一生只留下48首词，其中有9首是咏梅的。梅的高洁，梅的丽雅，
梅的冷艳，梅的傲骨，是抒情主人的形象。自己亲手种植的梅树，一树鲜
嫩的花儿，红灼灼地开放了，多么美丽啊！这首《渔家傲》是李清照咏梅
词中写得最愉悦、最明朗的一首，也是她和赵明诚生活最惬意时的作品，
其余几首多愁闷、憔悴，感时伤怀，孤寂落寞。"常插梅花醉，揉尽梅花
无好意，赢得满衣清泪。"这首词充满离情别绪，一腔愁楚，满腹怨怼，
苦涩中散溢着芬芳，惆怅里蕴含着甜蜜，是生命对爱的宣泄。

　　隐居青州，他们的生活并不单调。他们自己创造欢乐和诗意。他们每
天傍晚搞"猜书斗茶"的游戏。李清照在《〈金石录〉后序》中记录了他
们的生活雅趣："余性偶强记。每饭罢，坐归来堂烹茶，指堆积书史，言
某事在某书、某卷、第几叶、第几行，以中否角胜负，为饮茶先后。中即
举杯大笑。"这有点小儿科，却其乐融融，点缀了苦涩的校勘书画金石生活。

三

赵明诚购藏的金石、字画，经过几年的整理，已编目有序。为扩展藏品，他开始四处搜罗，除了去淄博、莱州，还跑到泰安，最远的去过湖北嘉鱼，常常一去就是一个月，甚至数月。归来堂只剩下清照一人，空落落的堂室，空落落的宅院，还有空落落的心。每当丈夫出远门，清照帮他收拾行装时，总暗自流泪。丈夫去后，她更是六神无主，一颗心像是被掏空了，夜里辗转难以入眠，清晨又懒得起床梳妆。她白日无心填词、写诗，晚上又无意挑灯夜读。她和明诚已结婚 10 多年，仍无子嗣。这本身就是一种压力。虽然明诚不说，但明诚的家人以何等眼光看她？一个女人不能为夫家赓续香火，是最大的失职。赵明诚体谅妻子被迫离开汴京的委屈和苦闷。清照才华绝伦，能在"容膝易安"之中，把爱和全部心血投入丈夫喜爱的金石事业，专心致志地协助他，尽早完成他耿耿于怀的心爱之作，明诚从心里感激清照。他曾把自己和清照比作萧史与弄玉，把自己同清照的感情比作司马相如与卓文君的爱情。1114 年，也就是他归隐 6 年后，赵明诚请人为清照画了一张像，明诚亲笔题签：

清丽其词，端庄其品，归去来兮，真堪偕隐。

清照的超逸才华以及冰清玉洁的品格，深深打动了明诚的心。清照那嫣然百媚、端庄高雅的风采，又使赵明诚心生敬慕。明诚把清照视为他归隐中的最佳伴侣。他钟情清照，更欣赏清照的气质：学者的蕴藉深厚，诗人的才情横溢。天下有如此才女为伴，能不感谢上天的厚赐？

清照是个感情极为细腻的人。她多愁善感。丈夫远去，留给她的是孤凄、纠结和无奈。才华不尽是孤独。于是她写了脍炙人口的新词《一剪梅》：

红藕香残玉簟秋。轻解罗裳，独上兰舟。云中谁寄锦书来？
雁字回时，月满西楼。

花自飘零水自流。一种相思，两处闲愁。此情无计可消除，
才下眉头，却上心头。

李清照的青年时期的生活是幸福的、美满的，充满曼艳旖旎的风趣。
她词意婉丽，奇气横溢。她的书斋也是她的卧室，窗明几净，空寂如簌。
窗含云门山，宅傍阳溪湖。这是一片诗天画地，空气里都弥漫着草木的清
香和鱼腥水的鲜气味。此情此景，写这些离情别恨、春怨秋愁的词，必然
流露出一派空灵神韵。

这首词是她在丈夫赵明诚去泰安不久写的。题材并不新鲜，是闺中怨
妇思夫，古代文学作品常见的题材。但李清照写得出神入化，达到极致之境。
李清照以女性作家独特的人生体验，感知了这刻骨铭心的离愁。

归来堂的生活出现了不和谐的音符。明诚的频频外出，使清照陷入复
杂的忧愁中。本来没给赵家增添子嗣，父亲、弟弟因被打入元祐党人而遭
贬谪，杳无音讯，身边又失去了唯一的爱人，能不痛苦、孤独吗？

清照是喜爱清洁雅静的人。自从丈夫走后，她懒得起床，懒得梳头，
不燃兽炉香，不叠红锦被。她也深知丈夫为了事业，不恋儿女情长，作为
妻子应该支持。但这重"离怀别苦"怎么也抹不去。本来许多心事，想说
给爱人听，但又怕引起丈夫的思念之苦，只好吞吞吐吐、嗫嗫嚅嚅、欲说
还休。近来新瘦，并非因酒而瘦、逢秋而悲，是丈夫的远离，使她心情不
好，才瘦了下来。终日相伴的郎君远去了，自己却在这座愁烟恨雾的妆楼
里。有谁知道我朝夕凭栏、泪眼相望呢？李清照性格孤峭，丈夫一离开，
不是"人比黄花瘦"，就是"从今又添，一段新愁"。这位多愁善感的才女，
心细如丝，愁绪如缕。这与她童年时代失去母爱，所形成的孤凄心理有关。

更重要的是，李清照患有不育症。这是女人致命的伤痛。在这个封建贵族家庭里，她绝不会得到公婆的喜欢和妯娌姑嫂的尊重。没有子嗣，不能赓续赵家烟火，怎能有家庭地位？这更加重了她的孤独心理和精神压力。我曾想，李清照若是儿女绕膝，有童哇哇，这个哭，那个叫，这个要吃奶，那个要撒尿，还会如此孤单吗？在这个家庭里，她与他（她）们没有共同语言，赵明诚是她唯一的知音。一旦丈夫离开，她精神的倚靠便倾圮了。她终日青灯相伴，形影相随，屋空空，心也空空。又至暮秋，又至梧桐夜雨，她怎能不愁绪次第而生？

也许李清照过于敏感，过于脆弱，鸟啼、蛩鸣、花落、流水、衰草、夕阳、落晖，甚至一阵黄昏细雨，都会激起她无端的愁绪。

李清照把写词当作极富挑战性的生命活动，让满腔炽热而又沉静的爱和情，任其在纸上流淌。那爱的急流，便形成一行行艳词丽句，忧伤的，哀怨的，幸福的，痛苦的，声音定格在纸上，传之久远……

李清照深知她的创作不是自慰，而是自救，是对精神唯一的救赎。人越孤独，创作越自由。

李清照的词充满沧桑、凄艳、多情、清冷，犹如一影水月。敏锐孤独的心魄，奇谲凄楚的冷艳，是她人生际遇里一片孤独的风景，一份庄严的生命的共感。

李清照柔弱而多情，敏感而多疑。恋爱就是一切。她是爱和美的化身。她的一生就是一阕优美哀婉的词。李清照把两首词抄写得工工整整，收藏好，待丈夫归来，好评赏一番。

她盼呀盼。中秋节来了，她神经质地感到风吹树杪的沙沙声，仿佛是丈夫衣袂的窸窣声。北雁南归的鸣唳，更添一重思念之苦。风吹门铃，仿佛是丈夫的敲门声……她夜里睡不着，干脆拥被而坐，隔着窗棂，遥望一轮孤月，心如秋水一样冰凉。摸摸身边枕头和被子，空空的，她能不感到孤凄么？

四

李清照是个洒脱出尘的女子，只是那个社会不会给她展示叱咤风云的舞台。她体会不到男性世界孜孜以求所谓建功立业的精神向往。她痛恨朝廷的党争，痛恨朝廷朝云暮雨的折腾。在她看来，事业的追逐，比不上艳词丽句给人生带来的快乐。

李清照有陶渊明的旷达，也有李白的清高。她在青州写了一篇《词论》，这是她唯一流传下来的理论著作。文章中几乎扫射了北宋所有的词章大家，做出了率直的评论和大胆的戕否。像欧阳夫子、苏大学士，都是她父亲李格非的师辈、师爷辈的一代文宗，她照批不误，而且语言凌厉逼人。

这篇论文涉及词史、词律、词家评价等诸多问题，也是她在赵明诚外出泰安时所作。她盼明诚早日归来，与他共同商榷。李清照严于词的创作规律，维护词的特性，坚持词"别是一家"的主张。这为中国词学理论划分了严格的艺术畛域，至今仍有理论价值。真可谓名篇大章，光映先后！在文章中，李清照驾秦轶黄、凌苏轹柳，颇具文胆剑心：

五代干戈，四海瓜分豆剖，斯文道熄。独江南李氏君臣尚文雅，故有"小楼吹彻玉笙寒""吹皱一池春水"之词。语虽奇甚，所谓亡国之音哀以思也。

逮至本朝，礼乐文武大备。又涵养百馀年，始有柳屯田永者，变旧声作新声，出《乐章集》，大得声称于世。虽协音律，而辞语尘下。又有张子野、宋子京兄弟、沈唐、元绛、晁次膺辈继出，虽时时有妙语，而破碎何足名家！至晏元献、欧阳永叔、苏子瞻，学际天人，作为小歌词，直如酌蠡水于大海，然皆句读不葺之诗尔，又往往不协音律者，何耶？

真是振聋发聩！阅遍历代"人间词话"，没有如此点名道姓、毫无顾忌地批判的，而且句句直射靶心！下面又点名批评了王安石、曾巩、贺铸、秦观、黄庭坚之辈的词作，言辞尖锐，说他们"别是一家，知之者少"。李清照坐在书斋，案头堆满这些人的词集，对这些男性世界的名流大家，从内容到形式统统进行了批判。她强调词必须"典重""做实""铺叙"和"协律"，尤其要"合乐"。

这小女子居高临下，大有一览众山小之气概！

她出言不逊，展示出她超人的才气，博雅，高古，乃帝后气象。

赵明诚从泰安归来，看到妻子写的《词论》，倒吸一口凉气：我的姑奶奶，你真是吃了豹子胆！你怎么可以这样横扫竖射，肆意"诋毁"这些名流大家！对他们的作品，有多少人吹捧阿谀！你太狂妄、太偏执了！文章传出去，把大宋朝的词坛完全颠覆了，人们会对你恨之入骨。有的人已去世，但是他们的后人呢？当初吹捧过他们的人呢？

赵明诚："苏子瞻是你父亲的老师。你不觉得一棍子打死，太无心肝了吗？"

李清照："老师又怎样？我说的是词创作的艺术。"

赵明诚："东坡先生以诗入词是对词创作的发展，更展示了词的开阔境界，有何不好？"

李清照："你不理解我的本意。词有词律，诗有诗韵。我的观点虽有偏激，不过是矫枉过正。"

赵、李在这篇《词论》上争论不休，谁也说服不了谁，最后不了了之。

今天看来，李清照的《词论》仍然不失为一篇词论史上的杰作。它语殊凿空，才锋大露，理论价值不可否定。

五

丈夫赵明诚赋闲青州10年。这10年间，他完成了《金石录》这部传世之作，长长地舒了一口气。他有一种事业有成的自豪感。但是恺悌善良的赵明诚饱经儒家思想的熏陶，他不可能像陶渊明那样长期隐居乡野。他虽钟爱金石，但更向往官场的肥马红尘，歌舞声喧——那是士子的"人间正道"。他收拾笔墨纸砚，打点行装，要去一趟汴京。其实，李清照也理解丈夫。男子汉大丈夫出将入相，叱咤官场，也不枉一世人生。李清照像性情高洁，虽骨奇清雅、桀骜超俗，但也没超出人生的规则：如果说男人的目标是名山事业，女人的追求却是爱情和家庭的温馨、圆满。李清照一生都在恋爱。爱情像一枚银币，正面是温馨、姣好，反面却是苦涩和忧愁。李清照大半生就是在感情的炼狱里挣扎、歌哭、哀叹。美好的时光总是那么短暂，苦涩惆怅的岁月却是那么漫长。她的词大部分是对这种愁闷心态的表达。赵明诚是她唯一的知音，是她的第一个读者。而今明诚又要远走高飞，能不引起她"凄凄惨惨戚戚"的愁怨吗？这是人间难见的神仙眷侣。赵明诚特别喜爱佩服清照的聪慧才华。清照的清词丽句、非凡的才气已深深征服了他。清照那既嫣然百媚又端庄高雅的气质，落落大方、潇洒倜傥的丰采，更是让他感佩不已。这是上天赐给他的天仙般的女子。一个成功男人身后必有一个伟大的女人。这些年来，多少个不眠之夜，清照协助丈夫整理、校勘堆积如山的金石史书；多少个寒暑之天，清照以她的丰厚的学识涵养帮助丈夫辨识金石文物的真伪和朝代，还以出色的文字为这部皇皇巨著编写目录、注释和解读。她以女人特有的细腻和耐心，不惮细枝末节，严格考证。她的案头、枕前常常是"几案罗列，枕席枕籍"（林语堂，《生活的艺术》），在书山上攀爬，在学海里远游。现在他们的事业已经成功，达到了"诠序益条理、考证益精博"（宋代朱熹，《家藏石刻序》）的境地。

耳濡目染，明诚也受到清照超人才气的影响。这几年他的诗词创作也大有长进。他不仅有学者的风度，还添了诗人的风采。清照与明诚诗来词往，相互激励，且不说词艺大长，诗歌创作也获得丰收。遗憾的是她的诗并未流传下来。

现在丈夫就远离她而去。清照一边含泪帮助丈夫打点行李，嘴里千叮咛万嘱咐，但心里总是酸酸的。她眼里含泪，心在流血。且不说仕途风雨，与心爱的郎君劳燕分飞、天各一方，谁来慰藉彼此寂寞空落的心灵？

> 萧条庭院，又斜风细雨，重门须闭。宠柳娇花寒食近，种种恼人天气。险韵诗成，扶头酒醒，别是闲滋味。征鸿过尽，万千心事难寄。
>
> 楼上几日春寒，帘垂四面，玉阑干慵倚。被冷香清新梦觉，不许愁人不起。清露晨流，新桐初引，多少游春意！日高烟敛，更看今日晴未。

这是清照在赵明诚离开青州不久所作的一首《念奴娇》。

这几年朝廷人事变动很大。赵明诚少年秀出，文辞古雅，千载波澜，万卷诗书，早在回故里青州之前已名噪京城。赵明诚的两位妹夫傅察、李擢此时在朝廷分别任礼部员外郎和工部侍郎，虽非权臣，却也是有头有脸的人物，在朝廷为妻兄谋一差事，并非难事。再说，还有明诚的两位姑表兄弟谢克家和綦崇礼，也是官场的名人。朝里有人好做官。傅察认识吏部高官，通过他向宋徽宗做了推荐。皇上下诏，任命赵明诚为莱州太守。赵明诚乌纱紫袍，骏马红缨，一路赶回青州。清照本应该兴高采烈，欣喜若狂，谁知丈夫竟带回一位第二夫人。主要原因是李清照三十几岁，竟然没有生育。这不仅对赵家是巨大的压力，对清照本人压力更大。每想到此，她总感到深深的内疚。心胸再开朗的女人，在爱情上也有排他性。何况这位情感细腻、才情出众的女作家呢！

更令人伤感的是赵明诚在青州才住几天，便携带第二夫人匆匆赴莱州上任去了，把李清照扔在孤凄的旧宅院。

萧条庭院，空空归来堂，寂寂易安居。昔日的欢声笑语，夫唱妇随、品茶猜书的情景已成追忆。那熟悉的身影不见了，那熟稔的脚步声听不到了，那诗来词往的雅趣不见了。夜阑更深，身边空空，怎能不使这位多情女子愁肠百结？

这正是宋徽宗改元后的宣和元年（公元 1119 年）春天。这个阴晴变幻的春天，真是恼人的天气！她还写了一首《蝶恋花·暖雨晴风初破冻》，倾吐自己忧愁、苦闷、寂寞的心情。这是心灵的哭泣！这是一位女作家灵魂的呼喊！这是词人的"天问"！"酒意诗情谁与共？"她举目无亲，室宅空空，夜阑寂寂，辗转难眠，"独抱浓愁无好梦"！这首词道出李清照排山倒海的寂寞和离愁！

六

忧愁是人类普遍存在的感情。对一个柔弱女子，闺阁词人来说，这种感情更浓。在她的词中，"愁"字出现的频率最高。丈夫携带新宠去莱州，清照请求赵明诚带她一同赴任，赵明诚却拒绝了她。赵明诚去京求官，离开她近一年。清照天天盼着丈夫归来，数着指头念叨着丈夫的归期，在望穿秋水的期盼中，却等来如此结果，能不让她有刻骨铭心的痛苦？男人一戴上乌纱，有了新宠，就如此绝情吗？为了仕途的风帆高扬，要甩开过去的儿女情长？是不是明诚的哥哥思诚擢升为中书舍人，让赵明诚心中产生一种距离感，他要快马加鞭，青云直上？男人与女人对世界、人生的理解与价值取向永远存在着差距。

青州是他们夫妻爱的伊甸园。这 10 年是他们人生最难忘却，且成就最辉煌璀璨的 10 年。多少个美丽的早晨，夫妻俩或晨读，或莳花弄草！多少个黄昏，夫妻相携散步于阳溪湖畔，落霞夕照中，看湖中鱼儿唼喋，听暮鸟投林，一天的劳累顿然逝去！多少个夜晚，夫妻双双埋头几案，一豆灯光，映着两个身影，重重叠叠，我中有你，你中有我，或整理金石文物，或查阅典籍，常至夜阑更深，甚至东方既白！只要有爱有情，心头氤氲着甜蜜和温馨，一切辛苦和劳累都化解了，风吹云散了。

而今归来堂只有她空寂一人，易安居再也没有昔日的欢声笑语。明诚的心变了，那 10 年相濡以沫的情感呢？她想不通，那么多太守夫人都可以随宦，明诚为何排拒自己。你纳小我并没有反对，谁让自己不争气，没给赵家增添子嗣呢！

悲伤、离愁、孤独、痛苦，万箭穿心般折磨着她。清照夜不能寐，晨起又懒得梳妆。一切变得空虚，魂断魄散。"多少事，欲说还休"，只好诉诸笔墨。她创作了《凤凰台上忆吹箫》一词：

> 香冷金猊，被翻红浪，起来慵自梳头。任宝奁尘满，日上帘钩。生怕离怀别苦，多少事，欲说还休。新来瘦，非干病酒，不是悲秋。
>
> 休休！这回去也，千万遍《阳关》，也则难留。念武陵人远，烟锁秦楼。惟有楼前流水，应念我，终日凝眸。凝眸处，从今又添，一段新愁。

宣和三年（公元 1121 年）八月十日，在明诚出仕一年后，清照再也忍受不了孤独和寂寞。她赶在中秋节前 5 天来到莱州，看望身为太守大人的赵明诚。青州、莱州相距并不遥远，那个时代交通不发达，不会朝发夕至。

我想李清照去莱州应该是乘着轿子，有丫鬟相陪，有仆人相随。途中下榻驿馆，她思念心切，伤感袭来，难以成眠，爬起来操笔写下一首《蝶恋花》："人道山长山又断，萧萧微雨闻孤馆。"那种寂寞的情绪，跃然纸上。

对于清照的突然到来，赵明诚没有任何准备。丈夫把她安排在自己的书房居住。

拥拥挤挤的书房，只是满架的书。这些书大多没有什么价值。寒窗破几，冷落萧条。已是清秋时节，夜间寒意料峭。白天，赵明诚忙于公务，无暇关照她，夜晚又忙于应酬，也很少来书房和她叙谈。晚宴常常是歌舞升平，歌伎舞女，莺啼燕语。清照有时也被邀来参加晚宴，但深感受到冷遇。且不说赵明诚的同僚很少关照这位陌生的太守夫人，赵明诚的第二夫人更是视她为路人。她的尴尬，她的孤凄，她的难堪，是常人难以忍受的。她坐也不是，立也不是，去也不是，留也不是，只好黯然神伤，泪往心里流了。

天才都是孤独的。

天才都患有失眠症。

往事不堪回首，朝花难以夕拾。她回到书房暗暗抽泣，辗转难以成眠。在青州她想念明诚难以成眠，没想到来到莱州见到丈夫，更让她伤悲。清照再也不愿意参加太守的宴会了。她关门谢客，在莱州依然享受她独有的孤独。她厌恶官场歌伎佐欢、佳人伴兴、酒杯乱举、僚友假言假语的生活。明诚变了，再也不是在青州专心致力于《金石录》整理撰写的金石学家赵明诚了。她伤心，她怨恨，她愤懑，但她也无奈。

赵明诚对清照疏远了。他忙于官场俗务，已经成为金钱酒肉中的粗鄙俗吏。她嘲笑明诚："所谓男儿事业，就是这样吗？"才华横溢、情感细腻的李清照对世俗社会有天生的叛逆，对官场上的虚伪和狡诈、政治斗争的冷酷和残忍，她深恶痛绝。李清照冰雪情操，天姿丽质，不染尘俗，与本来志同道合的丈夫，在精神上分道扬镳，是自然而然的了。

李清照貌似柔弱，但骨气清奇。她虽满纸写的是春怨秋恨、离愁别绪，但她独立的人格支撑着这朵生命之花。一旦景转情移，她又展示出自己的风骨情操。

在莱州时，赵明诚曾带李清照去观海。

海是多么广袤雄阔啊！腥咸的海风推着山丘一样的涛峰移动，波浪砸在礁岩上，飞溅着雪白的浪花。一波被撞碎，一波又涌来，前仆后继，生生不息，展示着不屈不挠的意志和摧枯拉朽的生命力。广阔的海面，空旷寂寥，只有阳光照射下闪烁的斑斑亮点，只有在碧蓝的海空飞翔的海鸥，以及海鸥洁白的羽翅划出的一道道虚幻的白线。远方，海天迷茫，海天相连，使人想起曹操《观沧海》中的诗句："日月之行，若出其中；星汉灿烂，若出其里。"

李清照平生第一次见到大海。大海的辽阔和苍茫，海浪永不停息、永进不止的激情，使她激动不已。她一扫心头阴霾，心胸变得阔大、旷朗，像洒满阳光的大海。

这之后，清照的情绪昂扬起来，连做梦也与往常不同。她写了一首《渔家傲》，实际上是海之歌、海之梦：

天接云涛连晓雾，星河欲转千帆舞。仿佛梦魂归帝所。闻天语，殷勤问我归何处。

我报路长嗟日暮，学诗谩有惊人句。九万里风鹏正举。风休住，蓬舟吹取三山去！

晓雾迷茫、云涛滚滚的风景，触发了词人转入仙境的欲望。她梦中来到天帝的居所，天帝殷切相问，词人倾诉隐衷，寄托"无一毫粉钗气"的豪放风格，想象丰富，意境阔大。此词出于婉约派词人笔下，是罕见的。

同时此词也暗示了她与出仕以后的明诚在人生价值观上的分歧，表达了她对情感空落的"日暮途穷"的悲叹。这种旷远开阔的境界，是那个时代有高才奇抱的女子对理想境界的追求，以及对自由的向往和对光明的渴望。

如果将钟嵘评曹植的诗，来评价李清照的词，也最恰当不过："骨气奇高，词采华茂；情兼雅怨，体被文质；粲溢今古，卓尔不群。"（《诗品》）

赵明诚在莱州任期3年后，便被调往淄州任太守。他任期未满，北宋王朝已到末日，朝野上下一片仓皇、混乱。李清照和赵明诚的感情也阴阳晴晦、温凉寒燠。她没有随丈夫迁移到淄州居住，仍然独自留在青州。

靖康二年，汴京沦陷，钦、徽二宗被俘，北宋的历史画上句号。

过了些时日，青州城里一片混乱，人们开始逃亡。赵明诚和李清照的青州岁月也至尾声。夫妻二人匆忙打点行装，雇车辆装满金石文物，日夜兼程，仓皇南逃，以后便飘零颠沛。她的后半生倒真的是"寻寻觅觅，冷冷清清，凄凄惨惨戚戚"，"怎一个愁字了得"！

辛弃疾：东南佳气，西北神州

一

我并非研究文化史的学者专家。我对滁州的喜爱无非是由于受了欧阳夫子的蛊惑："环滁皆山也。"一篇《醉翁亭记》风流千古，足以使欧阳修跻身唐宋八大家。滁州不仅是欧阳修的滁州，也是辛弃疾的滁州。尽管辛弃疾在滁州时间不长，但一首《声声慢》足以使滁州骄傲千年。

我来造访滁州正是秋天。四周的琅琊山美艳得动人，虽不高峻，却逶迤蜿蜒，沟壑幽深，林木葱郁。秋风款款，黄叶飘零，白云缭绕，秋阳明丽，云空深邃，山岚一缕，犹如画家的笔纤徐地淡淡一抹。在这样的季节，访古旅游的确令人心旷神怡。何况，滁州又是人文荟萃之地。文以山丽，山以文传。尤其在宋代，文人墨客，达官显贵，缤纷而至，题诗勒石，吟山咏水，留下大量诗文，一不小心弄出了许多千古绝唱。

辛弃疾是我的乡贤，他生活在宋金对峙的南宋。

南宋朝廷建都临安，即今日西子湖畔的杭州。这是一座比汴京更美丽的城市，一座多雨、多水、多柔情的江南名城。这里春有莺歌燕舞，夏有榴荷如火，秋有金桂飘香，冬有梅红雪白，乃人间天堂、风流之地。南渡之后，大宋满朝朱紫，冶游浪饮，歌舞达旦。人生朝露，谁不想贪婪地享受如诗如画、如梦如仙的岁月？经过苦难的人，更知欢乐的珍贵。南宋朝野始终存在着主战派和主和派的斗争，而主和派以高宗赵构为首，始终占统治地位，即使岳武穆"怒发冲冠"，胸有"饥餐胡虏肉，渴饮匈奴血"

的壮志，辛弃疾有"把吴钩看了，栏杆拍遍"的慨叹，也无济于事。"看风流慷慨，谈笑过残年。"皇帝也早已沉醉在西湖歌舞中，忘却了靖康之耻、丧权辱国之痛。

绍兴七年（公元1137年），金兀术调动兵马南犯，遭到岳飞、刘琦的痛击。岳家军收复了许昌、淮宁（淮阴）、郑州、郾城、洛阳，逼近开封。岳飞正欲渡黄河，收复北方，"直捣黄龙府，与诸君痛饮耳"。恰在此时，赵构、秦桧一天竟下12道金牌，催岳飞退兵："孤军不可久留。"

辛弃疾生活的时代是"奇谋报国，可怜无用"的时代，是昏君佞臣卖国贼当政的时代，是文恬武嬉、抱守残缺、偏安一隅的时代，是不思富国强兵，一味割地赔款、纳贡称臣的时代。宋朝是我国经济繁荣、文化发达的时代，是把丽词艳句揉搓得勾魂摄魄，把水墨山水画得很妩媚的时代，却是个缺钙、偏瘫，拳头不硬，腰杆不直的时代。两宋时期，人才济济，文韬武略。虽经五代十国的战乱，但盛唐的遗风流韵依然穿越时空，回荡在宋朝。

徽、钦二帝被掳，北宋灭亡。

南渡之后，辛弃疾有着为国建功立业的强烈愿望。然而他空有一腔报国之志，始终没有机会。那时朝廷昏庸，佞臣把持朝政，官场更加黑暗和肮脏。

南宋政府只任命他为江阴签判、建康通判、司农主簿。这些职务或做人陪衬，或沉滞下僚，无法一展经天纬地之雄心大略。

在建康任通判期间，他常徘徊城头，望夕阳下一江滔滔流水，深感"虎踞龙蟠何处是，只有兴亡满目"，发出了"我来吊古，上危楼，赢得闲愁千斛"的感叹。

其实，辛弃疾并不想只是当个词人。七尺男儿在国破家亡之际，吟几句诗词有何意思？他想成为一个军事统帅，金戈铁马，驰骋沙场，洒一腔热血祭神州社稷。然而，"汗血盐车无人顾，千里空收骏骨"。生活和命运，将他的满腔热血和激情燃烧在那些长短句上。这是历史的绝望和无奈。

二

辛弃疾出生时，北宋已灭亡。他出生的第二年是岳飞被赵构和秦桧害死的那年。辛弃疾父亲死得很早，幼年便由祖父辛赞抚养。辛赞做了金人的伪官，被金封为县令。辛弃疾参加科举考试，第二年考中进士。苦难的时代，动乱的时世，既滋养了大奸巨恶，也孕育着大忠大才之人。辛弃疾不愿当亡国奴。公元1161年，金完颜亮大举南侵，22岁的辛弃疾聚众两千，奋起抗金，后又投奔耿京领导的农民起义军，为掌书记。为了取得政府的支持，和官军配合作战，辛弃疾劝耿京"决策南向"。绍兴三十二年（公元1162年）正月，耿京和辛弃疾奉表南归。宋高宗在建康接见了他们，并正式委任耿京为天平军节度使，任命辛弃疾为右承务郎、天平节度掌书记。

辛弃疾一腔忧愤和悲怨，犹如万山磅礴的曲折流水。辛弃疾抒发的时代大苦闷、大忧患、大惆怅，能惊醒朝廷的醉生梦死吗？壮士悲秋的历史情怀，在滁州，辛弃疾得以淋漓尽致地倾泄。

滁州为南宋首都临安的门户，具有特殊的战略地位。这里是抗金斗争的前哨阵地，常受到女真贵族统治者的袭击和破坏。"往时虏人南寇，两淮之民常望风奔走，流离道路，无所归宿，饥寒困苦，不兵而死者十之四五。"

南宋统治者把滁州当作边陲。南宋的官吏一般视滁州任职为畏途，把它看成一桩很不如意的差事。而且滁州历来是兵家必争之地。然而，辛弃疾欣然去滁州任知州。他认为滁州是他施展才干和抱负之地。他一到滁州，便立刻巡视城郭。他看到一片颓废荒凉景象，便下决心进行整修，振兴经济，巩固抗金前沿阵地。他认为滁州北连千里两淮平原，南居万里长江之险，地形犹如一张弓。只要弓在手，箭在弦，就能给南犯的金兵造成难以逾越的障碍。如果敌人占领滁州，向东可取扬州、楚州，向西可占和州、庐州，他们会东来西往，畅通无阻。

朝廷派过一些将领把守滁州，但他们贪生怕死，根本无视滁州战略位置的重要，更无心加强"国防建设"、改变现状。当时滁州百姓"方苦于饥，商旅不行，市场翔贵；民之居茅竹相比，每大风作，惴惴然不自安"。辛弃疾上任后"早夜以思"，决心振兴滁州。作为抗金前哨阵地的滁州经常遭到金兵的破坏、袭扰。辛弃疾却视滁州为一方大有作为的舞台，是施展自己雄才大略之地。他特建奠枕楼。楼成后和友人同游，兴之所至，写了一首《声声慢》：

> 征埃成阵，行客相逢，都道幻出层楼。指点檐牙高处，浪拥云浮。今年太平万里，罢长淮，千骑临秋。凭栏望，有东南佳气，西北神州。
>
> 千古怀嵩人去，应笑我，身在楚尾吴头。看取弓刀，陌上车马如流。从今赏心乐事，剩安排，酒令诗筹。华胥梦，愿年年，人似旧游。

秋风飒飒，黄叶飘飘。词人站在奠枕楼上，登高临风，悲世伤生，满目江山，献愁供恨。他举目远眺，北国千里大地，烟尘滚滚，在强虏的铁蹄下，百姓生灵涂炭，江山破碎不堪。而偏安一隅的昏君庸臣，却日日笙歌，醉生梦死，苟且偷生，何曾想雪靖康之耻、还我山河！更有那官吏的贪婪腐败愈演愈烈。大宋江山楚尾吴头竟成边陲前沿，简直是历史的笑柄！

我想词人此时慨当以慷，以致泪洒秋风。这是何等风如霁月、阔如海洋的情怀啊！滁州能留下这一首词足以风流千古！

辛弃疾的词，恢宏壮丽，风格气势奔放，横绝六合，扫空千古。他才情磅礴，文学底蕴丰厚，无论发幽古之思，还是描绘乡村小景，都贯穿着恢复中原、洗雪国耻的信念和"嵚崎磊落"的冰雪情操。

时代的悲剧，酿成个人的悲剧。

辛弃疾出任滁州知州。他宽征薄赋，招流散，教民兵，议屯田，使地处前线、残破荒凉的滁州大为改观。那时辛弃疾 33 岁，正是血气方刚、才华横溢的青年时期。他雄才大略，但鸿鹄之志不得施展。他想起于戎马之间，攻城陷阵，追杀叛徒，成就统一祖国的大业，然而今日却是"长安故人问我，道愁肠殢酒只依然"。

《美芹十论》的前三篇详细地分析了全国的情况，后七篇则具体地提出了南宋朝廷在充实国力、策划反攻等方面所应采取的方针和措施。公元1168 年，辛弃疾被任命为建康府通判。公元 1170 年，他又作《九议》上呈曾大败金军于采石的宰相虞允文，再次陈述复国方略。

淳熙元年（公元 1174 年）春，他深得江东安抚司参议官叶衡器重。同年叶衡入朝为相，力荐辛弃疾慷慨有大略，被孝宗召见，被任命为仓部郎。第二年四月，湖北发生茶商赖文政聚众起义。很快，起义军转战湖南、江西，官军连连败北。孝宗皇帝派辛弃疾前去讨伐，任命辛弃疾为江西提点刑狱，节制诸军，讨杀叛军；后又任命他为江西、湖北、湖南的地方官。辛弃疾一生最高理想是收复失地、统一祖国，却老在江南一带不是"剿匪"就是镇压农民起义军。相反，他那些力主恢复失地、还我山河的主张和议论，却招来朝廷宵小和统治者的迫害。而且他的工作离抗金前线越来越远。在离任湖北将赴湖南之际，他写了那首著名的《摸鱼儿》。"更能消，几番风雨"，道出他在权奸排挤、压迫下的悲愤伤感的心情，以及对国势衰弱、江河日下的哀愁和忧虑。

辛弃疾南下已近20年，始终不为偏安的南宋王朝重用。他的抗金主张不被采纳，甚至不被信任，只让他出任一般地方官吏，且调动频繁。南宋王朝对官吏往往频频调动，官员常常刚赴任几个月，一道圣旨下来，又赶忙另去他地，有时竟然在赴任路上又接到圣旨，掉头转赴他任。辛弃疾只能"梦中行遍，江南江北"。

在江南，他目睹百姓"嗷嗷困苦之状"，盗匪四起，民怨沸腾。他在湖南转运副使任上，向皇上奏进《淳熙己亥论盗贼札子》，深刻地揭露了官逼民反、百姓不堪忍受残酷压榨剥削的现状："田野之民，郡以聚敛害之，县以科率害之，吏以乞取害之，豪民以兼并害之，盗贼以剽夺害之。"他要求皇上爱民。民者，国之根也，不要一味镇压，而要"深思致盗之由，讲求弭盗之术"。这是在为民请命。

辛弃疾在知潭州兼湖南安抚使任上，"以官米募工浚筑陂塘"，整顿乡社，兴办学校，建"飞虎军"，表现了辛弃疾卓越的才干。

三

统治者沉湎于声色，苟且偷安，主和派逆流已冲垮主战派惨淡经营的堤垒。从临安到开封的路上，被派遣到金国纳贡请和的使臣不绝于途。南宋昏庸腐败的朝廷只是一味地称臣纳贡，求得片刻苟安。

淳熙七年，辛弃疾创建湖南飞虎军，曾受中枢多次阻挠和指责，甚至被诬谤为"聚敛扰民"。他顶住压力，不顾个人利益。辛弃疾表现出了我们这个民族无与伦比的优良品格，他身上凝聚着中华民族最光辉的精华。他以有限的生命把这种精华发挥到极致，给天地之间的浩然正气又添一抹壮丽的光彩！

但两年后，即公元 1181 年，辛弃疾被罢官。他在江西上饶购房安家，称这地方为带湖。《宋史》说，他尝谓人生在勤，当以努力种田为先，故名"稼轩"。然而辛弃疾却没有想到，他的南去也许根本就是一个错误。南国的半壁江山埋葬了他一腔抱负。

带湖新居，"青山屋上，古木千章，白水田头，新荷十顷"。"却将万字平戎策，换得东家种树书。"辛弃疾一生抱负，付诸东流。他 10 年赋闲，侣鱼虾，友麋鹿，伴烟霞，餐朝露。他首先是个战士，然后才是个词人。爱国主义像一条红线始终贯穿在他的创作中。那些描述金戈铁马战斗生涯、抒发深沉缠绵故国情思的词篇，敢于讽刺偏安江右的朝廷，抒发收复失地的豪情壮志。沉醉在西子湖畔的小皇帝还记得什么靖康之耻、亡国之痛吗？抚时感事，触景生情，一个七尺热血男儿，一个挥手风雷、落笔华章的将军词人，有雄才大略却不得施展，有千里马之风操却去拉盐车。这样的英雄如雄狮被关进牢笼，岂不是黄钟毁弃，瓦釜雷鸣！"挥羽扇，整纶巾，少年鞍马尘"，"破敌金城雷过耳，谈兵玉帐冰生颊"。他完全是一个以功业自诩、以气节自负的爱国志士形象。南宋一朝，只有岳武穆能与辛弃疾相媲美。但岳飞虽有《满江红》等传世，还不是严格意义上的词人。强烈的爱国主义奔腾在他的血脉，深入他的骨髓。他不像苏东坡，在困境中逆来顺受，虽坦然面对，只将一腔豪情放浪山水；他不像陆放翁，有燃烧过爱国主义情感的诗篇，空有"铁马冰河入梦来"的一腔豪情，并没有执戈跃马天地、沙场秋点兵的壮举。辛弃疾南渡之后，叛徒张安国谋杀了耿京。闻变，辛弃疾便邀集王世隆、马金福等 50 精骑，杀入金营。时张安国正与金将酣饮，辛弃疾当即于敌五万众中缚了张安国，置诸马上，如挟狡兔，急驰而归，献俘行在，斩首示众。"壮声英概，懦士为之兴起"，他"抱忠仗义，章显闻于南邦"。

辛弃疾在上饶赋闲 10 年。人生有多少个 10 年？公元 1181—1191 年，正是辛弃疾 40 岁到 50 岁的时候，是人生的黄金年华。他一生渴望的是"要挽银河仙浪，西北洗胡沙"。但统治者和奸佞却弃之不用。国难当头，敌兵压境，这 3600 多个日日夜夜，辛弃疾是在怎样的痛苦和煎熬中度过的？"醉里挑灯看剑，梦回吹角连营"，"栏杆拍遍，无人会，登临意"，"追往事，叹今吾，春风不染白髭须"。辛弃疾 22 岁从山东起义南归，在南方待了 43 年，一直得不到统治者的重用，"四十三年，望中犹记，烽火扬州路"。

10 年赋闲期间，辛弃疾虽居住在豪宅里，却更广泛深入地接触了下层百姓。他"以酒浇愁"，长歌当啸，打发庸碌岁月。"昨夜松边醉倒，问松我醉何如。只疑松动要来扶，以手推松曰去！"你看，他烂醉如泥——这既反映了一位志士心灵的无比痛苦，更反映了一位词人傲骨如松的情操。他有许多田园诗都是这个时期写的。人生有多少豪情，经得这几番风吹雨打？"平生塞北江南，归来华发苍颜。"

纵观中国历史，总是昏君佞臣当道时日多，明君忠臣执政的时代少。唐宗宋祖，一代风流，虽创造了历史的辉煌，到头来政权还是落在不肖子孙和奸佞之臣手中。宋朝更是如此。蔡京、高俅、秦桧是历史上臭名熏天的巨奸大恶，竟然横行朝野，误国殃民。封建专制之力量可谓根深蒂固，以致到明清之时，封建逆孽给五千年古国带来空前的灾难。

辛弃疾赋闲带湖。这是他一生最苦闷、最孤寂，也是他最无奈的时期。他词中不断写到"愁"字："近来愁似天来大"，"又把愁来做个天"；"旧恨春江流未断，新恨云山千叠"。可见他恨之深、仇之大、感慨之大、悲愤之大、苦闷之大。"换取红巾翠袖，揾英雄泪。"

我走在滁州街道上，只觉得 800 多年前的那个孤苦、寂寞的词魂伴随着我。那一首首词像"大悲咒"一样，令每个有良知的中国人，都感到心灵的震撼。爱国是人类永恒的主题，也是一切文学艺术的精神之源。高洁的精神，澡雪的情操，如瑰的人格，是崇高与卑污的分水岭，是君子与小人的试金石，是人与动物最根本的区别。

四

辛弃疾在滁州时间很短——春来秋去，不到一年时间。南宋政权折磨有志之士，总是频频调动他们，不让他们安生，不让他们事业有成，不让他们大展雄才、有一番作为。辛弃疾在湖南建飞虎军不久，就被罢官。这如同岳飞直捣黄龙大志未展，就遭秦桧谋杀，是赵宋小皇帝自毁长城的又一罪恶。

辛弃疾归隐后，购得"良田十弓"。庄园之大，有屋百楹，亭台楼榭，曲径回旋。有人说，这是他用多年积蓄所置，也有人说他有贪污嫌疑。这是历史上的一个悬案。但在他死时，家无余财，只有诗词书卷。朴素的乡间生活，让他接触了更多的胼手胝足的农民。他们纯朴而憨厚。没有官场的狗撕猫咬，没有仕途的黑暗蹇涩，他的心情还是良好的。他养马喂鸡，从一个农夫的审美视角来观照农夫生活。溪边的荇藻，水中的游鱼，岸边的荠菜花，草上的晨露，湖畔的清风，林间的明月，都化为音符，奏响在他的词章里。夕阳、朝晖、雾岚、雨帘、山花、庄稼、蛙鸣、蛩音，这些富有泥土气息的事物进入他的词章。"一松一竹真朋友，山鸟山花好弟兄。"他无可奈何，只好像陶渊明那样与竹松为伴、视花鸟如兄弟，看似潇洒，超然物外，实则孤苦寂寞。他壮志难酬，一颗灵魂在悲愤地发泄。"谁识稼轩心事？"他常问自己。自己被贬谪，"雷鸣瓦釜，甚黄钟哑"。

辛弃疾在赋闲期间，也苦中作乐。他像一位老农一样，在农村得到暂时的慰藉，找到精神的寄托。他用那支"横绝六合，扫空万古"的如椽巨笔，写点农家田园小诗："城中桃李愁风雨，春在溪头荠菜花"，"七八个星天外，两三点雨山前"。他在大自然中寻找生活的情趣，写了大量闲适词章。他吟风弄月，苦中作乐，儿女情长，看似潇洒超脱，实乃胸中郁垒叠叠，或许是掩饰纵横激荡、雄放恣肆背后词人难以名状的哀愁。辛弃疾能不"心存魏阙"、目注朝政吗？

南宋昏庸朝廷迫使他赋闲近20年，让他一腔忠愤无处发泄。情郁于中，发为吟咏，自然是倾荡磊落、慷慨悲壮的声音。"放开笔下闲风月，收敛胸中旧甲兵。"（宋代刘过，《送王东乡归天台》）

这使我想起俄罗斯伟大作家老托尔斯泰在田庄里晨起散步的生活，想起梭罗在瓦尔登湖畔的闲适岁月，想起屠格涅夫草原狩猎的镜头。其实，辛弃疾和他们迥然不同。他是戴着锁链在跳田园圆舞曲，带着满腔忧伤来唱"小夜曲"。这种痛苦比激战在沙场负伤退出战阵的将士更加悲哀。这些风花雪月的描写渗透着深沉的忧伤。

他的好友，爱国志士陈亮的处境更糟。他屡遭冤狱，还遭歹徒毒打。伤愈后，陈亮来看望辛弃疾。二人同游鹅湖，共饮瓢泉，唱和酬答，纵论天下时政，海阔天空，畅抒情怀。两人盘桓十日，才洒泪而别。他是辛弃疾唯一的知音。他们的故事是文学史上两位爱国词人相会的佳话。

辛弃疾不愿陈亮离去："近来愁似天来大，谁解相怜？"陈亮走后的第二天，他又踏雪追赶陈亮，希望他能再待一些时日，以便把酒起舞，共话人生。但当他追到鸬鹚亭时，雪深路滑，实在无法前行，只好无奈而止。以后他们作词互答，以诉衷肠："汗血盐车无人顾，千里空收骏骨。正目断关河路绝。我最怜君中宵舞，道男儿到死心如铁。看试手，补天裂。"

他们只好把一腔血泪，一腔豪情壮志，一腔悲愤，一腔怨愁，铸成一首首长短句。

五

辛弃疾南归之时，南宋朝廷偏安西子湖畔已40年，执政者已是第二代。十里荷花，三秋桂子，烟柳画桥，风帘雨幕，市列珠玑，户盈罗绮。杭州已成繁华的都会，满市灯火，夜夜笙歌。南宋第二代皇帝哪里还有靖康之耻、故国山河之感叹？

南宋时期，虽然朝廷龟缩江南一隅，但这里是物阜繁华之地。优越的地域环境，发达的经济，繁荣的文化，使南宋庸君佞臣乐不思蜀。

这里温柔富丽，这里山清水秀，这里色彩绚烂、气氛和谐。春之燕语莺歌，夏之荷钱榴火，秋之金风玉露，冬之梅红雪白，更妙西子湖一泓碧波，荡漾在临安城外。唐朝的诗人修了白堤，本朝的诗人修了苏堤，而今湖山之间，堤桥之下，画舫穿梭。"西湖歌舞几时休？暖风熏得游人醉"。

朝廷贪图安逸奢靡，大臣们更是贪污腐败，蝇营狗苟，谁有心收复失地？谁有志完成祖国统一大业？谁还会念及沦陷的北国？孝宗即位后，临安城内，新建宫殿千叠，朱钉金户，画栋雕梁，铜瓦金顶，又镂以龙凤飞骧，巍峨壮丽。其规模之大，其奢华程度，远远超过故都汴梁。

做了太上皇的高宗更是喜静不喜动。即使陆游"铁马冰河入梦来"，即使岳飞"怒发冲冠……壮志饥餐胡虏肉，笑谈渴饮匈奴血"，即使辛弃疾"栏杆拍遍"，"男儿到死心如铁"，也惊动不了他的画舫龙船。他照样偎红倚翠，歌舞翩跹！更何况，朝廷南迁之后，党派斗争激烈，蔡京、秦桧等巨奸大恶相继把持朝政，南宋的黄昏更幽暗了：人才摧抑，士气摧损，主战派、仁人志士惨遭贬逐，甚至被迫害致死。宵小居堂，黄钟毁弃。辛弃疾就是"栏杆拍断"又有何用！满朝朱紫，随事俯仰，始以容容，终以靡靡。

辛稼轩非常羡慕陶渊明。在赋闲岁月里，他种菊养花，吟风赏月，放浪山野，邀朋会友，乐天知命，看似潇洒，对仕途已心灰意冷，实际上胸中起伏着狂涛巨澜。一旦有机会，他会东山再起。果然，到了绍熙二年（公元1191年）冬，辛弃疾又被起用为福建提点刑狱，后又升迁福建安抚使。谁知不到3年，谏官黄艾说他"残酷贪饕，奸赃狼藉"。他被罢职，再次退居上饶。接着又是8年的闲居生活。辛弃疾仕途蹭蹬塞涩，何故？就是因为他有一颗爱国之心、一腔复仇之志、一怀雄才大略！

辛弃疾该心灰意冷了吧？他年迈体衰，56岁，已近花甲之年，想再有一番作为，天不假年，怕壮志难酬了吧？霜月风寒，断雁孤唳，词人辗转反侧，难以成眠。多少个落日夕照，辛弃疾漫步带湖之畔！衰草萋萋，黄叶飘零，一湖寒波，怎能抚平壮士心中的皱褶？遥想当年，"少年握槊，气凭陵，酒圣诗豪馀事"，而今幼安老矣，稼轩居士老矣！"追往事，叹今吾，春风不染白髭须！"他只能"布被秋宵梦觉"，追寻"眼前万里江山"。烈士暮年，空有壮心不已！

然而推动历史前进的不仅仅是政治力量，精神的力量也起了无可替代的作用。辛弃疾的遭遇对个人是来说是不幸的，对南宋王朝来说也是不幸的，但那燃烧着激情和热血的长短句足以使一个民族的灵魂升华，在无尽的时空中辉映千古！北宋有个苏东坡，南宋出了个辛弃疾。这足以使屈辱的两宋王朝值得聊以自慰！

宋宁宗嘉泰三年（公元1203年），辛弃疾64岁，又被召赴绍兴府兼浙东安抚使。起用他的是执掌大权的韩侂胄。那时蒙古崛起于金政权后方，金军已经衰败，并发生内乱。

公元1204年，辛弃疾奉命调镇江。年迈的辛弃疾走马上任。镇江面临浩浩大江，是一个重要的战略要地。辛弃疾自22岁南归，至64岁再次被起用，43年屡遭主和派压抑、排挤，赋闲20年。这次到镇江任知州，他一展宏图大志。他上疏宋宁宗和韩侂胄，恳请将把对金用兵的大事托付给元老重臣，当然也包括他辛弃疾。谁知宁宗和韩侂胄不予理睬，反而对辛弃疾猜忌，又借故一件小事，给了他降职处分。辛弃疾可谓命运蹇涩。第二年他被调离镇江。朝廷不许他参加北伐大计。他那雄才大略、凌云壮志又化为泡影。无论主和派执政，还是主战派掌权，辛弃疾都不得志。这是时代的悲剧，不知是否也有他性格的因素。

辛弃疾《永遇乐·京口北固亭怀古》是他一生中最辉煌的爱国词章。"想当年，金戈铁马，气吞万里如虎"，而今却有"英雄迟暮"的感慨。

在南渡后的漫长时间里，辛弃疾在滁州只有大半年。他初展雄才，使破碎不堪的滁州残喘稍定、元气复苏，出现了车马如流、酒令诗筹的景气，但还不是"太平万里"的景观。

"太平万里"是词人的浪漫主义夸张。抗金前线，不远处便是被女真人残酷蹂躏的故国山河。那里战马萧萧，硝烟滚滚，哀鸿遍野，白骨累累，哪有什么和平景象？词人一时高兴便手舞足蹈，忘乎所以了，但冷静下来，夜深松门竹户，明月半窗，重新审视江北战势，仍不免忧心忡忡、愁满云天。尽管东南一派佳气，但北望西北神州，仍然战云密布。

陆游：一树梅前一放翁

陆游大爱无疆。他爱国、爱妻、爱梅，是风骨节操至高的爱国主义诗人。他精神境界的完美、思想畛域的宏阔，在两宋诗人中是罕见的。他的一生是一曲气宇磅礴、刚烈豪放且不失柔婉的乐章。

一

陆游存诗9000余首，还有大量的散文词章，可谓著作等身。翻开他的《剑南诗稿》《渭南文集》，满目多是铿锵、慷慨的抗金诗篇，抒发一腔收复中原的雄心壮志。长风豪雨的壮烈、岩浆地火的激情、炽热的爱国主义意识，弥漫在字里行间。诗中处处可闻刀剑撞击杀伐之声，闪现着狼烟烽火、旌旆飞卷的场景。陆游的诗是战士的诗。他应该被视为"军旅诗人"，而且他一度出现在抗金前线，闪过执戈跃马、驰骋纵横的身影。

有评论家说，唐诗如芍药海棠，稼华繁采，宋诗如寒梅秋菊，孤幽冷香；唐诗如登高远望，意气浩然，宋诗如入涧寻幽，深微透群。也不尽然。陆游的诗豪放壮烈，激昂慷慨，铿锵作金石之声，是忧国忧时的爱国主义诗篇。

陆游生长在具有爱国思想传统的家庭里，从小就爱听仁人志士的抗金故事，因而养成了爱读兵书的习惯。"孤灯耿霜夕，穷山读兵书。"他的《剑南诗稿》回荡着兵戈撞击的杀伐之声。他的一生就是一首气势磅礴的爱国主义诗篇，中国文学史上很难找到这样的诗人。

宋孝宗是一位清明、长厚的皇帝。他还有志恢复中原。他即位之初，高宗赵构还在。赵构畏敌如虎，是典型的主和派。他的存在影响着孝宗皇帝的行动。赵构死后，孝宗的抗金意志也消磨殆尽了，竟然支持主和派。这时的陆游仍然坚持抗金，结果被主和派弹劾罢官。陆游只得回到故乡山阴赋闲 4 年。

"看风流慷慨，谈笑过残年。"南宋是既雍容富足又惨淡萧条的时代，是既安逸平和又痛苦无奈的时代，是熏风吹得游人醉但志士堪悲、拔剑而起的时代，是云水浩荡激南北、兴亡满目的时代。

西子湖畔，莺歌燕舞，夏天荷钱榴火，秋天金风玉露，冬天梅红雪白。临安比起东京汴梁更是妩媚。这里珠帘翠幕，这里参差十万人家，这里烟雨迷蒙如梦如幻，这里多诗多情多温馨，而北方则多尘、多风、多干燥。早先的痛苦记忆，随着时间的流逝，渐渐退去，剩下的只是潇洒和恬适。

程朱理学泡酥了士人的骨头。他们挥毫书画，生命的阳刚之气荡然无存。他们原始的生命力衰竭了，人的勇猛和才干没有了，人性固有的希望被阉割了。人变成了驯服工具。北宋对强敌只是称臣、纳贡、赔款，一辈子没有挺直腰杆；南宋小王朝则沉浸在南国烟花雨雾中，"却把杭州作汴州"。

陆游依然忧国忧时。他怀着收拾金瓯一片的耿耿之心，上书朝廷，自然得不到回应。南宋统治集团内部出现了主和派与主战派的斗争。陆游以慷慨忘我的精神，始终站在抗战派的行列，痛斥、嘲讽主和派苟且偷安、醉生梦死、只求保身、不惜误国的罪行。其实主和派不只秦桧一人，连皇上也是主和派。"诸公可叹善谋身，误国当时岂一秦。"陆游同这些结党营私、狼狈为奸的民族败类做斗争。其诗的战斗性和思想锋芒是罕见的。他先后被贬。乾道元年他被贬到南昌，乾道二年又被言官劾免归，自南昌归山阴。山阴赋闲四年后，他又被起用，通判夔州军州事，这便有了日记体散文名作《入蜀记》。这是一部山水文化散文。

他沿长江入蜀，必经三峡。夔州即在瞿塘峡口。夔门雄峙，危石欲坠，高江急峡，惊涛如雪。巫峡重峦叠嶂，水复江回。西陵礁石如林，险滩累累，黄牛愁容，崆岭泣鬼。过黄州时，他大发感慨，一股英雄气依然激荡彭湃："江声不尽英雄恨，天意无私草木秋。"他见前代遗迹，念时势艰危，叹英雄已矣，顾自飘零，无限伤感油然而生。

他的诗大气磅礴，突兀苍莽，精练得浑灏流转。入蜀之前他的诗十有五六是抒发这种情感，入蜀后也十有三四。

陆游48岁时，在四川宣抚司任幕僚。他是诗人，也是宣抚使幕中的高级干部。即使一般应酬宴，也有歌伎佐酒，舞女相伴。这本是莺声呖呖、艳帜高扬的氛围，是诗人卖弄自己、表现自己的时候，但陆游仍然念念不忘国家。姑娘们娇手把盏，极尽妩媚之态。陆游接过酒杯。正当进酒时，朋友要他写首词。姑娘们忙铺纸研墨。陆游挥笔写了一首《秋波媚》：

秋到边城角声哀，烽火照高台。悲歌击筑，凭高酹酒，此兴悠哉。

多情谁似南山月，特地暮云开，灞桥烟柳，曲江池馆，应待人来。

在这灯红酒绿、红飞翠舞的场合，陆游依然不忘烽火边城。陆游20岁就立下"上马击狂胡，下马草军书"的雄心壮志，48岁时凤愿已偿。他亲临郑南抗金前线，意气风发。现在诗人的笔下仍是风雷电闪。"烽火照高台"，说明他牵念前线战事。

淳熙十五年（公元1188年）陆游在严州任上已将近3年。他请求辞职回到故乡山阴，但不久又被起用。官不高，为军器少监，大概是负责管理军械库的小头目。

陆游精忠报国，志在收复中原。看到抗金斗争一次次失败，他很失望和无奈。他长啸悲歌："三万里河东入海，五千仞岳上摩天。遗民泪尽胡尘里，南望王师又一年。"在《看镜》诗中，他更是悲观："七十衰翁卧故山，镜中无复旧朱颜。一联轻甲流尘积，不为君王戍玉关。"

感到自己已经衰老，收复中原、还我河山的壮志夙愿难以实现了，他怎能不耿耿难眠？

陆游的《剑南诗稿》大部分是有关"北伐中原"的诗篇，张扬着强烈的爱国主义精神。当时陆游意气风发，无暇迷恋风情，也很少哀怨，更无缠绵悱恻的儿女私情。他的诗章豪情淋漓，壮志凌云。

陆游一生只有一个宏愿，那就是北定中原，收拾金瓯。

陆游早年就喜欢读兵书，在军事战略方面确实有一些真知灼见。如天赐良机，他会像岳武穆一样，成为驰骋沙场的将帅。绍兴末年，四川宣抚使吴璘在陕甘方面孤军深入，破大散关，克奉州，与金兵相持于德顺军。张浚也准备北伐。陆游反对孤军深入，主张首先稳固两淮，然后稳扎稳打。陆游心怀收复中原的殷切期望，但又戒轻率用兵。

陆游《渭南文集》中有《水调歌头·多景楼》一词，最能表现他壮怀激烈、完成祖国统一大业的理想：

> 江左占形胜，最数古徐州。连山如画，佳处缥缈著危楼。鼓角临风悲壮，烽火连空明灭，往事忆孙刘。千里曜戈甲，万灶宿貔貅。
>
> 露沾草，风落木，岁方秋。使君宏放，谈笑洗尽古今愁。不见襄阳登览，磨灭游人无数，遗恨黯难收。叔子独千载，名与汉江流。

这首词作于孝宗隆兴二年（公元1164年）。那时，主战派首领张浚任命李显忠、邵宏渊为正副统帅，渡淮北伐。由于内部矛盾，兵败符篱。随后，投降派得势，嚣张于朝野，国事艰难，主战派灰头土脸。陆游写这首词以激励将士，鼓舞斗志。"千里曜戈甲，万灶宿貔貅。"这是何等壮观的场面啊！悲壮的鼓角，连天的烽火，收复中原的宏图大愿，必将实现！

陆游有时梦到随皇上亲征，尽复汉唐故地。"驾前六军错锦绣，秋风鼓角声满天。"诗人在梦中驰骋，气魄豪迈，洋溢着统一山河的胜利者的豪情。他醒来方知是梦！现实是"遗民泪尽胡尘里，南望王师又一年"。他为"国仇未报壮士老，匣中宝剑夜有声"而惆怅，他为空有"生拟入山随李广"之志，迄今"戍楼刁斗催落月，三十从军今白发"而悲叹。时光催人老，国仇家恨未报，却华发早生。那种强烈的报国之心，句句血，声声泪，一股浓烈、沉郁的情感弥漫其中。

陆游的诗词是志士的绝唱、英雄的高歌。他的性格和感情世界的高地，在宋代诗坛上是罕见的，只有辛弃疾可与其媲美。陆游长辛弃疾15岁，属于稼轩的长辈了。他们虽未聚首谈诗论剑，倒也诗来词往，相互激励。辛弃疾曾有词曰："知我者，二三子。"这"二三子"中便有陆游。共同的理想，共同的志向，共同的遭遇，使他们结下"战斗"的友谊。他们都遭到主和派的贬谪，一个退隐镜湖，一个赋闲带湖。他们虽处江湖之远，却心系庙堂，北伐抗金的豪情并未泯灭。一个"夜阑卧听风吹雨，铁马冰河入梦来"，一个"醉里挑灯看剑，梦回吹角连营"；一个是白发苍苍的老翁，一个是英雄迟暮、壮心不已的壮士。他们渴望马革裹尸、血溅沙场，以换取江山一统、九州合璧。

陆游归隐泉林，也写些风物小诗、咏景小词，字里行间依然氤氲着爱国情愫。边上烽火、塞外烟尘，时时萦系他的心怀。我仿佛看到一个老翁徘徊在镜湖岸边，秋风吹拂着他的白发，脸颊老泪纵横。他步履蹒跚，嘴里不时嘟嘟囔囔，怀悲痛之情，发悲怆之声。他写了大量诗篇，歌颂王昭君这位弱女子为国家、为民族承担了不幸的命运。她是一个悲剧人物，又有着崇高伟大的人格。爱国主义是陆游诗词创作的主调。他临终前写诗《示儿》："王师北定中原日，家祭无忘告乃翁。"这是他的绝笔，也是他伟大的遗嘱。

二

无情未必真丈夫。陆游一生只爱一个女人。85岁的漫长生命旅途，他只追恋、思念一个女人——这是惊天地、泣鬼神的爱情悲剧，是爱的千古传奇。

据说母亲生陆游的前一夜，梦到秦观。秦少游是苏大学士的高徒，才华盖世，词章直逼柳、苏。陆游的父亲陆宰说："秦观，字少游。这孩子就叫陆游吧！"莫非陆游是秦少游投胎转世？他们更有相似之处：他们年轻时都是科场屡战屡败。当初孝宗皇帝收复中原之志尚未泯灭时，陆游任职大理寺司直。孝宗召见他。陆游因"言论剀切"，被特赐进士出身，圆了进士梦。不同的是，秦少游以词取胜，是婉约派的大腕，词作的题材也多是青楼女子的生活；而陆游恰恰相反，他以诗取胜，题材大多是"秋风鼓角""铁马冰河""戍楼刁斗"等战争题材。

钱钟书说："宋人恋爱生活的悲欢离合不反映在他们的诗里，而常常出现在他们的词里。"

而陆游是个案。他的爱情却在诗里表现得淋漓尽致。

陆游19岁和唐琬结婚。唐琬是陆游的母亲的侄女。唐琬才华横溢，精通诗文，琴棋书画，多才多艺。她气质高雅，丰姿绰约，大家闺秀。但母亲不喜欢这个儿媳妇，自然婆媳关系处不好。母亲常常指鸡骂狗，把家里闹得乱哄哄的。看到唐琬和儿子亲密浪漫的样子，她很恼怒。她感到这个儿媳缺乏"闺教"。事情越来越糟,唐琬不为母亲所容忍。这个女才子有点像当朝李清照,也患有不育症。唐琬不能为陆家添子嗣,更激化了家庭矛盾。

婆媳关系恶化到不可收拾的地步。那个时代男女没有婚姻自由。母亲迫令陆游休掉这个儿媳。陆游哪敢违抗母亲的旨意!在母亲的威逼下,陆游忍痛割爱了。

但陆游与唐琬伉俪情深,难割难舍。他在外面搞了一所房子,时时和唐琬会面。但纸里包不住火,事情暴露了。这还得了!母亲找到儿子,劈头盖脸大骂不止。老太太寻死觅活,说不休掉这个儿媳妇,就一头撞死在陆游眼前。没办法,棒打鸳鸯,陆游和唐琬只得离婚。

接着陆游和王氏结婚,唐琬也嫁给了赵士程。

绍兴二十三年(公元1153年),陆游到临安应考,省试第一。秦桧的孙子秦埙名列第二。秦桧大怒。他降罪主官。谁知第二年,陆游参加礼部考试,又名列秦埙之前。秦桧怒不可遏,干脆挥笔把陆游的名字抹去。只要秦桧当权,这是一切爱国志士的必然遭遇。陆游并不感到抑郁。他依然壮志满怀,豪情勃发,抗金理念更加坚定。

绍兴二十五年(公元1155年),陆游落第。他心情抑郁,赋闲在家。一个春风不拂杨柳面的日子,陆游去城东南沈园游玩。这是一处花木繁荫、绿水环绕、景色优美的园林。谁料陆游在这里遇到了赵士程和唐琬夫妇。当年情深意笃的妻子,今已成他人之妻,他甚感尴尬、痛苦、愧悔。他心中五味杂陈,悲喜交集!陆游想回避,但来不及了。

唐琬倒是大方,对丈夫介绍前夫陆游。赵士程很"现代派",竟然命家童买酒肴招待陆游。其实,唐琬心里也乱了分寸。她羞愧悲戚,痛苦一时涌满心头。

这是一次尴尬的相逢:不期而遇,躲不得,又谈不得。我想,陆游只能独自凭栏，吞咽这杯苦酒。他喝得醉醺醺的，挥笔在亭壁上写下一首悲苦的《钗头凤》：

　　红酥手，黄縢酒，满城春色宫墙柳。东风恶，欢情薄。一杯愁绪，几年离索。错！错！错！

　　春如旧，人空瘦，泪痕红浥鲛绡透。桃花落，闲池阁。山盟虽在，锦书难托。莫！莫！莫！

陆游非常喜爱这位被遗弃的妻子。唐琬是那个时代少见的知识女性。二人相处的日子，如梦如幻。曾几何时，自己携爱妻到沈园游玩。宫墙边，树荫下，草坪上，摆上带来的酒菜，两个人相对，坐下小酌，琴瑟之好，伉俪相得。在陆游的记忆里，唐琬那双红润绵柔的小手，捧着满满一杯黄縢酒，敬奉丈夫。宫柳冉冉，花繁叶茂，紫燕呢喃，一片春意融融的烟景。

那是多么幸福美妙的日子啊！

谁知这情爱被一把无情的利剑斩断了，而今只剩下"一杯愁绪，几年离索"！东风横吹，满园春色化成一片"萧索"。

这首词既回忆昔日恩爱的情景，又写出"春如旧，人空瘦，泪痕红浥鲛绡透"这一眼中所见前妻的形象。几年不见，人已消瘦很多，红泪透了"鲛绡"，一幅凄凉悲怨的画面。"山盟虽在，锦书难托。"当初的山盟海誓，已化为云烟，难觅难寻，也难诉诸笔墨。

据说，唐琬看了这首词，悲痛不已。她的绵绵情思，翻卷在心头。她夜不成寐，当晚和了一首《钗头凤》：

　　世情薄，人情恶，雨送黄昏花易落。晓风干，泪痕残。欲笺心事，独语斜阑。难！难！难！

人成各，今非昨，病魂常斯秋千索。角声寒，夜阑珊。怕人寻问，咽泪装欢，瞒！瞒！瞒！

唐琬不久抑郁而死。

这是撼天动地的爱情悲剧，是一曲南宋版的《孔雀东南飞》。那种深情的爱，绵绵的爱，竟然让人如此脆弱，如此悲切！

陆游在与唐琬沈园相遇后，更加思念前妻。他一生为唐琬写了许多悼亡诗，其中最著名的是《沈园二首》：

其一

城上斜阳画角哀，沈园非复旧池台。

伤心桥下春波绿，曾见惊鸿照影来。

其二

梦断香消四十年，沈园柳老不吹绵。

此自行作稽山土，犹吊遗踪一泫然。

宋朝很少有爱情题材的诗篇。陆游的爱情诗、悼亡诗在整个宋代诗歌创作中尤显兀靓丽。陆游一生留下词不多。以诗表达爱情，陆游创宋诗之最。陆游借诗抒发对唐琬情深意浓的思恋。无论在戎马倥偬间，还是赋闲故里，陆游心中总是激荡着爱的暖流，不时溅出诗的浪花。耿耿长夜，绵绵岁月，多少个黄昏，他独自凭栏，望断南飞雁！多少个月夜，他徘徊在花前，徜徉在树下，渴念心上人身影再现！

陆游一生写给唐琬多少首诗，我没有统计。但是《剑南诗稿》里所有的爱情诗、悼亡诗，都是写给唐琬的。陆游与王氏婚姻是没有爱情的婚姻，陆游从来没写过一首诗献给王氏。

开禧乙丑年（公元 1205 年）岁暮，陆游梦游沈园，又写两首绝句，其中一首云："路近城南已怕行，沈家园里更伤情。香穿客袖梅花在，绿蘸寺桥春水生。"他以梅喻人，以花喻人，情深意浓。这种源自灵魂深处的爱溢满字里行间。人到中年，陆游离开江南，西去巴蜀，在四川宣抚使做幕僚。物换境移，按说青少年的爱情会被忙碌的公务、喧嚣的官场生涯冲淡。谁知陆游是天下的情种，仍然不忘唐琬。他思念唐琬："凉堂下帘人似玉。"他追忆和唐琬新婚宴尔的生活：嬉笑玩耍，游江赏荷，少年贪酒，沉溺在青春和爱的天地。一首《悲秋》，写了诗人在巴山秋雨的夜晚对前妻的怀念：

> 小雨帘枕惨淡天，醉中偏藉乱书眠。
>
> 梦回有恨无人会，枕伴橙香似昔年。

他客居异乡，秋夜无眠，归梦难成。寥落孤寂之中，触目皆是凄苦、空虚、惨淡。这种夜半袭来的思绪，也是对当年情爱的追恋。陆游还有许多记梦诗。他在梦中遇见仙女，与她相依相偎，哀怨凄悲，倾诉久别之苦。可见，陆游的爱情非常专一，像前朝的大诗人李商隐那样"蜡炬成灰泪始干"，像本朝的苏东坡那样"十年生死两茫茫"。

陆游对前妻唐琬的爱情可谓男女情史上最璀璨的篇章。他在漫长的一生中，几乎年年有追恋怀念唐琬的诗作，或望月思人，或落花生悲，或秋夜梦归，或借物寄愁。一颗不老的诗心，始终燃烧着炽热的情爱。60 岁时他写《别梅》，怀念早去的唐琬，心情黯然："影横月处愁空绝，子满枝时事更非。自古情钟在吾辈，尊前莫怪泪沾衣。"花甲之年，"子满枝时"，他仍然不忘少年之情爱。63 岁时他作《菊枕诗》："唤回四十三年梦，灯暗无人说断肠。"75 岁时，他在《自伤》一诗中也表达了这种感情。到了垂暮之年，陆游怀念前妻之情越发殷殷。他一生抗金报国之功不成，深感愧疚，而今归隐山林，徘徊沈园，见物思人，长啸短吟，于是一首首悼亡诗像泉水一样喷涌而出。直到他去世前一年，84岁的老翁陆游还念念不忘前妻唐琬。唐琬死了，陆游的爱心没有死："也信美人终作土，不堪幽梦太匆匆。"这种爱的坚贞、纯真、久远，是千古罕见的，是一曲长长的爱的悲歌、苦歌、壮歌。

陆游这种对爱的纯洁、忠贞，在那个时代是不可思议的。宋朝是艳帜高扬的时代，且不说文人墨客进出青楼楚馆是时尚、风俗，就是一些高官大吏，甚至从宰相到皇帝也常常拜倒在青楼女子的石榴裙下。陆游的前辈诗人柳永、苏东坡等，哪个不是情场老手？陆游难道生活在真空里，果真"出淤泥而不染"？陆游宦游大半生，灯红酒绿，美女霞涌云裹的场合经历了很多。奇怪的是，遍读陆游的诗文，很少发现写给青楼女子的诗词。他没有苏东坡的豁达，没有秦少游的浪漫，更没有柳永的率直，甚至也没有李商隐的隐约。他做成都府路安抚司参议官时，曾不止一次去过葭萌驿。在这里，他受到官妓营妓佐酒招待，写了一首《清商怨·葭萌驿作》：

> 江头日暮痛饮。乍雪寒犹凛。山驿凄凉，灯昏人独寝。
>
> 怨机新寄断锦。叹往事，不堪重省。梦破南楼，绿云堆一枕。

这首词全是写男女之情：云雨巫山，海誓山盟，何等淋漓！一枕绿云，情人的妩媚，爱的缱绻，都达到美的至境了。

陆游虽号称"放翁"，在爱情上却并不放达，也不放荡。他灵魂深处占主导地位的是儒家思想，以精忠报国、忧国忧民为己任。

乾道九年（公元1173年）初春，陆游在成都安抚使的衙门中任参议官。这是闲差、空衔。陆游整天无所事事，除了饮酒作诗，就是在瓦栏勾舍消磨，在沉醉和调笑中排解心中的痛苦。这是水流花谢的无奈，是一种精神的绝望。一腔报国之志不得施展，一怀收复中原的宏愿不得实现，对一个男子汉大丈夫来说，还有比这更痛苦的吗？

也就是在这一年，陆游生命中的长河溅起一朵诡谲的浪花。陆游纳驿卒之女为妾，并题壁作"感诗"。这位驿卒之女并非不识文墨的村姑，而是聪明美丽的女子，且通诗书琴画。她赋《卜算子》："只知眉上愁，不识愁来路。窗外有芭蕉，阵阵黄昏雨。晓起理残妆，整顿教愁去。不合画春山，依旧留愁住。"

三

陆游有"三爱"：爱国、爱妻、爱梅。梅是他诗的具象，又是意象。他始终以梅自喻，写的咏梅诗、赞梅诗、探梅诗、观梅诗、别梅诗等多达150余首，其他诗提到梅的也不计其数。梅在诗人笔下出镜率最高。她不仅是一种花木，而且是一种精神、节操、信念的象征，是灵魂的寄托，是美的化合、洁的凝铸。

在《剑南诗稿》中，故乡的梅花给他留下深刻的印象。在怀念前妻唐琬的诗中，他以梅喻妻："只见梅花不见人。"当然更多的是陆游借梅的高洁、清雅、凌冰斗雪、独引春归，来抒发一位爱国志士、爱国诗人的情怀。这和林逋先生那种孤傲、洁身自好的小情怀、小境界，有天壤之别。陆游渴望驰骋沙场，建功立业，报效国家，但是奸佞当道，宵小处堂，诗人宏图之志难展，无以报国。更难容忍的是，他为了祖国统一大业，却遭到主和派屡屡迫害、贬谪。他为抗金四处奔波。他呐喊、呼啸，以唤醒国魂。他的努力并没有得到统治集团的认可，反而遭受更多的嫉恨。他的一生尽在起伏跌宕中度过，一腔郁垒只好对他心中的偶像梅花倾泄。

那首著名的《卜算子·咏梅》可谓千古绝唱了。他借梅花自喻：生在荒山野陬、断桥水边，不为人识，更不为人重用。想想自己的身世，和这"寂寞开无主"的梅花有何区别？悲怆的意蕴弥漫在字里行间：

驿外断桥边，寂寞开无主。已是黄昏独自愁，更著风和雨。

无意苦争春，一任群芳妒。零落成泥碾作尘，只有香如故。

写作这首词时，正是秦桧权倾朝野、纵横庙堂之际，抗金派受到打压，甚至连岳飞这一抗金名将也被以"莫须有"罪名杀害。主战派陆游孤独无援，身陷绝境，只好赋闲山林，隐归故土。诗人心情极其痛苦、郁闷，笔墨也苍凉悲戚："黄昏独自愁"，"寂寞开无主"。知音寥落，悲观绝望，只好"一任群芳妒"。诗人心胸博大、旷朗，意志坚如磐石，哪怕粉身碎骨，化为尘泥，也不失梅花的风骨——"只有香如故"！

陆游在淳熙十五年（公元1188年）被罢免。他回到山阴，后又被启用，但官职卑微。陆游却说："穷当益坚，老当益壮。大丈夫盖棺事乃定。"这是何等气魄和襟怀！

陆游退隐山阴，仍住在镜湖岸边的旧宅。风波险恶的仕途，肮脏的官场文化，使陆游愈发厌倦。但一想起国家统一、恢复中原，他的情怀更深、更加激烈了。这是一种大爱，至高至崇的爱。有了这种爱，什么狂风骤雨都能抗衡。陆游像那戎马倥偬的爱国诗人辛弃疾一样，常至夜阑更深，"提剑四顾心茫然！"一个爱国诗人无论居庙堂之高，还是处江湖之远，都把国家的前途和命运扛在肩头。他在山阴写了大量的咏梅诗。他常常站在梅花前泪水潸然或者沉默不语，心中诗情汹涌澎湃。他爱梅达到痴迷、沉醉的程度，将梅魂化为诗魂。他赞美道："梅花如高人，枯槁道愈尊。君看在空谷，岂比倚市门。"他把梅花比喻成伯夷叔齐那样的高人。这是陆游至尊至高的精神偶像。

陆游的家乡山阴年年有"梅市"——用现代话说就是年年举办"梅花节"。千姿百态、造型各异的梅花盆景摆满街巷，斑斓璀璨，花香弥漫，清雅如诗。每逢"梅市"，陆游必徜徉花海，赏梅，赞梅，当场赋诗。在咏梅诗中，他也常常流露出倦而思归之情。

陆游不同于林逋。林逋只将梅的外形写得惟妙惟肖："疏影横斜""暗香浮动"，但未写出梅的灵魂和精神。而陆游一句"碾作尘""香如故"，却表现出了梅的精神、梅的魂魄。陆游把梅花当作精神伴知音，生命中的伴侣。陆游告老还乡时，人已风烛残年。他知音寥落，只有梅花相伴了。陆游在《看梅绝句》中有"梅花有情应记得，可怜如今白发生"之句。陆游81岁时梦游沈园，还特别赞赏园中梅："城南小陌又逢春，只见梅花不见人。"这里既是咏赞梅花，也是思念已故前妻唐琬。

其实梅花在宋以前并不受诗人青睐，虽有咏梅诗，但不多。宋朝以前诗人并没看重梅花，即使《离骚》咏遍百花，隐居孤山的林逋以爱梅好梅著称。梅以韵胜，以格高，林逋爱其韵，陆游重其格。梅花的高风亮节，实与陆放翁精神的境界相符。陆游在诗中迎着寒风赏梅，愿"化身千亿"，"一树梅花一放翁"。这是何等瑰丽的想象！这是何等深沉凝重的爱！唐朝诗人喜欢天姿国色的牡丹，宋朝人则以梅花为重。宋代的诗人最爱梅。他们借梅言志，以物寄情，互相酬和。

陆游对梅的爱是坚贞不愈、始终如一的爱。这种大爱支撑着陆游生命的风帆，风里浪里，踏遍人生坎坷，走过85岁的漫长岁月。直至暮年，这种爱依然炽热，依然旺盛。这是生命的奇迹。陆游一生追求一种理想——北定中原，收拾金瓯；他只爱一个女人——唐琬；他只爱一种花木——梅花。他在临终前一年，也就是84岁那年，还写《湖山寻梅二首》，同年，还写诗念念不忘唐琬"也信美人终作土，不堪幽梦太匆匆"。临终之际还留下震撼千古的名句："王师北定中原日，家祭无忘告乃翁。"这是伟大的遗嘱，耿耿丹心，光照日月。

梅的高洁，爱的纯贞，报国之心的忠烈，三个维度，支撑了一个伟大诗人旷大宏阔的精神世界。

郑板桥：画竹画兰难画人

一

扬州从六朝开始，便是游乐胜地。醇酒美人，歌台舞榭，秦楼楚馆，文采风流。扬州处处弥漫着温柔、富贵、奢侈之气。

扬州出美人。朱自清先生说，许多人一提到扬州，便想到那是出美女的地方。有诗云："十里长街市井连，月明桥上看神仙"（唐代张祜《纵游淮南》），"夜市千灯照碧云，高楼红袖客纷纷"（唐代王建，《夜看扬州市》），"东南繁华扬州起，水陆物力盛罗绮"（清代孔尚任，《有事维扬诸开府大僚招宴观剧》）。扬州，历代文人雅士云集，倾尽才华，歌吹其美，诗文之盛，冠甲天下。且不说晚唐诗人杜牧在这里风流十年，明清时期这里更加繁华富丽，成了风流渊薮。

在郑板桥未走进扬州之前，扬州几"怪"已浮出水面：李鱓、汪士慎、高翔、金农、黄慎等一些文化馆、艺术馆档次的画家，在街头卖画，在闹市开画廊，也陡然富起来。他们的书画成了畅销品。他们的墨渍点点的青衿经常飘曳在富商巨贾的宅院，时常出现在权贵的宴席上。他们的腰包鼓了，他们的脸面红润了，他们走起路来敢高视阔步了。金钱更激励他们夜以继日地磨炼，终于彰显出独立不倚、孤傲不羁的艺术个性，开拓了花鸟画的新天地，也赢得了市场。

在郑板桥那个时代，在扬州八怪还未成气候时，统治清代画坛的主流画家是山水画大师王时敏、王鉴、王翚、王原祁，画史称之为"四王"。

他们继承了明末董其昌的画风，受到朝野的尊崇。到了清代中叶，以学王原祁的娄东画派和学王翚的虞山画派势力最大，一直到清代中晚期都始终占有统治地位。渐江、龚贤、石溪、八大、石涛等都是国宝级大师，留下了不朽的作品。

清代中期，"扬州八怪"异军突起，震撼了画坛，让人耳目一新。他们以怪异叛逆、特立独行的精神给当时的画坛吹来一股新鲜之风。

郑板桥大半生就是在扬州度过的。郑板桥和他的画友成了扬州的名片。这位康熙秀才、雍正举人、乾隆进士、跨三朝的文人雅士，实际上是个小城作家、文化馆级的画家，不入文学和画坛主流，或者说被主流文学、主流画派抛弃。但这座城市却成就了他，辉煌了他。他在这座城市的一隅发出怪诞的声音。他的怪诞惊动了那个时代，使当时的文坛大家、画坛大师不得不抬起眼来，斜视几下。他活了73岁。他有像川剧变脸一样瘦削的脸颊，几条刀刻般的皱纹，一缕上翘的山羊胡子。他时而以清官自居，刚正不阿，体恤民瘼；时而又以画廊老板的身份摆摊街头，一竹一兰一石，丹青相伴，翰墨相舞；时而又以谔谔之言，抨击权贵，针砭时弊，激昂慷慨；时而又出现在富商权贵宴席上，阿谀献媚，屈膝奉承，猗猗然，眯眯然，变色龙般转瞬是另一副模样。

但是近百年来，郑板桥在世人眼里是耿介正直、清廉的形象。他那个"一枝一叶都关情"的诗句，给他带来极高的声誉。再加上一手怪字，一幅墨竹，一下子升华了他。他成了焦点人物。那些大清王朝的正统文人画家统统黯然失色了。长期以来，郑板桥不仅以他的杰出才华，更重要的是以一个时代叛逆者形象出现在读者面前。他的"难得糊涂"倒真"糊涂"了一些人。

二

被后人称为"扬州八怪"之首的郑板桥第一次走进扬州这座繁华富丽的城市，应该是公元 1724 年，他 31 岁时。郑板桥一副乡巴佬的形象：穿一身破衣烂衫，尖脸猴腮，又矮又瘦。这座城市表达了对他的冷漠和拒绝。他像来自大山深处、穷乡僻壤的农民到大都市的打工仔一样，身无分文，两眼茫然。明明是烟花三月，他却感到一阵阵寒意袭身。

郑板桥出身书香世家，但非官宦人家。曾祖父、祖父终生混了个庠生、廪生。郑板桥 24 岁考中秀才，31 岁来扬州学画卖画，住在一位当和尚的族父的破庙里。扬州是个诗城、画城、文化名城。青年郑板桥到来之前，这座城市就有五个画家活跃在画坛上，且有一定名气。一个胸无丹青、身无分文的穷小子想在这个市场上分得一块蛋糕，真是比登天还难！他四处求教、拜师，却处处遭到白眼。大凡贫寒出身的孩子都有天生的战胜厄运的坚韧、顽强的个性。他们特别能吃苦。他们朝乾夕惕，刻苦自励。他们深信老天不负苦心人。

郑板桥结交的朋友也大多是自学成才的文艺青年，没有什么出身背景。生活的艰苦，世态的炎凉，生存的无依，这些现实悲剧逼得这个来自乡下的青年几乎到了窒息的境地。扬州十年，竟然没有混出什么名堂，他有点心灰意冷。

否极泰来，喜讯从天而降。一个程姓徽商同情这个面容丑陋的"外来务工者"，慷慨出 1000 两银子，赞助他读书考取功名。这真是天上掉馅饼！1000 两白花花的银子，让郑板桥看得眼花缭乱。是梦还是幻？是真还是假？程大恩人走后，郑板桥拿起一块银元宝用牙咬了咬。是真的！实打实的真银子！这笔银子将会改变他这个"特困生"人生的走向，改变他一生的命运。

郑板桥赶忙打点简单的行李，又买了件青衣长衫，启程去镇江焦山别峰庵潜心复习功课，准备"高考"。他那股精神头，那种拼搏劲儿和当代大学生考研一样。他发疯苦读，焚膏继晷，背诵诗文，鏖战科场，争得蟾宫折桂。第二年晋京会试，他果然鱼跃龙门，进士及第。

然而遗憾的是他那进士是"赐进士出身"，还不算实打实的学历。他仍然未进入仕途。

他又回到扬州当过一段私塾教师。后来他在山东范县做官，回忆这段生活往事时写道："教官本来是下流，傍人门户度春秋。半饥半饱清闲客，无锁无枷自在囚。课少父兄嫌懒惰，功名子弟结冤仇。而今幸得青云步，遮却当年一半羞。"（《教馆诗》）

傲岸，固执，怪异，放诞，是郑板桥得志时彰显出的一种社会人格。当他中进士而未能进入仕途时所表现出的奴颜媚态才是他性格的真实写照。那副阿谀权贵、折腰摧眉的可怜相，令人作呕。郑板桥虽然一边教书，一边画点竹兰石画，但他用更多的时间来写诗投书权贵。什么中丞，什么转运使，凡是能巴结的有权有势者，他都频频献媚，写诗歌颂，以求人家垂青。他挣扎折腾了5年，效果甚微。他所巴结的权贵人物卢见曾（都转使，掌管盐政的大官）并未帮上忙。

在郑板桥生活的时代，扬州的商品文化十分繁荣。但繁荣的市场并不同情弱者。在这漫长的5年中，他等待，他痛苦，他迷惘，他茶饭不思，他夜不能寐。他不能像盐商富贾那样携着美玉和美女去巴结权贵。他有文名但才不大；他有画名，但技不高。也就是说，市场经济还不承认他。他困顿、劳苦、焦虑、彷徨，饱尝世态炎凉。他靠给人家画几把纸扇糊口，赚几块碎银，还不忘往青楼里扔，得过且过，醉生梦死。想打开中国知识分子在康、雍、乾时代生活的密码，扬州会为你提供解读的钥匙。

郑板桥在扬州找不到出路，便又跑到北京。也不知郑板桥打通了什么关节，竟然买通了乾隆的叔叔慎郡王允禧，终于捞到一顶山东范县县令的顶戴花翎，结束了他流浪画家、私塾先生的生涯。

三

郑板桥红顶子一戴，官服一穿，骑上小毛驴，走马上任范县县令。他在县衙大院巡视一圈，便命人在县衙大院四周墙壁凿几个洞。人们不解。他说，出出前任县衙的恶习和俗气。这一怪异的举动立即震撼了范县小小县城：来了个青天大老爷！郑板桥下驴伊始，便赢得了好政声。那时候范县县城只有四五十户人家，像个破落的小村庄，穷得拿铁锅当钟敲。郑板桥上任后，接着处理了几件积案，昭雪了冤假错案，他声誉更高。郑板桥正直清廉的官声越来越响。他也善于作秀。他不断下乡视察民情，和老农树荫下拉呱，摸摸小孩子的脑瓜，抱抱婴儿。那种亲民作风把老百姓感动得眼泪直在眼眶打转转。

郑板桥在范县一上任便娶了个小老婆。当时有民谣云："南人有钱刻稿，北人有钱讨小。"郑板桥兼南北之长，既刻稿，又娶小。他的小老婆姓饶。

郑板桥十年官场确实做了有助于政声的好事。他清廉、秉公、勤政、爱民，赢得了非常良好的社会舆论。他的正面形象树立起来了。但人是极其复杂的动物，人又是唯一有思想的动物。郑板桥既关心民瘼，又有抨击他人彰显自己之嫌；他既懂下里巴人，又善阳春白雪。他写诗来歌颂他治下的范县："拾来旧稿花前改，种得新蔬雨后肥"，"日高犹卧，夜户长开……讼庭花落，扫积成堆"。政通人和，百姓遵纪守法，官吏清正廉洁，常年法庭没有诉讼案件。

他初任范县县令时，正遇黄河发大水。他不请示上级，便开仓赈灾，并命令"邑中大户，开厂煮粥……尽封积粟之家，责其平粜"。这一善举，的确赢得了万民称颂。在封建专制社会，司法往往是最黑暗的角落。"衙门口朝南开,有理没钱莫进来。"郑板桥反其道而行之,凡富人与穷人打官司,不管富人有理无理必输。他似乎不是大清王朝一介县令,而是杀富济贫的梁山好汉。他贫苦农民出身的身世,让他本能地有一种仇富的心理。他的偏激和矫枉过正的做法确实有利于贫苦农民,是对弱者的支持,实在难能可贵,但是也夹有作秀和自我炒作的嫌疑。正是因为他没有依法办案,他遭到士绅阶层的强烈抵制,没干几年就调离了范县,去潍县任职。这实际上是朝廷对他过激行为的一个警告。但这并非大过,是执行政策有偏差。郑板桥在潍县依然我行我素。他在范县县衙书房挂一副对联:"诗酒图书画,银钱屁股屄。"他惊世骇俗,视金钱如粪土。他在潍县任上大骂商人,说无商不奸,说商人不仁不义。他竟然忘了是程姓徽商在他最困难的时候资助了他。没有这位善良的徽商,哪有你郑板桥的今天!郑板桥的大俗大雅都是为了"制造声音",引起朝野对自己的关注。他善于把自己打扮成一个焦点人物。他罢官回到扬州以卖字画糊口,并在自家门上贴了一份告示:"大幅六两,中幅四两,小幅二两,书条、对联一两,扇子斗方五钱。凡送礼物食物,总不如白银为妙……送现银,则心中喜乐,书画皆佳。"板桥手舞两把板斧,拼搏天下,可谓作秀到家。郑板桥在潍县杀富济贫、关心民瘼,是值得称道的。

他离任时更有惊人之举:把自己的官俸全部捐给地方,以致钱包干瘪得连一个铜板也掏不出来。他离开潍县县城时只雇了头毛驴驮着两箱书。郑板桥傲岸、清高、卓荦的形象,雕像般耸立起来。郑板桥比起那些巨贪是清廉多了,所以潍县(包括全中国许多地方)为其立祠,是顺理成章的事。

郑板桥像成熟的演员一样,在生活的舞台上不断变换着自己的角色。他自命清高又弯腰低眉事权贵,愤世而又随俗,穷酸而又摆阔,炫耀风月又关心民瘼。这些特质十分复杂而又和谐地统一在他一人身上。

四

郑板桥再回扬州，重操旧业已是 61 岁，进入了人生的暮年。扬州是他人生的出发点，又是他命运的归宿地。

中国是崇尚名望与地位的国度，几乎所有的文化人都深谙这样的一个不二法门：要在文化上产生影响，必须先有名望和地位，然后作秀造势，以惊世骇俗、呼风唤雨，做到既有黄金屋，又有颜如玉……

郑板桥从政 11 年，虽然是个小小七品县令，但他充分利用这个平台，特立独行，造势作秀：出巡不打"回避""肃静"的牌子，济贫助学，赈灾救民……他那首著名的诗篇《潍县署中画竹呈年伯包大中丞括》传播开来，给他带来了巨大声誉：

> 衙斋卧听萧萧竹，疑是民间疾苦声。
> 些小吾曹州县吏，一枝一叶总关情。

他以一个时代叛逆者的形象突兀地屹立在公众百前，再加上种种轶事传闻，更提高了他的声誉。

他重返扬州后已不是十几年前的郑板桥。他重操旧业，自开画廊。十年官场风云，让他更老练多谋了。他很会炒作，很会推销自己，大肆夸张自己的才华与知名度。他自誉："三绝诗书画，一官归去来。"他自称"索诗文者，必曰板桥"，又是"凡王公大人，卿士大夫，骚人词伯，得其一片纸，只字书，皆珍惜藏庋"（《板桥自序》）。他甚至用"掀天揭地之文，震惊雷雨之字，呵神骂鬼之谈，无古无今之画"来评价自身的艺术成就。郑板桥重返扬州后再也不是怀揣两个烧饼的又丑陋又寒酸流浪青年的形象了。

郑板桥声明："惟不与有钱人面作计。"即使白银千锭、黄金万两，也难换他片纸只字。郑板桥明白，只有这样的豪言壮语才会震撼人们的神经末梢。

"扬州八怪"，不是以画求显，而是"以画求贵"。郑板桥自己就曾说过，以笔墨为糊口之资，实在是下贱之举。但发展到后来，他却以"润格"的形式固定下来，四处张扬，还公开声明"卖画不为官"，明白要价、明白以画易米，不是"以画求贵"，而是"以画求雅"。他这些虚伪诡谲的行为遭到上层人物的斥责。在上流社会，郑板桥们依然受到鄙视，也就是说他们的艺术得不到主流社会的承认。

还有一则趣闻，十有八九是板桥先生杜撰出来的，成为自我"爆炒"的素材。说的是，郑板桥练字，晚上点点画画，有一次画到老婆肚皮上。老婆哲人般说出警世妙言："人各有体。"如醍醐灌顶，板桥恍然大悟：人各有体，不能模仿别人，要大胆创新，跳出古人！然后这才有了郑板桥"六分半书"。如果不是他自我吹嘘，谁知道他夜间的隐私？还有前面讲的他在门上标价卖画，都是惊世骇俗之举，把扬州画坛震得忽闪忽闪的。这位矮小瘦弱、留三撇山羊胡子、脸上还有星星点点浅麻子的小老头顿时声名鹊起，然后竟然成为"八怪之首"。当然不可否认，他画竹、兰、石确实技高一筹，他的"乱石铺街体"的书法也颇有艺术个性。

扬州成了郑板桥的扬州。他的宅第高朋满座，求字画者纷至沓来。那些富贾大商的大红请柬、红包不断送来。他与扬州官府的首脑、盐商豪富，把杯碰盏，诗酒唱和。在这里灯泛红，酒泛绿，丝竹管弦，靡靡之音盈耳，郑板桥再也听不见"一枝一叶总关情"的萧萧竹声了。

18世纪后期扬州的书坛画廊已失去了勃勃生机，李方膺、高凤翰、李复堂、金农已相继凋零，汪士慎也年老体衰，双目失明，命在旦夕。倾圮荒废的书坛画廊，只有郑板桥生意十分红火。而郑板桥成熟的作品，也大都在这个时期创作。

郑板桥适应了市场的需求。这个瘦老头成了"一代书圣"，成了士大夫和大小官吏的座上宾。他的字画家家必挂，户户必有。"难得糊涂。""聪明难，糊涂难，由聪明而转入糊涂更难。"他这些人生感悟，安慰了一颗颗伤痕累累的灵魂。他的声音之所以能传到今天，大概是因为这句话言词铿锵，带着刺耳的声波穿过书页、穿过时空而来，以致被现代人仍视为座右铭。这句话包含着丰厚的中国文化内涵，是人生智者的生命感悟，特别是对那些官场侘傺、仕途蹇涩的文人来说是一剂良药。

五

郑板桥自己吹乎："板桥画竹，不特为竹写神，亦为竹写生。瘦劲孤高，是其神也。"他常常以才识卓绝、磊落不羁的形象自诩，经常嬉笑怒骂，指斥名士小儒之流，痛快淋漓，锋芒毕露。郑板桥以竹、兰、石自诩，象征他人格清雅高洁。他构图古怪，来显示自己的不同凡响、超越世俗。

他有一首咏菊的诗：

> 小廊茶熟已无烟，折取寒花瘦可怜。
> 寂寂柴门秋水阔，乱鸦揉碎夕阳天。
>
> ——《小廊》

在这首诗里他自比菊花。他认为，菊花劲挺，耐寒傲霜，有冰清玉洁的精神境界，与诗人的人格相似。他抚摸着瘦削的菊花，又觉得可怜，一种人比黄花瘦的自怜自爱的情态，跃然纸上。

八大山人：孤独者的绝唱

一

南昌是一座风景秀丽的南国名城。城外青山雄翠，城内湖泊斑驳，赣江如同一匹绿绸绕城飘逸，湖在城中，城在湖中，而驰名遐迩的滕王阁又临江而筑。唐初才子王勃一记使南昌啸傲天下，风流千古。滕王阁被毁弃28次又重建，足以说明，滕王阁对南昌的意义。

我来南昌本想"会见"王勃，同他谈诗论文，聆听他一番教诲。谁知这里游人如潮，拥挤不堪，连上下楼梯都极其艰难。我被拥上最高层，匆匆照了张相，便逃难般离开这"繁华"之地。到哪里去呢？南昌是英雄的城，金戈铁马，腥风血雨，历史留下的诗意不多，到哪里去寻觅一缕缠绵的诗情？犹豫间，人们告诉我，青云谱是一去处。

我蓦然想起，余秋雨写过青云谱，我再来涂鸦，岂不有拾人牙慧之嫌？有朋友告诉我："文章各有各的路数，况乎还有许多同题作文呢！李白写过月，难道苏东坡就不能写月吗？"这么一想，确实有必要去"拜访"八大山人老先生。

青云谱原来是一座公园，位于南昌东郊。这里十分清静，几乎不见人影。半湖碧波，满目香樟、枫杨、垂柳，浓郁重重，绿意幽幽。甬道两旁是夹竹桃，正是盛花期，红白花朵团团簇簇。百无聊赖的蝴蝶，轻浮地飞来飞去，几只大白鹅在湖水里悠闲地游弋，芦苇丛中传来啾啾鸟鸣。

这里和滕王阁的喧嚣简直有天壤之别。也好，八大山人非常喜欢寂寞和清静。这会儿怕是正在聚精会神伏案作画，笔下该是孤山野水、一鸟独占枝头吧？按照指示牌，我寻找到"八大山人纪念馆"。门敞开着，没有一个游客干扰他。老先生正作壁上观，静静地伏案创作。寂寞青云谱，苍凉青云谱，孤独青云谱。八大山人一生都在寂寞和孤独中度过，在贫穷和饥饿中煎熬，守望着精神的原野。没有灯红酒绿的热闹，没有歌舞蹁跹的欢快，他在幽静和幽暗中，度过苦难的一生。

二

众所周知，八大山人姓朱，名耷，明宗室朱元璋第 17 子宁献王朱权的后裔。明末，他应举中秀才，19 岁（公元 1644 年）时明亡，遂奉母携弟避难南昌之西一个小山村。顺治五年（公元 1699 年），他落发为僧，后又为道士，入青云谱道院，为自己起许多法名、道号，其中有朱月朗、良月。月朗不是明的意思吗？显然这些道号是对大明朝的怀念。但他作画时从不署这法名、道号，只署"八大山人"。这意思是：山人为高僧，尝持《八大圆觉经》。也有人解释："八大者，四方四隅，皆我为大，而无大于我也。"又说："余每见山人书画题款'八大'二字，必连缀其画，'山人'二字亦然。类哭之笑之，意盖有也。"（陈鼎，《八大山人传》），他一生佯狂装疯，借酒浇愁，时而仰天大笑，时而放声痛哭，长啸短吟，舞笔泼墨。国破之痛，家亡之苦，一腔忧愤随之倾泄而出。

八大山人生于末世。在他的童年和少年时代，国事蜩螗，大明王朝已是落日黄昏。他是在兵荒马、乱腥血雨中度过的。刚成年时，社稷倾覆，江山易主，一代皇胄贵裔沦为亡国奴。他和母亲隐名埋姓，以躲避清军的追捕，惶惶不可终日。原来的锦衣华服、钟鸣鼎食之家，书香氤氲、墨香缭绕的瓒瓒之族，已落魄到绳床瓦灶、三餐难继的不堪境地。

八大山人的祖父和父亲都是诗人、艺术家，能诗能画。家庭的熏陶，个人的禀赋，使他"八岁能诗，善书法，工篆刻，尤精绘事"。

人是环境的产物。朝代的更迭，生活的巨大落差，改变了他的性格。一个天真聪慧的少年顿时变得孤独、孤清，神色黯然，目含忧愤，嘴巴闭得紧紧的，一副冷漠的面孔。他不满现实，更不会背叛家族去效命新的王朝，只能躲进生活最幽暗的一角，倾心翰墨，泪洒素盏。洁白的宣纸上经常出现残山剩水，枯树老藤，残阳夕照，荒村野水，孤鸟枝头。

我想象得出，那秋风萧瑟的黄昏，或朔风凛冽、雪花狂舞的冬夜，一豆灯火，叠印出瘦削的身影。墨随笔舞，情融笔端，他将一腔愤懑、满腹孤傲之气，倾泄在画面上。一介前朝的书生怎一个"愁"字了得？山水苍茫，人生苍茫，命运苍茫，他把对故国的思念和对家世的悲哀，"横涂竖抹千千幅，墨点无多泪点多。"（清代郑板桥语）那是一种多么凄楚悲凉的情怀啊！

八大山人大半生就是在亦哭亦笑中度过的。他哭得凄惨，笑得更加悲哀，是一种比哭更难堪的笑。他面前是一片苍茫凄楚、荒芜寂寞的境界。

我对中国画没有什么研究，但喜欢读画，尤其是在寂静的夜晚，或雨雪天气，打开名家水墨画册，一页页地认真阅览，仿佛走进一种寥廓丰富的大千世界。那墨色的枯润浓淡，点线的粗疏细长，一幅幅惟妙惟肖、神姿仙态的山水风景，或雄浑苍茫，或清秀细腻，或风格醇厚，或萧条疏散、气韵高迈，或闲静雅逸，流露出一种淡定禅意……他们不把艺术看成一种单纯的笔墨表现，而视对笔墨气韵的追求为艺术修养的最高境界。

展室的门敞开着。西斜的阳光穿过木格窗棂射进来，室内明亮而空廓，没有一个游客，倒有一两只大土蜂在屋里嗡嗡地飞来飞去，更渲染出展室的寂寞。满壁是八大山人的山水画、花鸟画、书法篆刻以及历代画论家的评论文字。八大山人的手迹画稿虽是复制品，但其气韵神采完全可以乱真。它们悬挂在墙壁上，更是悬挂在时间之上，悬浮在漫长的历史之中。你和它们相逢，就像和一个朝代相逢，和一段苦难的人生、苦难的历史相逢。我觉得这是一种精神的物质。

一幅幅水墨丹青，画着枯树老藤、落日晚照、孤鸟枝头、荒水野渡、风竹残荷……这哪里是水墨画卷，分明是一个孤苦的前朝遗子悲凄命运的细微迹象和种种经历，是一个苦命画家的极其微弱的闪光。通过这些细节可联想整体的形象。谁看了都想大哭一场，但又似有一种解脱和超然。那种强忍的感情是很折磨人的。

八大山人在南昌经历了流落街头的漂泊期。他举目无亲，穷困潦倒，似疯似癫，"独身徜徉市肆间，常戴布帽，曳长领袍"，脚穿草鞋，郁郁而行。市井小儿观之笑骂，或往其身上投掷泥巴、石子，对他追逐嬉戏。八大山人的生活可以想象。

晚上，八大山人回到青云谱，借一豆屎弱的灯光，纵横翰墨。他如狂如痴地将一腔愤懑和郁垒倾泄而出。只有智慧的光才能照亮生活。他要将这股气倾泄在艺术上。他的山水画、花鸟画最突出的特点，就是孤独、孤愤、孤清。他与这些孤鸟、孤鸡、孤树、孤独的菡萏、孤独的小花、孤独的小舟对话。那些孤岛、孤树、孤花是有灵性的，有血肉感情的。它们用无声的语言、温存的语言，抚慰着一颗伤痕累累的画魂。鸟解语，花解语，一花一草一鸟皆朋友。他与它们共同创造生存的空间。他已忘却窗外那个凄风苦雨的世界。这是充满哲理和诗意的人生。

三

阅览八大山人的画展，我发觉在他的绘画艺术中，成就最卓著者为花鸟画。他的画，题材极广。他笔下出现花卉、蔬果、虫蝶、鱼虾、畜兽、禽鸟等数十种。八大山人既汲取古代画家的营养，又有自己的创造，不囿古人，挣脱古人的羁绊，开拓自己的天地，创造独特的花鸟画意境。他缘物寄情，赋花鸟以精神。画家都有自己的思想，自己的审美意味，自己的美学追求。艺术个性往往是画家个性的外在反映，思想、情感、意趣、心绪都渗透溶解在那点线之中。八大山人的花鸟画意境清奇幽冷，构图和用笔极简，巨大的留白中只有一棵孤独的草，长长的草茎直指蓝天，草茎上有一只孤独的鸟，寒风吹起羽毛，能听到鸟的哀鸣。一种孤凄的楚楚的可怜状，又渗透着独立寒秋傲视天地的孤介情操。画如其人。他写生花鸟，点染数笔，精神毕具。即使他画巨幅，也不过花朵几片，萧条冷落，给人不是繁华热烈，而是凄寒意境。他人生里没有欢乐。他的绘画作品更无繁荣和生机勃勃的气象。

他画树，常常是老干枯枝，一副饱经风霜、历尽沧桑的疲惫感、憔悴感，苍老的形象，给人以颓败的绝望之感。后人说，他画山水、竹木、花鸟，笔墨简洁、凝练、苍劲、冷峭、灵奇。他以画寄托不肯妥协、不甘屈辱的感情和顽强的生命力，画上的题诗多含隐晦的冷嘲热讽之意。署款"八大山人"，字很古怪，似笑之似哭之，比哭之笑之都难堪，都凄然。试想：故国已灭，家乡何处？生不如死，死又奈何？他终日踯躅寺庙道观，和泥胎雕塑相处。僧道不语，泥胎无言，清冷的环境，清苦的日子，只得用诗情画意来展示。

八大山人的画作，并不一味地抒发自己的孤凄寂苦的情感，也有冷眼观世的孤傲精神。他有一幅《墨荷图》便是这傲勃于世情绪的反映。画面荷梗清劲挺拔，长短参差，荷叶纵放舒展，繁缛密集，交错有致，脉络清新，浓淡相映，而一支孤独的荷花傲然挺立，奔放怒绽，清秀明媚。画的右隅，山石耸立，苔痕点点，山石之下，水波潋滟，萍藻浮动。整幅画墨色淋漓，蓊郁恣媚，给人一种行云流水、生机勃勃的感觉。有人说，这是他怀念大明王朝的富贵繁华。其实，八大山人虽生于贵胄，但已处于末世，明王朝乱云飞渡，烽火连天，李闯王已搅得大明帝国支离破碎，明王朝大厦倾圮已进入倒计时，他何有"繁华盛世"之体验？

给我留下印象最深是一幅《鱼图》，是写意画，又是写真画。鱼体肥硕，鳍、尾形象逼真、自然。尾不翘，鳍不张，浑身鳞片安详地排列着。只是那鱼眼令人瞠目：眼圈似浓墨勾画，上方绘一浓圆点，以示眼珠，呈现出"白眼向上"之状，既生动传神，又寓意深刻。世人有"画龙点睛"之说，八大山人却有"画鱼点睛"之术。那鱼眼里闪射着凄婉而孤独、鄙视和高傲的冷笑。一个贵胄飘零子弟的傲岸心态，跃然纸上，表现出不肯妥协、不甘屈辱的感情和顽强的生命力。

八大山人在他的画页上的题诗更是孤傲不世，多冷嘲热讽、含沙射影，透出他胸中愤怒悲怆的情感。他的花鸟画比他的山水画更富有思想意义。他画梅，疏枝劲干，高逸之致，傲骨凛然，不仅表现出他贵胄的清高，更表现出他前朝遗少藐视当今世界的孤傲，同时也流露出他道士仙人、高僧法师的那种萧散情怀和仙风道骨的雅致。

八大山人从不为清廷权贵画一石一鸟。53岁那年，朝临川县令胡亦堂听说他的画名，便宴请他到临川官会做客。他十分郁愤，来到官会便装疯癫，撕裂僧服。胡县令宴请他，他拒不入座。后来，他独自回到南昌。他对统治者的愤懑、睥睨，令人愕然。他亲手书写"净明真觉"匾，悬挂门楣，并在方丈堂书写对联："谈吐趣中皆合道，文词妙处不离禅。"一再展示他倔强傲岸的性格。八大山人有古贤伯夷、叔齐以身殉道的典范。但伯夷、叔齐不食周粟，饿死首阳山，而八大山人食清粟而不为清做事，一样千古流芳。何也？固然八大山人以画艺名噪四海，更重要的是他知识分子的气节和人格。伯夷、叔齐生前并无什么伟业受人尊重，只是自己的意见没有被周武王接纳，而采取了与周朝不合作的态度。这是他们执拗的性格和独立意识酿成的苦果。而八大山人是国破家亡之恨使然，是骨子里的抗争，是命运的叛逆。

八大山人被联合国教科文组织评为"中国十大文化艺术名人"。

四

文章写到这里，我不禁想起与八大山人同宗同源的兄弟苦瓜和尚石涛。石涛比八大山人小 16 岁，按辈分八大山人应是叔辈。石涛是明藩靖江王朱守谦十世孙。父亲被南明王朝所害，自幼失怙。朝代更迭，江山易主，小小年纪的石涛便隐姓埋名，落发为僧，苟且活命。他法名原济，号石涛，又名苦瓜和尚。他身世飘零，苦难重重，如同八大山人。他早年旅居安徽敬亭山，晚年定居扬州。

石涛不同于八大山人。他自号苦瓜和尚，却"安贫守道"，乐于做清朝的降臣。在南京、扬州，他两次见到南巡的康熙皇帝。大明王朝的后裔面对死敌却行三拜九叩大礼，甘当顺民。更有甚者，他还去北京住过一段时间，结交了清朝的权贵辅国将军博尔都。他名为和尚，却长就一身媚骨，俯首帖耳，甘做顺民。这一点终身受到正直文人的睥睨。石涛和八大山人一样，擅长画山水、花果、兰竹，特别是其山水画、兰竹画最负盛名。他主张"搜尽奇峰打草稿"，深得画家倪瓒、董其昌意趣，反对泥古、囿古，提倡创新，外师造化，形成自己风神独具、变化万千、新奇多姿的新画风。同样画荷，八大山人画出的是孤傲、茕茕孑立、高迈清俊，到了石涛笔下，则迥然不同。虽然石涛画的荷茎错落秀拔，茎直亭亭，但荷叶叠叠，舒展有致。荷花或竞相开放，或含苞而立，相互映衬，绰约多姿，妩媚雅逸，野趣盎然。那是画家心态的流露，精神世界的表现。"苦瓜和尚"心灵并不那么苦，至少不像八大山人那样孤寂清苦。我想这和他们的人生经历和生命记忆有关。明朝灭亡那年（公元 1644 年）石涛才两岁，明王朝的福泽还未来得及辐射到他身上，严格地说他是清王朝的子民，所以他没有家破国亡的切身悲痛。而八大山人那时已满18岁，是真真实实的前朝遗民了。石涛晚年居住的扬州，想当年"清军屠城十日"，只能从老人茶余饭后的谈论中得悉一星半点。家族的衰败，清军的残暴，在他年幼的心灵里仍是一片空白。他睁眼看世界时，满街已是长辫子、马蹄袖的大清王朝的子民，明月已不见，清风却绕膝。衰草孤鸟，八大山人的画幅上常常出现一座孤峰，无草无树，一峰傲立，直插云天。孤峰是禅宗的意象。"独坐孤峰顶，常伴白云闲"，是禅门的重要境界。孤峰又是艺术家孤介情怀的表现，是诗人和艺术家特别喜欢的具象。

八大山人的孤独意识，不仅是这位皇胄飘零子弟悲戚情感的流露，更展示了作者强烈的自尊思想和鄙视尘世的凛然的生命尊严。

这种孤独还有强烈的张力。这是八大创作的心态，也是他艺术创作的形式。他把孤独视为生命展示的一种过程。可怜兮兮的命运，他已经将其视为淡淡流水、渺渺行云，平静而自然。

我在展室里流连徘徊，眼前总幻出一种意象：一块巨石下有一株小花，轻柔芊绵。这是极不和谐的现象。但小花不因环境的恶劣而惶恐、而畏惧，依然自由自在地开放，从容自在地展蕊舒瓣，无言地绽放着生命的张力和强健。生命自有存在的理由，一朵小花也有存在的原因。这是一个圆融的世界，外界的风刀霜剑、凄风苦雨可以超越，而花开花落由生命的理由决定。所谓沧海横流，方显英雄本色。一个人可以向世界挑战，一豆油灯可以向弥天大夜抗争，更炫耀着生命的高贵、生命意志的强化。

大明朝灭亡了。

大明朝之魂，还在这个世界飘荡游弋。

他的山水草木、花香鸟语，多妩媚泼辣，运笔灵活，画意清新，表现出山河阴晴明灭、烟云变幻、寒暑交替的虚虚实实，千姿百态，形成他独特的风格。

八大山人高标独立，脱凡超俗，独守贞正，就其人格而言，一直得到后世文人的首肯，为世人称赞。他表现出"独坐大雄峰"的精神，偏爱孤鸟盘空、孤峰突起、冷月孤悬等意境，正是因为他心中隐藏着"孤"的精神。

同样，八大山人的山水画，也放肆着他不满现实的独立不倚的孤傲个性，形成一种豪迈雄健的笔墨，旨在抒发强烈的身世感。生命就是一趟独立的旅行。他无可救赎，无枝可依，只有艺术收养他。八大山人笔下的山水都表现了"零碎山川颠倒树，不成图画更伤心"的情怀。他创作的山水形象既不修润简洁、温静娴雅，更无山川清丽、林木蓊郁的生机，有的是一片苍茫、凄楚、残山剩水的苍凉。他在《题孤鸟》诗云："绿阴重重鸟间关，野鸟花香窗雨残。天遣浮云都散尽，教人一路看青山。"他的世界是悲惨世界。

我徘徊在纪念馆里，只觉得四面化为回音壁，从那画里隐隐传来历史的回声，低沉，喑哑，悲戚。那是孤独者的灵魂在歌唱。

时代造就一代艺术大师。

命运铸成一尊叛逆者的雕像。

他长寿80岁，一身骨气仍然属于大明王朝。

五

最后我谈谈关于八大山人的名字。朱耷的名号特别多，中年时期常用"雪衲""纯汉""法堀""灌园长老""枯佛巢""净土人""雪个""个山""掣颠""驴汉""驴屋驴""人屋""主闲"等号；晚年，常用"八大山人"，以前名号均废而不用。研究朱耷的学者说："八大山人为何用'驴'作号，这个俗丑的字怎能和他联系起来！"有人说："朱耷的两个耳朵特别大，所以自嘲是一头'驴'——'大耳朵驴''驴汉''驴书''驴屋驴'。"这不禁使我想起建安时期大诗人王粲学驴叫的故事。王粲在刘表手下不得志。他怀才不遇，便学驴叫，宁鸣而死，不默而生。在旷野，在庭院，高一声低一声学驴叫，是向世界发出的警告。朱耷用"驴"作号，仅仅是因为他耳大吗？我想，他是将郁闷悲哀的心情借驴鸣而倾泄。他的长啸是通过书画的艺术形式而响彻于世。

一头愤世嫉俗的犟驴。

读读这些文化名人的诗词歌赋，欣赏这些艺术家的绘画，聆听音乐家的乐曲，不仅能得到美的享受，而且能了解其深刻的文化内涵。这是城市的精神，是城市历史画龙点睛的一笔。有了他们，这座城市的精神就会熠熠发光，辐射久远，生活就会充满情爱和诗意。

青云谱的庭院里有八大山人的坟墓，用青砖垒砌成护栏，坟草披离，茂密葳蕤。坟周围四角有四棵巨大樟树，树干有双人合抱，像四大金刚守护傲然不屈的画魂，树龄500年，是八大山人死后，南昌人所植。有一只鸟飞来落在树枝上。那鸟是杜鹃，咕咕地鸣叫着。这使我想起杜宇之魂化为杜鹃鸟的故事。这是悲情的鸟，其叫声也是悲戚的。

他是一个孤独者，与他对峙的是一个时代，一个王朝。他的思想和行为与这个时代及王朝格格不入。他的艺术玄想奇特且有趣。他反映的是一种反常而合理的现象。他的生命是孤独者苍茫的羁旅。他笑之哭之。笑声不是幸福和欢乐，泪珠也非璎珞般璀璨。宿命的无奈，人生的绝境，纵有山水千千幅，梦醒后，残灯孤枕，往事已成空！

内容简介

　　本书轻轻掀开文学史的一角，梳理了中国古代近 20 位著名诗人的情感世界，解读了隐藏在他们灵魂深处的生命密码，揭示了中国古代文人雅士深隐的文化意识、邃远的思想渊源及其士林风尚，是一部文采斐然、极富有艺术特色和可读性的文化散文作品，是对中国文学史的另一种解读，也是对中国文学史"缺失"的补充。作者以细腻的笔触、斑斓的文采和诗化的语言，月旦人物，纵横古今，对中国古典诗词进行了个性化和时代性的诠释。

约稿编辑：董新兴

责任编辑：邢文桦

责任技编：王增元

书籍设计：刘瑞锋 ［广大迅风艺术 ］

孙犁认为，郭保林"语言文字很好，想象也很丰富，这都是很难得的、可贵的。且著作等身，足见创作上的努力"。

鲍昌认为，郭保林之散文"情思缱绻""浓郁艳丽"，而其铺陈画卷，着色浓烈，确有宋代范宽画风。

《中国当代散文大系》编者认为，郭保林散文题材广阔，内容丰富，感情激越，气魄恢弘，色彩明丽，想象飞腾，意境深远，风格沉雄，谱写的是一部庄严壮阔的时代史诗和民族史诗。读他的散文，可以强烈地感受历史的苍茫和悠远，时空的博大和雄厚，生命的庄严和强劲。

《文艺报》认为，郭保林散文鲜明的艺术风格、强健的语言驾驭能力、广阔的视野、深厚的文学修养、丰富的想象力、独特的艺术魅力，深得读者和评论家的喜爱，孙犁、荒煤、冯牧、鲍昌、林非、王充闾、孙绍振、张炜等200余位作家、评论家、学者、教授曾撰文给予高度评价，称"他的散文绝对是情、理、美艺术精品"，他的文化散文是"诗人、作家的文化大散文""文化美文"。

上架建议：古诗散文

ISBN 978-7-5598-4741-6

9 787559 847416 >

定价：58.00元